La razón de estar contigo.
El regreso a casa

La razón de estar contigo. El regreso a casa

W. Bruce Cameron

Traducción de Carol Isern

Rocaeditorial

Título original: *A Dog's Way Home*

© 2017, W. Bruce Cameron

Primera edición: junio de 2018

© de la traducción: 2018, Carol Isern
© de esta edición: 2018, Roca Editorial de Libros, S. L.
Av. Marquès de l'Argentera 17, pral.
08003 Barcelona
actualidad@rocaeditorial.com
www.rocalibros.com

Impreso por LIBERDÚPLEX, s.l.u.
Sant Llorenç d'Hortons (Barcelona)

ISBN:978-84-17092-88-7
Depósito legal: B-1634-2018
Código IBIC: FA

RE92887

1

*D*esde el principio, gatos.

Gatos, por todas partes.

En realidad, no podía verlos: tenía los ojos abiertos, pero cuando los gatos estaban cerca solamente percibía formas cambiantes en la penumbra. Pero sí los podía oler: los olía con tanta claridad como olía a mi madre mientras me alimentaba, o como olía a mis hermanos, que se revolvían a mi lado mientras me abría paso para conseguir la leche que me daba la vida.

Yo no sabía que eran gatos, por supuesto. Únicamente sabía que eran criaturas diferentes a mí, que se encontraban en nuestro cubil, pero que no intentaban alimentarse conmigo. Más adelante, cuando llegué a ver que eran pequeños, rápidos y ágiles, me di cuenta de que no solo eran «no-perros», sino que eran una clase de animal específico y diferente a nosotros.

Vivíamos juntos en una casa fría y oscura. La tierra seca sobre la que apoyaba el hocico desprendía unos olores exóticos y antiguos. Me encantaba olerlos, llenarme la nariz de esos aromas profundos y aromáticos. Encima de nosotros, el techo de madera desprendía un polvo que quedaba suspendido en el aire; era un techo tan bajo que cada vez que mi madre se ponía en pie en la suave depresión de tierra compacta que for-

7

maba nuestro lecho para alejarse de mí y de mis hermanos (que chillábamos como protesta y nos apretábamos los unos contra los otros en busca de amparo), su cola casi tocaba las vigas. No sabía a dónde iba mi madre cada vez que se marchaba; solamente sabía que nosotros nos sentíamos muy ansiosos hasta que regresaba.

La única fuente de luz del cubil procedía de un solo agujero cuadrado en el extremo más alejado. A través de esa ventana el mundo vertía asombrosos olores de cosas frías, vivas y húmedas, de lugares y de objetos mucho más embriagadores que los que podía oler en nuestro cubil. Pero, a pesar de que de vez en cuando veía a algún gato salir al mundo a través de esa ventana, o regresar de algún lugar desconocido, cada vez que yo intentaba arrastrarme hacia allí, mi madre me hacía retroceder a empujones.

Mientras mis patas se fortalecían y mi visión se iba haciendo más aguda, me dedicaba a jugar tanto con los gatitos como con mis hermanos. Solía elegir a una familia de gatos que se encontraba en la parte trasera de nuestra casa común, con dos gatitos pequeños que se mostraban especialmente amistosos y cuya madre me daba un lametón de vez en cuando. Yo la llamaba Mamá Gato.

Y cuando ya llevaba un buen rato jugando alegremente con los pequeños felinos, aparecía mi madre para llevárseme, agarrándome por la nuca para sacarme de entre el montón de gatos. Cuando me dejaba entre mis hermanos, estos siempre me olisqueaban con suspicacia; estaba claro que no les gustaba ese olor a gato.

Así era mi divertida y maravillosa vida. Y, la verdad, no tenía ningún motivo para sospechar que algún día cambiaría.

Un día, me encontraba mamando, medio adormilado y oyendo los sonidos que emitían mis hermanos mientras hacían lo mismo que yo cuando, de repente, mi madre se puso en pie de forma tan inesperada y rápida que me levantó con ella y caí al suelo.

Al instante supe que sucedía algo malo.

El pánico llenó el cubil, estremeciendo como una brisa el lomo de los gatos. Todos ellos se precipitaron hacia la parte posterior; las madres pusieron a salvo a los más pequeños agarrándolos por la nuca. Mis hermanos y yo corrimos hasta nuestra madre, chillando, asustados al ver que ella lo estaba.

Unos potentes rayos de luz nos deslumbraron. Procedían del agujero; también de allí procedían los ruidos:

—¡Dios! ¡Aquí hay como un millón de gatos!

No tenía ni idea de qué era lo que originaba esos ruidos, ni de por qué nuestro cubil estaba lleno de esas luces deslumbrantes. Hasta mí llegaba el olor de una criatura diferente. Estábamos en peligro. Y eran precisamente esas criaturas que no veíamos lo que constituía el peligro. Mi madre jadeaba y tenía la cabeza gacha mientras retrocedía; todos nosotros procuramos seguirla torpemente mientras, con débiles chillidos, le suplicábamos que no nos abandonara.

—Déjame ver. ¡Oh, Dios, míralos!

—¿Va a ser un problema?

—Sí, esto es un problema.

—¿Qué quieres hacer?

—Tendremos que llamar al exterminador.

Podía distinguir una diferencia entre el primer grupo de ruidos y el segundo, una variación en la altura y el tono, aunque no estaba seguro de qué significaba.

—¿No podemos envenenarlos nosotros?

—¿Tienes algo en el camión?

—No, pero puedo conseguirlo.

Mi madre continuaba negándonos el consuelo de sus mamas. Tenía los músculos del cuerpo tensos, las orejas aplastadas sobre la cabeza y dirigía toda su atención a la fuente de

9

esos ruidos. Yo quería mamar para saber que estábamos a salvo.

—Bueno, pero si hacemos eso, tendremos a todos esos gatos muertos por todo el vecindario. Son demasiados. Si solamente fueran uno o dos, vale; pero esto es una colonia entera.

—Tú querías terminar la demolición a finales de junio: eso no nos deja mucho tiempo para deshacernos de ellos.

—Lo sé.

—Mira, ¿ves los cuencos? Alguien ha estado alimentándolos.

Los haces de luz se juntaron para iluminar con fuerza un punto del suelo justo dentro del agujero.

—Vaya, genial. ¿Qué demonios le pasa a la gente?

—¿Quieres que intente averiguar quién es?

—No. El problema se terminará cuando los gatos desaparezcan. Llamaré a alguien.

Las luces barrieron la zona por última vez y luego se apagaron. Oí el sonido de la tierra removida y unos fuertes pasos, mucho más fuertes que las silenciosas pisadas de los gatos. Poco a poco, la presencia de esas criaturas nuevas desapareció; los gatitos fueron retomando el juego, felices otra vez. Estuve mamando con mis hermanos y luego me fui a ver a los gatitos de Mamá Gato. Como era habitual, cuando la luz del día que se colaba por el agujero cuadrado empezó a apagarse, los gatos adultos salieron; durante la noche los oía regresar; a veces, notaba el olor de la sangre de la pequeña presa que traían a sus crías.

Cuando mi madre iba a cazar, no se alejaba mucho de los grandes cuencos llenos de pienso que estaban justo delante del agujero cuadrado. Percibía el olor a comida en su aliento, que olía a pescado, a plantas y a carne: me preguntaba cómo sería su sabor.

Fuera lo que fuera lo que había provocado ese pánico, ya había desaparecido.

Y

Me encontraba jugando con los incansables gatitos de Mamá Gato en el momento en que nuestro mundo se vino abajo. Esta vez la luz no fue un único rayo, sino una explosión atronadora que hizo que todo se hiciera brillante.

Los gatos salieron corriendo, aterrorizados. Y yo me quedé paralizado sin saber qué hacer.

—Prepara las redes. ¡Cuando escapen, lo harán todos a la vez!

Tres seres enormes se movían detrás de la luz. Eran los primeros humanos que veía en mi vida, pero ya había olido a otros; en ese momento, me di cuenta de que nunca había visto cuál era su aspecto. Al verlos entrar en el cubil sentí que una parte de mí los reconocía: me sentí extrañamente atraído hacia ellos y deseé correr en su busca. Pero las voces de alarma de los gatos me hicieron permanecer inmóvil en mi sitio.

—¡Tengo uno!

Oí que un gato macho maullaba y bufaba.

—¡Jesús!

—¡Cuidado, acaban de escapar dos!

—¡Diablos! —oí que decían fuera.

Me encontré separado de mi madre y empecé a buscarla por el olor entre los gatos. De repente, sentí unos afilados dientes en la nuca y me quedé quieto. Mamá Gato me arrastró hacia el fondo, hacia la oscuridad; me llevó hasta una grieta que recorría la pared de piedra. Me apretó por ella hasta meterme en un espacio estrecho y pequeño; luego me dejó con los gatitos y se enroscó con nosotros. Los gatitos estaban en un silencio absoluto, obedeciendo a Mamá Gato. Yo me tumbé con ellos en la oscuridad y escuché a los humanos, que hablaban entre sí.

—¡Aquí hay un montón de cachorros!

—¿Bromeas? ¡Eh, atrapa a ese!

11

—Dios, qué rápidos son.

—Vamos, gatito, no te haremos daño.

—También está la madre perro.

—Está aterrorizada. Cuidado que no te muerda.

—No pasa nada. Todo irá bien, chica. Vamos.

—Gunter no dijo nada de perros.

—Tampoco dijo que habría tantísimos gatos.

—Eh, chicos, ¿los estáis atrapando con las redes ahí fuera?

—¡Es dificilísimo! —gritó alguien desde fuera.

—Vamos, perrita. ¡Maldita sea! ¡Cuidado! ¡Ahí va la madre!

—¡Jesús! ¡Vale, ya tenemos al perro! —dijo la voz de fuera.

—Aquí, cachorro, aquí. ¡Son tan pequeños!

—Es más fácil que con los malditos gatos, eso seguro.

Oíamos todo ese ruido sin comprender qué querría decir. Por un momento, nuestro espacio dentro de la grieta se vio iluminado por la luz, pero el olor de los humanos no llegó hasta nosotros. Poco a poco, el olor del miedo y de los gatos fue desapareciendo, al igual que los sonidos.

Al final, me dormí.

Al despertar, mi madre no estaba. Mis hermanos y hermanas no estaban. La concavidad en el suelo donde habíamos nacido y donde nos habían amamantado todavía conservaba el olor de nuestra familia, pero, al olerlo, tuve un sentimiento de vacío que me hizo lloriquear.

No comprendía qué había sucedido, pero los únicos gatos que quedaban eran Mamá Gato y sus gatitos. Frenético, buscando respuestas y seguridad, corrí hacia ella llorando de miedo. Ella había sacado a los gatitos de dentro de la pared y se habían apretado encima del pequeño cuadrado de tela que era su casa. Mamá Gato me examinó cuidadosamente con su hocico negro. Luego se enroscó a mi alrededor y, siguiendo el olor, empecé a mamar. La sensación en la lengua era nueva y extraña, pero necesitaba nutrirme y sentir calor. Así pues, me alimenté, agradecido. Al cabo de un momento, los gatitos hicieron lo mismo.

A la mañana siguiente, unos cuantos gatos macho regresaron. Se acercaron a Mamá Gato, que les bufó en señal de advertencia; luego se fueron a su zona a dormir.

Más tarde, cuando la luz del agujero ya había sido muy brillante y empezaba a apagarse, percibí el olor de otro ser humano, un ser humano diferente. Ahora que ya reconocía la diferencia, me di cuenta de que ya había notado ese olor antes.

—¿Gatita? ¿Gatita?

Mamá Gato nos dejó repentinamente solos en nuestro cuadrado de tela. El súbito frío que sentimos con su ausencia nos estremeció, así que nos amontonamos los unos sobre los otros formando una montaña de gatos y un perro. La observé ir hacia el agujero, pero no se acercó del todo, sino que se quedó a cierta distancia, suavemente iluminada por la luz exterior. Los gatos macho estaban en alerta, pero no se acercaron al humano.

—¿Eres la única que queda? No sé qué ha pasado, no estaba aquí, pero hay huellas en la tierra, así que sé que eran camiones. ¿Se llevaron a todos los otros gatos?

El humano entró por el agujero, bloqueando momentáneamente la luz. Era un hombre: lo sabía por el olor, aunque no sería hasta más adelante cuando comprendería la diferencia entre un hombre y una mujer. Parecía un poco más grande que los primeros humanos que había visto.

Volví a sentir la atracción hacia ese ser, un deseo inexplicable en mí. Pero el recuerdo del miedo que había sentido el día anterior me impidió alejarme de mis hermanos gatos.

—Vale, ya os veo. ¿Cómo conseguisteis escapar? Y se han llevado los cuencos. Muy bien.

Oí el sonido como de algo crujiente: de inmediato, el aire se llenó con un delicioso olor a comida.

—Aquí tienes un poquito para ti. Voy a buscar un cuenco. Y un poco de agua, también.

El hombre retrocedió arrastrándose por el suelo. En cuanto hubo desaparecido, los gatos se precipitaron hacia la comida y la devoraron.

Percibí que esa misma persona se acercaba mucho antes que los gatos, como si ellos no fueran capaces de identificar su olor cada vez más fuerte. Los machos reaccionaron, pero, al verlo reaparecer por el agujero, corrieron a esconderse a su rincón. Solo Mamá Gato permaneció allí. El hombre empujó un cuenco con comida dentro, pero ella no se acercó: simplemente se limitó a mirar. Percibía su tensión y sabía que estaba preparada para salir huyendo en cuanto él intentara capturarnos tal como habían hecho los otros humanos.

—Aquí tienes un poco de agua. ¿Tienes gatitos? Parece que estás dando de mamar. ¿Se han llevado a tus gatitos? Oh, minina, lo siento mucho. Van a derribar estas casas para construir un edificio de apartamentos. Tú y tu familia no os podéis quedar aquí, ¿vale?

Al final, el hombre se marchó y los gatos adultos volvieron a acercarse a la comida con cautela. Mamá Gato regresó con nosotros; le olí el hocico, pero, cuando fui a lamérselo, ella se apartó bruscamente.

La luz cambiante que se colaba por el agujero cuadrado marcaba el paso del tiempo. Llegaron más gatos: unos cuantos que habían estado viviendo con nosotros antes, así como una nueva hembra cuya aparición provocó una pelea entre los machos, que observé con mucho interés. Dos de los combatientes se quedaron tanto tiempo abrazados que la única señal de que no se habían dormido eran los latigazos que daban con las colas. Era un gesto que no tenía nada que ver con la felicidad, sino con la angustia. Luego se separaron, se agacharon contra el suelo, juntaron los hocicos casi hasta tocarse y empezaron a emitir unos sonidos que no parecían de gato en absoluto. Otra pelea consistió en que un macho se tumbó de lado y empezó a abofetear al otro, que estaba de pie encima de él. El que estaba de pie le daba golpes en la cabeza al gato que estaba tumbado, que respondía con una rápida serie de zarpazos.

¿Por qué no se ponían todos sobre las cuatro patas y se atacaban? Ese comportamiento, aunque resultaba estresante para todos los que estábamos en el cubil, parecía totalmente absurdo.

Aparte de con Mamá Gato, no tenía ninguna relación con los adultos, que se comportaban como si yo no existiera. Me dedicaba a jugar con los gatitos, luchando, trepando y persiguiéndolos durante todo el día. A veces les gruñía, irritado por su forma de jugar: me parecía que, de alguna manera, no lo hacían bien. Yo quería trepar a sus grupas y mordisquearles el cuello, pero parecía que ellos no le encontraban la gracia y se quedaban inmóviles cada vez que los tiraba al suelo o me lanzaba encima de ellos. A veces se aferraban a mi hocico o me golpeaban la cara con esas garras afiladas y diminutas que se me clavaban por todas partes.

Por la noche echaba de menos a mis hermanos. Añoraba a mi madre. Había construido una familia, pero me daba cuenta de que los gatos eran distintos a mí. Tenía una manada, pero era una manada de gatos, y eso no parecía estar bien. Me sentía inquieto e infeliz y, a veces, daba rienda suelta a mi angustia lloriqueando. En esos momentos, Mamá Gato me lamía y, de alguna manera, me sentía mejor, pero las cosas no eran como deberían haber sido.

Casi cada día ese hombre venía a traer comida. Mamá Gato me castigaba con una rápida bofetada en el hocico si intentaba acercarme a él; aprendí las reglas del cubil: no debíamos dejar-

15

nos ver por los humanos. Ninguno de los otros felinos parecía interesado en acercarse a esa persona, pero yo sentía un creciente deseo de que él me tocara. Cada vez me resultaba más difícil seguir aquellas leyes.

Cuando Mamá Gato dejó de darnos de mamar, tuvimos que acostumbrarnos a comer la comida que traía el hombre. Esta consistía en unos trozos de algo seco y sabroso; a veces, en pedazos de carne. Cuando me hube acostumbrado al cambio, eso resultó ser mejor para mí: hacía tanto tiempo que estaba constantemente hambriento que ya me parecía que esa era una condición natural en mí, pero ahora podía comer hasta llenarme y beber tanta agua como fuera capaz. Comía más que todos mis hermanos gatitos. Y era mucho más grande que cualquiera de ellos, a pesar de que ninguno se mostraba impresionado por mi tamaño: ellos continuaban negándose a jugar como se debiera; en general, se dedicaban a darme zarpazos en el hocico.

Cada vez que ese ser humano aparecía por el agujero, imitábamos a nuestra madre y nos escondíamos; pero si no aparecía, nos encantaba ir hasta el límite del agujero y disfrutar de los variados aromas que entraban de fuera. A veces, Mamá Gato se iba durante la noche. Yo me daba cuenta de que los gatitos querían ir con ella. A mí me atraía más la idea de salir de día, pero sabía que Mamá Gato me castigaría con solo intentarlo.

Un día, ese hombre (cuyo olor ya me resultaba tan familiar como el de Mamá Gato) apareció por el agujero haciendo ruidos extraños. Percibí que había otros seres humanos con él.

—Normalmente se esconden en el fondo. La madre se acerca un poco cuando traigo comida, pero no permite que la toque.

—¿Hay alguna otra forma de entrar aquí dentro, además de esta ventana?

Había sido una voz diferente; los olores que la acompañaban también eran distintos. Eran los de una mujer. Sin darme cuenta, meneé la cola.

—No creo. ¿Cómo lo haremos?

—He traído estos guantes para protegernos; si te quedas aquí con la red, podrás atrapar a todo gato que intente escapar. ¿Cuántos hay?

—Ahora no lo sé. Hasta hace poco, era evidente que la hembra estaba amamantando; pero si hay gatitos, no salen durante el día. Un par más, no sé de qué sexo. Antes había muchísimos, pero supongo que el constructor los ha hecho desaparecer. Van a tirar todas estas casas para levantar un edificio de apartamentos.

—Nunca conseguirían un permiso de demolición si hay gatos sin dueño viviendo aquí.

—Probablemente por eso lo hicieron. ¿Crees que les habrán hecho daño a los que atraparon?

—Mmm, vale, bueno, no hay ninguna ley que impida atrapar y acabar con los gatos que viven en tu propiedad. Quiero decir, que podrían haberlos llevado a algún centro de acogida, supongo.

—Había un montón. Toda esta propiedad estaba repleta de gatos.

—La cuestión es que no he oído que haya aparecido un gran número de gatos en ninguna parte. La comunidad protectora de animales hace piña, hablan mucho entre ellos. Si unos veinte gatos hubieran aparecido de repente, me habría enterado. ¿Estás bien? Eh, lo siento, quizá no debería haber dicho nada.

—Estoy bien. Es solo que me gustaría saber qué va a pasar.

—Pero hiciste bien en llamarnos, Lucas. Encontraremos buenos hogares para todos los gatos que haya aquí. ¿Preparado?

Ya me había aburrido con todos esos ruidos monótonos, por lo que me había ido a jugar con los gatitos cuando me di cuenta de que Mamá Gato se ponía tensa y que un escalofrío de alarma le recorría el cuerpo. Tenía la mirada clavada en el agujero y daba latigazos en el aire con la cola. Había aplastado las orejas contra la cabeza. La miré, curioso, sin hacer caso del gatito que se tiró contra mi hocico, me arañó y salió corriendo.

Entonces se encendió una luz brillante y comprendí su miedo. Mamá Gato corrió hacia la pared posterior, abandonando a los gatitos. La vi colarse sin hacer ruido por la grieta justo en el momento en que dos seres humanos entraban por el agujero. Los gatitos daban vueltas, confundidos; los gatos machos corrieron hacia la parte posterior del cubil, muertos de miedo.

La luz recorrió las paredes y se posó sobre mí.

—¡Eh! ¡Aquí hay un cachorro de perro!

2

—¡*E*h, gatito, gatito!

La mujer avanzó a cuatro patas y alargó una mano. Tenía un trozo de ropa del que emanaban un sinfín de olores pertenecientes a animales diferentes, pero casi todos de gato.

Los gatos habían reaccionado huyendo, presas del pánico. La huida fue caótica y sin una dirección clara; ninguno de ellos corrió hacia la grieta donde se había escondido Mamá Gato, a pesar de que yo sabía por el olor que estaba ahí dentro escondida y muerta de miedo. Los otros gatos adultos se encontraban un poco mejor, pero casi todos ellos se habían quedado paralizados y miraban con temor al ser humano que se acercaba a ellos. Uno de los gatos salió corriendo; en cuanto la mujer lo cogió, le gruñó. La mujer lo dejó con cuidado sobre otro par de manos cubiertas con guantes. Dos gatos más consiguieron huir corriendo por su lado.

—¿Los has atrapado? —preguntó la mujer levantando la voz.

—¡A uno de ellos! —respondió alguien a gritos—. El otro ha escapado.

En cuanto a mí, sabía qué debía hacer. Debía irme con mi madre. Pero algo en mí se rebelaba contra esa reacción y se sentía atraído hacia la mujer que se acercaba. Me fascinaba.

Un impulso se adueñó de mí: a pesar de que nunca había sentido el contacto con un humano, tenía una fuerte sensación de cómo debía de ser, como si tuviera un recuerdo muy antiguo. La mujer me hizo un gesto con las manos dejando que el resto de los gatos adultos se colaran por el agujero que tenía a su espalda.

—¡Aquí, cachorro!

Y me lancé hacia ella, directo a sus brazos y meneando la cola.

—¡Oh, Dios mío, eres un encanto!

—¡Hemos atrapado dos más! —gritó alguien desde fuera.

Lamí el rostro de la mujer, meneando la cola y retorciéndome en sus brazos.

—¡Lucas! Tengo al cachorro. ¿Puedes entrar y cogerlo? La mujer me levantó en el aire y me observó la barriga.

—Cogerla, quiero decir. Es una chica.

El hombre que nos traía la comida con los cuencos apareció por la ventana y noté su familiar olor. Alargó las manos y me agarró con suavidad; entonces me sacó al mundo. El corazón me latía con fuerza, pero no de miedo, sino de una dicha completa. Seguía percibiendo a los gatitos detrás de mí, notaba su miedo; el olor de Mamá Gato todavía era muy fuerte, pero en ese momento yo solo quería estar en brazos de ese hombre, mordisquearle los dedos y saltarle encima cada vez que me dejaba en el suelo y me hacía tumbar de espaldas.

—¡Qué tonta eres! ¡Eres una cachorra tonta!

Mientras jugábamos, la mujer sacó a los gatitos de uno en uno y los fue dando a los dos hombres, quienes los depositaron en unas jaulas que llevaban en la parte trasera de un camión. Los gatitos maullaban con angustia. Oírlos me hizo sentir triste porque yo era su hermana mayor, pero no podía hacer nada por ayudarlos. Esperaba que nuestra madre se reuniera con ellos enseguida: entonces se sentirían mejor.

—Creo que los tenemos todos —dijo la mujer, acercándose al hombre y a mí, que continuábamos jugando—. Excepto los que se han escapado.

—Sí. Lo siento. Tus chicos los han cogido, pero yo no lo he hecho bien.

—No pasa nada. Hace falta mucha práctica.

—¿Qué les pasará a los que han escapado?

—Bueno, esperemos que no regresen pronto, ya que los trabajadores van a derribar las casas.

La mujer se arrodilló y me acarició las orejas. Recibir la atención de dos seres humanos al mismo tiempo era lo más maravilloso que me había pasado nunca.

—No había más perros. No tengo ni idea de qué estaba haciendo esta pequeña aquí.

—No la había visto antes —repuso el hombre—. Solo había gatos. ¿Qué tiempo tiene?

—No lo sé. ¿Quizás ocho semanas? Va a ser grande, se ve. Mírale las patas.

—¿Qué es, un pastor? ¿Un mastín?

—No, es decir, quizá tenga algo de mastín, pero más bien en la cara le veo algo de terrier... o de rottweiler. Es difícil de saber. Probablemente tenga el cóctel completo de ADN canino.

—Parece sana. Quiero decir que, si ha estado viviendo en este agujero... —observó el hombre.

Me cogió en brazos: yo me dejé hacer. Sin embargo, en cuanto vi que me acercaba a su cara, intenté mordisquearle la nariz.

—Sí, bueno, dudo que haya estado viviendo aquí —dijo la mujer—. Probablemente haya seguido a un gatito hasta aquí... o a uno de los adultos. Hablando de esto, ¿cuándo has visto a la mamá gato por última vez?

—Hace unos cuantos días.

—No estaba en el agujero, así que debe de haber venido en

21

el momento equivocado y está por ahí cazando. Si la ves, házmelo saber, ¿vale, Lucas?

—¿Tienes una tarjeta o algo?

—Claro.

El hombre me dejó en el suelo. La mujer se puso en pie y le dio una cosa. Yo apoyé las patas delanteras en sus piernas, intentando oler lo que le daba. Me interesaba todo lo que hacía el hombre. Y, por encima de todo, quería que volviera a agacharse para jugar conmigo un poco más.

—Audrey —dijo el hombre, mirando el pequeño objeto que tenía entre los dedos.

—Si no me encuentras ahí, habla con quien conteste. Todos saben lo de esta casa. Saldremos e intentaremos atrapar a los rezagados. He preguntado por ahí, pero últimamente nadie ha traído una gran colonia de gatos a ninguna parte de Denver. Creo que tenemos que pensar lo peor.

—¿Cómo es posible que alguien haga algo así? —dijo el hombre, con voz angustiada.

Le salté a los pies para que supiera que, si estaba triste, tenía un cachorro ahí abajo para hacer que todas las preocupaciones desaparecieran.

—No lo sé. A veces no comprendo a la gente.

—Me siento muy mal.

—No. Tú no sabías qué iban a hacer. Aunque no sé por qué no se molestaron en llevar a los animales a algún centro de acogida de alguna parte. Hubiera podido encontrar un lugar para algunos de ellos, y tenemos contactos en lugares seguros para los gatos salvajes. Hay personas que no se molestan en hacer las cosas bien. —La mujer me cogió en brazos—. Vale, pequeña, ¿preparada para irte?

Meneé la cola y giré la cabeza para mirar al hombre. Lo que más deseaba era sentir sus manos.

—Eh, Audrey…

—¿Sí?

—Es como si fuera mi perra. Quiero decir, técnicamente la he encontrado yo.

—Oh. —La mujer me dejó en el suelo y yo corrí hasta el hombre para mordisquearle los zapatos—. Bueno, no deberías adoptar un animal de esta manera. Quiero decir que existe un procedimiento.

—Excepto si se trata de mi perro, no es una adopción.

—Vale. Mira, no quiero que esto sea nada raro ni nada. ¿Te puedes permitir acoger a un cachorro? ¿Dónde vives?

—Justo ahí, en esos apartamentos al otro lado de la calle. Desde allí vi a los gatos; paso por aquí constantemente. Simplemente, un día decidí alimentarlos.

—¿Vives solo?

Algo muy sutil cambió en la actitud del hombre. Lo miré, alerta, deseando que me cogiera en brazos otra vez. Quería lamerle la cara.

—No, vivo con mi madre.

—Oh.

—No es lo que piensas. Está enferma. Es soldado: cuando regresó de Afganistán, empezó a sufrir algunos síndromes. Así que voy a la escuela y trabajo con el Departamento de Asuntos de los Veteranos para intentar conseguir la ayuda que necesita.

—Lo siento.

—Estoy recibiendo clases en línea. Formación médica. Paso mucho tiempo en casa, igual que mi madre. Podemos darle a este cachorro toda la atención que necesita. Y creo que tener un perro será bueno para los dos. Mi madre todavía no puede ponerse a trabajar.

El hombre me cogió en brazos. ¡Finalmente! Le miré la cara. Algo importante estaba pasando: me daba cuenta de ello, a pesar de que no estaba segura de qué era. El cubil, ese lugar en que había nacido y donde Mamá Gato seguía escondida, me parecía un lugar que estaba a punto de abandonar. Ahora esta-

23

ría con ese hombre, allí donde me llevara. Eso era lo que yo quería: estar con él.

—¿Has tenido un cachorro alguna vez? Dan mucho trabajo —dijo la mujer.

—De pequeño viví con mi tía, y ella tenía dos yorkshire terrier.

—Este ya es más grande que un yorkshire terrier. Lo siento, Lucas, pero no puedo hacerlo. No es ético. Debemos pasar por un protocolo veterinario. Uno de los motivos por los que tenemos tan pocas devoluciones es que nuestros protocolos de destino son muy estrictos.

—¿Qué quieres decir?

—Quiero decir que no. No puedo dejar que te la quedes.

El hombre bajó la cabeza, me miró y sonrió.

—Oh, cachorrita, ¿has oído eso? Quieren apartarte de mí. ¿Tú quieres eso? —Acercó la cara hasta mi hocico y lo lamí. Él sonrió—. La cachorrita y yo votamos por que se quede conmigo. Somos dos contra uno —le dijo a la mujer.

—Ya —repuso ella.

—Creo que las cosas suceden por un motivo, Audrey. Había una razón para que esta perrita estuviera ahí dentro, escondida con los gatos. Y creo que esa razón era que yo debía encontrarla.

—Lo siento, pero hay unas reglas.

Él asintió con la cabeza.

—Siempre hay reglas. Y siempre existen excepciones a las reglas. Esta es una de las excepciones.

Se quedaron callados.

—¿La gente te gana? En una discusión, quiero decir —dijo ella al cabo de un momento.

El hombre parpadeó.

—Bueno, claro que sí. Pero en esta creo que no.

Ella negó con la cabeza y sonrió.

—De acuerdo. Bueno, tal como has dicho, tú la encontraste. ¿La llevarás al veterinario de inmediato? ¿Mañana? Si prometes hacerlo, supongo que acepto… Deja que te dé algunas cosas: tengo correas, collares y comida para cachorro.

—¡Eh, cachorro! ¿Quieres venir a vivir conmigo?

Su rostro se iluminó con una sonrisa radiante, pero noté algo en su voz que no comprendí. Estaba ansioso, preocupado por algo. Fuera lo que fuera lo que iba a suceder a continuación, era algo que le preocupaba.

Mamá Gato no salió. Todavía notaba su olor cuando el hombre me llevó fuera del cubil; me la imaginé en su escondite, ocultándose de los humanos. Eso era algo que no comprendía: ¿de qué tenía miedo? Por mi parte, me sentía como si nunca hubiera visto nada tan maravilloso como ese hombre que me sostenía en brazos, como si jamás hubiera experimentado nada tan fantástico como la sensación de sus manos en mi pelaje.

Cuando la gente hubo cerrado la puerta de sus vehículos, dejé de oír los maullidos de mis hermanos gatitos. El camión se alejó dejando solamente un tenue rastro de mi familia felina en el aire. Me pregunté cuándo los volvería a ver, pero no tuve tiempo de pensar en esa extraña separación en la cual mis hermanos se iban en una dirección, nuestra madre en otra, y yo, en una tercera. Había demasiados sonidos y visiones nuevas; casi me mareé. Cuando el hombre me llevó a ese lugar que más tarde llamaría «casa», sentí olor de comida, de polvo, de medicamentos y de una mujer. El hombre me dejó en el suelo, que estaba cubierto con una mullida alfombra. Lo seguí a través de la habitación y salté a su regazo en cuanto se sentó para estar conmigo.

Notaba que la ansiedad del hombre iba en aumento. Lo percibía en su piel, igual que notaba la tensión bajo la piel de Mamá Gato cuando los humanos se acercaban al agujero.

—¿Lucas?

Era la voz de una mujer. Asocié esa voz con el olor que notaba en todos los objetos que había en la habitación.

—Hola, mamá.

Una mujer entró en la habitación y se quedó de pie. Corrí a saludarla, meneando la cola y deseando lamerle las manos.

—¿Qué?

La mujer se quedó boquiabierta y me miró con los ojos muy abiertos.

—Es un cachorro.

La mujer se arrodilló y alargó las manos hacia mí. Yo corrí hacia ella, me tumbé de espaldas al suelo y me puse a mordisquearle los dedos.

—Bueno, ya veo que es un cachorro, Lucas. ¿Qué está haciendo aquí?

—Es una hembra.

—Eso no responde mi pregunta.

—Vinieron del centro de acogida a buscar a los demás gatos. Bueno, a casi todos. Había una camada de gatitos pequeños; esta cachorrita estaba con ellos —dijo el hombre.

—Y tú la has traído a casa porque...

El hombre se acercó y se agachó al lado de la mujer, ¡y yo tuve a dos personas acariciándome!

—Porque... mírala. Alguien la abandonó y ella encontró el camino hasta ese agujero. Probablemente, se hubiera muerto de hambre allí mismo.

—Pero no puedes tener un perro, Lucas.

El miedo del hombre ya había desaparecido, pero notaba que otra emoción se estaba despertando en él. Tenía el cuerpo y la cara más tensas.

—Sabía que dirías eso.

—Por supuesto que lo digo. Apenas nos sostenemos nosotros solos, Lucas. ¿Y sabes lo caro que es tener un perro? Las facturas del veterinario, la comida... —dijo ella.

—He tenido una segunda entrevista en el departamento: me han dicho que el doctor Gann me va a dar la aprobación. Ahora conozco a todo el mundo allí. Así que conseguiré el trabajo. Tendré el dinero.

El hombre seguía acariciándome; yo empecé a relajarme y a sentir sueño.

—No es solamente el dinero. Ya hemos hablado de ello. Quiero que te concentres de verdad en entrar en Medicina.

—¡Estoy concentrado! —Su tono fue tan brusco que me sacó de mi estupor—. ¿Tienes algún problema con mis notas? Si es eso, podemos hablar al respecto.

—Claro que no, Lucas. Notas. Vamos. Que seas capaz de sostener la carga que llevas y que consigas esas notas es increíble.

—Entonces ¿qué es? ¿No quieres que tenga un perro o no quieres que tome por mí mismo una decisión tan importante?

El tono de su voz me hizo sentir ansiosa. Le di un golpe con el hocico con la esperanza de que se pusiera a jugar conmigo y se olvidara de lo que lo estaba preocupando.

Se hizo un largo silencio.

—Vale. ¿Sabes qué? Siempre me olvido de que ya casi tienes veinticuatro años. Es demasiado fácil caer en la dinámica madre-hijo que siempre hemos tenido.

—Siempre hemos tenido —repitió él.

Se hizo otro silencio.

—Sí, excepto durante la mayor parte de tu infancia. Tienes razón —dijo ella con tristeza.

—Lo siento. No sé por qué he dicho eso. No me refería a nada.

—No, no, tienes razón. Y podemos hablar de ello todas las veces que lo necesites. Y siempre estaré de acuerdo contigo: he tomado muchísimas malas decisiones en mi vida. Y buena parte de ellas tienen que ver con haberte dejado. Pero ahora estoy intentando compensarlo.

—Ya lo sé, mamá.

—Tienes razón con lo del cachorro. Sin pensarlo, me comporto como si todavía fueras un adolescente y no un adulto que comparte la casa conmigo. Pero tenemos que pensarlo, Lucas. Nuestro contrato no nos permite tener mascotas en el edificio.

—¿Quién se va a enterar? Probablemente, la única ventaja de vivir en lo que todo el mundo ve como el peor apartamento del edificio es que nuestra puerta da a la calle y no al patio. La cogeré en brazos y la sacaré. Y cuando la deje en el suelo, nadie del edifico sabrá de dónde venimos. Nunca la dejaré ir al patio... Y siempre la llevaré atada.

El hombre me levantó en el aire y me dio un beso en la barriga.

—Nunca has tenido un perro. Es una gran responsabilidad.

Él no dijo nada: se limitó a continuar haciéndome carantoñas. Entonces la mujer se echó a reír con unas carcajadas cantarinas y alegres.

—Supongo que si hay algo sobre lo que no necesito darte lecciones es sobre eso de ser responsable.

Durante los siguientes días estuve adaptándome a mi nueva y maravillosa vida. La mujer se llamaba Mamá. El hombre era Lucas.

—¿Quieres una golosina, Bella? ¿Golosina?

Levanté la cabeza y miré a Lucas; notaba que esperaban algo de mí, pero no comprendía qué era. Entonces sacó la mano del bolsillo y me dio un pequeño trozo de carne que desplegó un abanico de deliciosas sensaciones en mi lengua.

¡Golosina! Pronto, esa se convirtió en mi palabra favorita.

Yo dormía con Lucas, enroscada a su lado encima de un blando montón de sábanas que estuve haciendo trizas un tiempo hasta que descubrí hasta qué punto eso lo entristecía. Estar tumbada a su lado era incluso más reconfortante que apretujarme contra Mamá Gato. A veces, mientras él dormía, le cogía los dedos de la mano entre los dientes, pero no para morderle, sino para mordisqueárselos muy suavemente, con tanto amor que me dolía la mandíbula de la emoción.

Me puso el nombre de Bella. Varias veces al día, Lucas sacaba la correa, que era una cosa que se enganchaba a lo que él llamaba «collar». Con la correa me arrastraba hacia donde quería ir. Al principio, detestaba esa cosa porque no le veía sentido a que me arrastrara en una dirección cuando yo estaba oliendo algo delicioso justo en la dirección contraria. Pero más tarde me di cuenta de que cada vez que él descolgaba la correa al lado de la puerta, íbamos a dar un «paseo», ¡y eso me encantaba! También me encantaba cuando llegaba a casa y Mamá estaba ahí y yo corría hacia ella para recibir sus abrazos. Y me encantaba cuando Lucas me ponía comida en el cuenco o cuando se sentaba y yo podía jugar con sus pies.

Me gustaba jugar a luchar con él, así como la manera que tenía de sostenerme en su regazo. Lo amaba. Mi mundo giraba alrededor de Lucas; cada vez que abría los ojos, lo buscaba a él. Me traía juguetes nuevos cada día, cosas nuevas que hacer con mi Lucas, mi persona.

—Bella, eres la mejor cachorrita del mundo —me decía a menudo, y me besaba.

Mi nombre era Bella. Y pronto pensaba en mí de esa manera: Bella.

Una vez al día, por lo menos, íbamos al cubil. Allí había siete casas seguidas en las que no vivía ninguna persona, donde solamente había gatos. Estaban separados por una valla, pero Lucas la apartaba y entrábamos.

En el cubil todavía se percibía con fuerza el olor de Mamá Gato, a pesar de que el rastro de los gatitos ya estaba desapareciendo de toda esa zona. También me di cuenta de que algunos de los gatos machos habían regresado. Lucas dejaba comida y agua en el suelo, pero no me permitía comérmela. Tampoco me dejaba entrar para ir a ver a mi madre.

—¿La ves? ¿Ves a la gatita? Está justo allí, mirándonos, Bella. Casi no se la ve, entre las sombras —decía Lucas en voz baja.

Me encantaba que pronunciara mi nombre. Noté que su voz tenía un tono de interrogación, pero eso no tenía nada que ver con que tuviera ninguna golosina para mí. No comprendía qué me estaba diciendo, pero estaba con él, así que no me importaba ninguna otra cosa.

Una tarde, me encontraba tumbada junto a los pies de Lucas, cansada después de una sesión especialmente agotadora de ataque a los cordones. No me sentía cómoda allí echada, pero estaba demasiado agotada como para moverme: me quedé con la cabeza más baja que mi cuerpo.

De repente, oí un rugido que se fue haciendo más y más fuerte; al final, Lucas se movió de una manera que dejó claro que él también lo había oído.

—¿Qué es eso, Bella?

Me puse en pie. ¿Paseo? ¿Golosina? Lucas fue hasta la ventana y miró hacia fuera.

—¡Mamá! —gritó, alarmado.

Mamá salió de su habitación.

—¿Qué sucede?

—¡Están descargando una excavadora! ¡Van a derribar la casa, y todavía hay gatos ahí dentro! —Fue hasta un cajón y lo abrió mientras Mamá se acercaba a la ventana—. Vale, mira. Aquí está la tarjeta. ¡Llama al centro y pregunta por Audrey, pero si ella no está, diles que el constructor va a derribar la casa y que los gatos van a morir!

Notaba su miedo con toda claridad. Lucas fue a buscar la correa y me la sujetó al collar. Me sacudí, totalmente despierta.

—Llamaré. ¿Qué vas a hacer? —preguntó Mamá.

—Debo detenerlos.

Lucas abrió la puerta.

—¡Lucas!

—¡Debo detenerlos!

Juntos, corrimos hacia fuera.

3

*L*ucas salió corriendo por la puerta, arrastrándome con él; cruzamos la calle a toda velocidad. La verja había sido parcialmente apartada y algunos hombres se encontraban reunidos alrededor de la guarida. También había una máquina enorme que rugía. Hacía un ruido sorprendentemente fuerte y grave. Me agaché para orinar; en ese momento, uno de los hombres se apartó del grupo y se acercó a nosotros. Llevaba unos zapatos que emitían una fascinante mezcla de olores de aceite y de otras cosas que yo no conocía.

—Todavía hay gatos viviendo ahí abajo —le dijo Lucas.

Estaba jadeando. Cuando me cogió en brazos, noté que el corazón le latía con fuerza.

—¿De qué está hablando? —preguntó el hombre, con el ceño fruncido.

—Gatos. Hay gatos viviendo en ese agujero. No pueden derribar la casa, los van a matar. Pueden derribar las otras, pero en esa hay animales.

El hombre se mordisqueó el labio. Miró hacia sus amigos y luego me miró a mí.

—Bonito cachorro.

Me acarició la cabeza. Su mano tenía un contacto rugoso y olía a productos químicos y a aceites.

Lucas respiró profundamente.

—Gracias.

—¿Qué es, un mastín?

—¿Qué?

—Su cachorro. Un amigo mío tiene un mastín danés. Se parecía mucho a este cuando era pequeño. Me gustan los perros.

—Eso es genial. Quizá sí, no sé qué raza es. La verdad es que la rescatamos de ese agujero de debajo de la casa que ustedes van a derribar. También había un montón de gatos; muchos de ellos todavía están ahí. Eso es lo que intento explicarle, que no se capturó a todos los animales. Así que, legalmente, no pueden derribar una casa donde viven gatos sin dueño.

Notaba el olor de Mamá Gato; supe que se había acercado sigilosamente. Meneé la cola, deseando verla, pero Lucas me detuvo. Me encantaba que me cogiera, pero a veces me sentía frustrado cuando lo hacía a la hora de jugar.

—Legalmente —repitió el hombre, pensativo—. Sí, bueno, tengo el permiso de derribo. Está ahí colgado, ¿lo ve? Así que, en realidad, sí que es legal. No tengo nada contra los gatos, excepto quizá que mi chica tenía demasiados. Pero debo hacer mi trabajo, ¿comprende? No es nada personal.

—Sí es personal. Es personal para los gatos. Es personal para mí —afirmó Lucas—. Están solos en el mundo. Abandonados. Yo soy lo único que tienen.

—Vale, bueno, no voy a discutir eso.

—Hemos llamado a la gente de la protectora.

—Eso no es asunto mío. No podemos esperarlos.

—¡No! —Lucas dio unos pasos y se colocó delante de aquella máquina enorme. Yo lo seguí, dejando que la correa colgara un poco entre nosotros—. No pueden hacer eso.

Levanté la vista hasta esa cosa enorme sin comprender nada.

—Está usted empezando a impacientarme, amigo. Salga de en medio. Ha entrado en propiedad ajena.

—No pienso moverme.

Lucas me cogió en brazos y me sostuvo contra su pecho.

El hombre se acercó a nosotros sin dejar de mirar a Lucas. Eran de la misma altura. Lucas y yo le miramos a los ojos. Meneé la cola.

—¿De verdad quiere meterse en esto? —preguntó el hombre en voz baja.

—¿Le importa si, primero, dejo a mi perro en el suelo?

El hombre apartó la vista, molesto.

—Mamá ya me decía que habría días así —murmuró.

—¡Eh, Dale! —gritó uno de los otros hombres—. Acabo de hablar con Gunter. Dice que llega ahora mismo.

—Vale. Bien. Que se encargue él del manifestante.

El hombre se dio la vuelta y regresó con sus amigos. Me pregunté si ellos también se acercarían a saludarme. Me hubiera gustado que lo hicieran.

Al cabo de poco tiempo llegó un coche oscuro y un hombre se bajó de él. Se acercó a los hombres y estuvo hablando con ellos, que no dejaban de mirarme: yo era el único perro que había allí. Luego el hombre vino a verme. Era más alto que Lucas y con un cuerpo más grande. En cuanto se acercó noté olor de humo, de carne y de algo dulce tanto en sus ropas como en su aliento.

—Bueno, ¿de qué va todo esto? —le preguntó a Lucas.

—Todavía hay algunos gatos viviendo debajo de esa casa. Sé que no quieren correr el riesgo de hacerles daño —repuso Lucas.

El hombre meneó la cabeza.

—No hay ningún gato. Capturamos a todos los gatos.

—No, no a todos. Todavía hay algunos ahí abajo. Por lo menos tres.

—Bueno, pues se equivoca, y no tengo tiempo para esto. Ya vamos con retraso por culpa de esos malditos gatos. No pienso perder otro día con eso. Tengo unos apartamentos que construir.

—¿Qué hicieron? ¿Qué hicieron con los gatos que estaban aquí? ¡Algunos no eran más que cachorros!

—Eso no es asunto suyo. Nada de esto es asunto suyo.

—Sí que lo es. Vivo justo al otro lado de la calle. Veo a los gatos ir y venir.

—Me alegro por usted. ¿Cómo se llama?

—Lucas. Lucas Ray.

—Yo soy Gunter Beckenbauer. —El hombre alargó la mano y apretó la de Lucas un momento, pero pronto se la soltó.

Cuando la mano de Lucas volvió a posarse en mí, noté ese olor de humo y de carne en su piel. La olisqueé con atención.

—¿Es usted quien ha estado levantando mi valla? Ya he mandado a los chicos a arreglarla tres veces.

Lucas no respondió. Por mi parte, yo, que seguía entre sus brazos, empezaba a tener sueño.

—Y es usted quien ha estado alimentando a los gatos, eso es evidente. Eso no es exactamente una ayuda en esta situación, ¿sabe?

—¿Me está diciendo que quiere que se mueran de hambre?

—Son gatos. Matan pájaros y ratones. A lo mejor usted no lo sabe. Por tanto, no se mueren de hambre.

—Eso no es cierto. Se reproducen demasiado. Si no se los atrapa y se los esteriliza, tienen gatitos. Y la mayoría de ellos muere de hambre o de enfermedad causada por malnutrición.

—¿Y eso es culpa mía?

—No. Mire, lo único que le pido es que dé un tiempo para que la gente se ocupe de esto de una forma humana. Hay organizaciones que se dedican a esto, a rescatar animales que, sin tener ninguna culpa, son abandonados y están en peligro. Hemos llamado a una y ya están de camino hacia aquí. Déjeles hacer su trabajo. Ustedes podrán hacer el suyo.

El hombre que olía a humo había escuchado a Lucas, pero meneaba la cabeza.

—Vale, habla usted como si leyera literalmente de una página de Internet o algo, pero no es de eso de lo que estamos hablando ahora. ¿Tiene usted idea de lo difícil que es construir actualmente, Lucas? Hay una decena de agencias con las que debes trabajar. Finalmente, conseguí el permiso después de un retraso de un año. Un año. Así que debo ponerme a trabajar. Ahora.

—No pienso moverme.

—¿De verdad va a quedarse delante de la excavadora mientras se derriba la casa? Podría morir.

—De acuerdo.

—¿Sabe qué? Iba a ponerle las cosas fáciles, pero me ha obligado: voy a llamar a la policía.

—De acuerdo.

—¿No le ha dicho nadie nunca que es usted un cabrón testarudo?

—Ya. Usted es una buena perla.

El hombre se alejó sin acariciarme, lo cual fue muy raro. Nos quedamos quietos un momento. La enorme máquina se quedó en silencio; tan pronto su vibración abandonó mi cuerpo me sentí muy diferente, como si hasta ese momento algo me hubiera estado apretando y ahora hubiera dejado de hacerlo. Lucas me dejó en el suelo y yo lo olisqueé con atención. Quería jugar, pero Lucas solo quería quedarse ahí de pie. Además, la correa no dejaba que me moviera mucho.

Entonces aparecieron más personas. En cuanto las vi, meneé la cola. Eran un hombre y una mujer; también salieron de un coche. Ambos llevaban ropa oscura y unos objetos metálicos en la cadera.

—La policía —dijo Lucas en voz baja—. Bueno, Bella, vamos a ver qué pasa ahora.

Las dos personas de ropa oscura se acercaron y estuvieron hablando con el hombre de los dedos que olían a humo y a carne. Lucas parecía un poco inquieto, pero no nos movimos de allí. Yo bostezaba, pero en cuanto las dos personas vinieron a verme, me puse a menear la cola. La mujer desprendía el olor de un perro, pero el hombre no.

—Oh, Dios mío, qué cachorro tan mono —exclamó la mujer con tono cariñoso.

—Se llama Bella —dijo Lucas.

¡Me encantó que hablaran de mí!

La mujer me sonreía.

—¿Cómo se llama?

—Lucas. Lucas Ray.

—Vale, Lucas. Cuéntenos qué está pasando —dijo su compañero.

El hombre se puso a hablar con Lucas mientras la mujer se arrodillaba y jugaba conmigo. Yo salté a sus manos. Ahora que podía olerla, me daba cuenta de que, en realidad, era el olor de dos perros distintos. Le lamí los dedos y sentí el sabor de esos perros. Los objetos metálicos que llevaba en la cadera chocaron los unos contra los otros.

La mujer se puso en pie y yo miré a Lucas.

—Pero ¿quién se supone que va a proteger a los gatos si la policía no lo hace? —preguntó Lucas.

Era la segunda vez que utilizaba la palabra «policía». Noté que estaba tenso y preocupado, así que fui a sentarme a sus pies con la esperanza de que eso lo hiciera sentirse feliz.

—Usted no tiene nada que hacer aquí, ¿comprende? —El hombre de la ropa oscura hizo un gesto hacia la enorme máquina—. Comprendo por qué esto le preocupa, pero no puede obstaculizar un proyecto de construcción. Si no sale de ahí, deberemos llevárnoslo con nosotros.

La mujer que olía a esos perros le tocó un brazo a Lucas.

—Lo mejor para usted y su cachorro es que se vayan a casa ahora.

—¿Quiere, por lo menos, enfocar la luz en el agujero? —le pidió Lucas—. Verá que lo que le digo es cierto.

—No creo que sirva para nada —repuso ella.

37

Entonces llegó otro coche. Este emanaba un gran olor de perros, gatos y otros animales. Levanté el hocico en el aire para distinguirlos.

En el nuevo vehículo había un hombre y una mujer. El tipo alargó el brazo hacia el asiento trasero, cogió una cosa grande y se la colgó del hombro. No pude distinguir qué era por el olor. El hombre lo tocó y esa cosa emitió una luz que me recordó la vez en que esas luces inundaron el agujero y cayeron sobre los gatos que corrían a ocultarse.

Conocía a esa mujer. Era la misma persona que se había metido debajo de la casa el día que conocí a Lucas. Meneé la cola a los recién llegados, contento de verlos. ¡Había tantas personas!

—Hola, Audrey —saludó Lucas.

—Hola, Lucas.

Yo quería ir a ver a la mujer (que decidí que se llamaba Audrey), pero ella y su amigo se habían detenido antes de llegar adonde estábamos nosotros. El haz de luz pasó por encima del rostro de Lucas y luego cayó en el suelo, delante del agujero.

El hombre con el olor a humo y carne se acercó. Pisaba con fuerza al caminar y movía los brazos como si estuviera lanzando un juguete a un perro.

—¡Eh! Nada de grabar ahí.

Audrey se acercó más al hombre que llevaba esa cosa colgada del hombro.

—Le estamos filmando porque está derribando el hogar de unos gatos sin dueño.

El hombre del olor de humo y carne meneó la cabeza.

—¡Ahí ya no hay gatos!

Me puse en tensión: ¡Mamá Gato! Mamá Gato se había detenido un instante en la entrada del agujero para valorar la situación; luego salió corriendo al aire libre. Pasó por delante de nosotros y desapareció entre unos arbustos que había tras la valla posterior. Intenté salir corriendo tras ella, pero había olvidado la correa. Frustrado, me senté y solté un quejido.

—¿Has grabado eso? —le preguntó Audrey a su amigo.

—Lo tengo —respondió el hombre que llevaba esa cosa colgada del hombro.

—Así que no hay gatos, ¿eh? —le dijo Lucas al hombre que olía a humo y carne.

—Quiero que arresten a esta gente —le gritó el hombre a las personas que llevaban ropas oscuras.

—Están en la acera —repuso el hombre de la ropa oscura—. Ninguna ley lo prohíbe.

—No vamos a arrestar a nadie por filmar —añadió la mujer que olía a dos perros—. Y usted nos dijo que no había gatos.

—Soy de la protectora de animales —dijo Audrey desde donde se encontraba—. Ya hemos avisado a los de la Comisión de Construcción. Están tramitando la anulación del permiso por la presencia de gatos sin dueño. Agentes, si derriban esta casa, será un acto ilegal.

—Eso es imposible —se burló el hombre que olía a humo y a carne—. No se mueven tan deprisa. Ni siquiera responden al maldito teléfono tan rápido.

—Lo hacemos cuando llama uno de los miembros del consejo. Ella es delegada del condado —repuso Audrey.

Las dos personas que llevaban ropas oscuras se miraron.

—Esto no es competencia nuestra —dijo el hombre.

—Pero han visto al gato. La protección de animales sí es competencia suya —dijo Audrey.

Me preguntaba por qué no se acercaban, pero ella continuaba de pie al lado de los coches. ¡Yo quería que viniera a jugar con nosotros!

—¡Esto está costando dinero mientras todos estamos ahí parados! ¡Espero que la policía haga su trabajo y saquen a esa gente de aquí! —dijo el hombre que olía a humo y a carne, muy enojado.

«Policía.» Las personas que llevaban las ropas oscuras y esos objetos en las caderas eran policías. Ambos se pusieron tensos.

—Señor —le dijo la señora a Lucas—, por favor, coja a su perro y vaya a la acera.

—No si van a derribar esa casa encima de un montón de gatos desamparados —respondió Lucas con terquedad.

—¡Dios! —gritó el hombre que olía a humo y a carne.

El hombre y la mujer de las ropas oscuras se miraron.

—Lucas. Si tengo que pedírselo otra vez, le pondré las esposas y lo haré subir a nuestro vehículo —dijo la mujer policía.

Lucas se quedó callado un momento; luego él y yo nos acercamos para que Audrey pudiera acariciarme. ¡Estaba tan contenta de verla! Y también me alegraba de que el hombre que olía a humo y a carne, así como el policía se acercaran y pudiéramos estar todos juntos.

El hombre que olía a humo y a carne inspiró profundamente.

—Había unos veinte animales ahí, pero ya no. El gato que acabamos de ver podía haber estado comprobando cómo estaba el terreno. Eso no significa que viva ahí.

—Lo veo cada día —les dijo Lucas. El viento arrastró un trozo de papel por mi lado y me lancé en su persecución, pero la correa me impidió avanzar—. Sí vive aquí. Y hay un par más.

—Hablando de esos gatos. ¿A qué centro de acogida los llevaron? No puedo encontrarlos por ninguna parte —preguntó Audrey.

—Vale, para empezar, este chico, Lucas, cortó mi valla, agentes. ¡Ha estado alimentando a los gatos! Y, en segundo lugar, ella tiene razón, trajimos a una empresa externa para que los capturara de forma humana. Yo no sé que hicieron con ellos luego. Probablemente, les encontraron un buen hogar.

—Así que él ha estado alimentando a unos gatos que usted dice que ya no están ahí —dijo la mujer de las ropas oscuras.

Todo el mundo se quedó callado un momento y yo bostecé.

—¡Eh, Gunter! —llamó uno de los otros hombres—. Tengo a Mandy al teléfono. Dice que es sobre el permiso.

Al final, casi todas esa personas se marcharon. Audrey se arrodilló y jugó conmigo en una zona de hierba mientras su amigo guardaba esa cosa con la luz en el coche.

—Ha sido genial eso de presentarse con una cámara —dijo Lucas.

Audrey se rio.

—Fue totalmente por casualidad. Iba conduciendo con mi hermano, que iba filmando. Está en la escuela de cine de Boulder. Cuando tu madre llamó, vinimos directamente y pensamos que era una buena idea hacer que pareciera una cámara de la Fox 31 por ejemplo. —Me levantó del suelo y me dio un beso en el hocico. Yo le lamí la cara—. Eres un amor —dijo, dejándome en el suelo otra vez.

—Se llama Bella.

Al oír mi nombre, miré a Lucas.

—¡Bella! —repitió Audrey con tono alegre. Apoyé las patas sobre sus rodillas intentando llegar hasta su cara—. ¡Serás una perra enorme cuando crezcas!

—Eh, esto… Audrey. —Lucas tosió brevemente de forma extraña y yo levanté la mirada, notando la tensión—. Estaba pensando que sería divertido si tú y yo saliéramos a alguna parte. Mira, Bella está de acuerdo.

—Oh. —Audrey se puso en pie rápidamente. Me dispuse a atacar los zapatos de Lucas—. Eres muy amable, Lucas. Pero la verdad es que me acabo de instalar en el barrio con mi novio. Es bastante serio. Vamos en serio, quiero decir.

—Claro. No, por supuesto.

—¡Eh, Audrey! ¿Podemos ponernos en marcha? Quiero llegar antes de que se ponga el sol —gritó el hombre desde la ventanilla del coche.

Un poco adormilada, bostecé y me tumbé en la hierba pensando que era un buen momento para echar una cabezada. Cerré los ojos y no los abrí cuando Lucas me cogió en brazos.

Al cabo de un rato me encontraba jugando sobre el mullido suelo de la sala grande de la casa, lo que llamaban el salón. Él tiraba de un cordel; yo saltaba sobre él, se lo quitaba y me iba corriendo. Pero, cada vez, resbalaba y me caía al suelo y entonces él, riendo, volvía a arrastrarlo por el suelo hasta que yo se lo arrebataba de nuevo. Me sentía tan contenta de estar con él, tan feliz de oírle reír, que hubiera podido estar jugando toda la noche.

Oímos que alguien llamaba a la puerta y Lucas se quedó quieto un momento antes de ir a ver quién era. Lo seguí. Él acercó un ojo a la mirilla mientras yo olía el olor de un hombre que se colaba por la rendija inferior de la puerta. Era el hombre de antes, el que olía a humo y a carne.

Lucas se puso rígido. El hombre llamó otra vez. Al final, Lucas abrió la puerta apartándome con un pie mientras lo hacía.

—Usted y yo tenemos que hablar —le dijo el hombre a Lucas.

4

—¿Hablar de qué? —preguntó Lucas.

—¿Puedo pasar o nos quedamos de pie en la entrada?

—Puede pasar.

Lucas se apartó de la puerta y el hombre entró en casa y miró a su alrededor. Lucas cerró la puerta a pesar de que eso significaba impedir el paso a todos los maravillosos olores que llegaban de fuera.

El hombre se sentó en el sofá.

—Qué cachorro tan bonito. —Alargó la mano hacia mí para que se la oliera—. ¿Es un pitbull?

—Es una hembra. No lo sabemos. Vivía debajo de la casa, al otro lado de la calle.

El hombre se quedó quieto un momento y yo lo miré con curiosidad. Luego se recostó en el sofá.

—Sí. Hablando de eso… ¿Así que es cierto que usted alimentaba a los gatos?

—Sí, era yo.

—Vale, pues esa es la ironía de todo esto, ¿no le parece? Yo tengo un problema que usted ha originado. Si se dejan cuencos con comida, hay gatos. Es una ley natural. Y también tengo razón en que usted cortó la valla, ¿verdad?

Lucas no contestó.

43

—Mire, he venido aquí a razonar con usted. Hay una forma de verlo que creo que no acaba de comprender.

Me impacientaba ver que continuaban sentados, así que ataqué una pelota peluda que vi en el suelo. No conseguía atraparla con la boca: cada vez que lo intentaba, se alejaba rodando, así que me lancé con todo mi cuerpo contra ella. Al fin conseguí dominarla y solté un gruñido, sintiéndome feroz y poderoso.

—Lo siento, señor...

—Llámeme Gunter. Estoy intentando ser amable.

—Vale, Gunter —dijo Lucas.

El hombre que olía a humo y a carne era Gunter.

—Bueno, lo siento, pero nadie de su equipo se preocupó cuando les dije que había gatos debajo de esa casa —continuó Lucas—. Iban a derribarla, aunque eso significara matar animales inocentes.

—Exacto. Y entonces usted llamó a la patrulla vengadora de animales y ellos llamaron al condado y ahora me han suspendido el permiso. Eso significa que podría tardar un par de semanas en tenerlo otra vez. Semanas. Diablos, no hacen nada en menos de un mes, así que ya estamos hablando de final de verano, probablemente más tarde. Así que continúo pagando el interés de mi préstamo y sigo pagando a mis trabajadores, y tengo un equipo que me está costando una fortuna. Todo eso por un maldito gato. Y, por cierto, usted ya sabe que no existe ninguna ley que me prohíba pegarle un tiro a un gato si quiero hacerlo.

—Hay más de un gato. ¿De verdad quiere pegarles un tiro? ¿Eso sería buena publicidad?

—Por eso estoy aquí. No quiero hacerlo. Pero usted sabe muy bien que, en cuanto empecemos a derribar la casa, esos gatos saldrán corriendo hacia el monte. No hace falta matarlos. Solo necesito que usted no llame a la mujer de la cámara de televisión, ¿vale? A ellos no les importa la verdad, solo quieren sacar en las noticias que hemos matado a unos gatitos, lo cual es absurdo.

—No habría manera de saber que todos ellos han escapado. Debemos capturarlos y luego sellar la entrada —respondió Lucas.

—No. ¿Qué? Tardaríamos semanas, y necesitamos una solución inmediata. —Gunter se quedó en silencio un momento—. Quizás estemos mirando la cuestión desde un punto de vista equivocado. Los pisos que voy a construir serán muy atractivos. Lujosas cocinas, buenos electrodomésticos. Le reservaré uno, con dos habitaciones. ¿Qué tiene usted aquí? ¿Una cama y un baño? Conozco este complejo, se construyó en los setenta. No tiene aire acondicionado central, solo unidades en las ventanas, y una cocina eléctrica barata. Seguramente todo esto también irá al suelo... Todo el mundo está construyendo ahora que es seguro que se hará el nuevo hospital.

—Tenemos dos habitaciones. Y nuestro alquiler está subvencionado. No nos podemos ir.

—Eso es lo que le estoy diciendo: yo le voy a subvencionar.

—No creo que eso funcione. Todo está vinculado a la pensión de mi madre.

—Maldita sea, chico, ¿es que no puedes echarme una mano en esto? Vale, lo pondré fácil. Te daré mil pavos si dejas de hablar con la gente de la protectora, ¿trato hecho?

—¿Mil dólares para mirar hacia otro lado mientras usted derriba esa casa encima de una familia de gatos?

—A veces la vida es así. Hay que comparar los costes con los beneficios. Piensa en todas las cosas buenas que podrás hacer para Save the Cats o para Greenpeace o por lo que sea con mil dólares. Compáralo con la vida de un par de gatos enfermos que, de todas maneras, probablemente morirán este invierno.

Bostecé y me rasqué detrás de la oreja. No importaba que hubiera juguetes para mordisquear o perseguir: las personas siempre preferían quedarse sentadas.

—Cinco mil —dijo Lucas al cabo de un momento.

—¿Qué? —El hombre se giró hacia Lucas, de repente, haciendo un ruido en el sofá. Lo miré con curiosidad—. ¿En serio estás regateando conmigo?

—Solo le estoy escuchando. Usted está preocupado por los meses de retraso. Eso le costaría mucho dinero. Cinco mil parece muy barato. Diez mil, incluso.

El hombre se quedó en silencio un momento; luego soltó una fuerte carcajada. Con dureza, dijo:

—¿Cómo te ganas la vida, chico?

—Básicamente, soy estudiante. La semana que viene empiezo a trabajar en el hospital de veteranos como ayudante administrativo. Es un buen trabajo, porque es allí donde mi madre recibe el tratamiento.

Me tumbé en el suelo, aburrido.

—Bueno, bravo por ti. No, yo te he ofrecido un buen trato y tú me has insultado al intentar extorsionarme. Así que eso es lo que vas a conseguir, una buena lección. Nada. Hubieras podido tener mil dólares. ¿Crees que puedes ir por el mundo de esta manera sin haber hecho unos cuantos amigos en el Gobierno? Lo único que necesito hacer es buscar un funcionario de Control de Animales que esté dispuesto a firmar algo que diga que no hay gatos debajo de esa casa. Y eso me saldrá, probablemente, más barato que mil dólares. Estaba intentando ayudarte. Está claro que ese dinero te iría bien.

—La verdad es que usted me ha insultado diciéndome, para empezar, que yo debería aceptar a cambio de unos cuantos billetes. Ambos sabemos que no aceptaré el dinero —replicó Lucas con calma—. Y ahora está usted insinuando algo sobre nuestra manera de vivir.

Gunter se puso en pie.

—No te acerques a mi propiedad. Si te pillo ahí, te haré arrestar por entrar en propiedad privada.

—Le agradezco que haya venido a verme —dijo Lucas en tono seco.

A veces las personas se abrazan un momento o se tocan las manos cuando se despiden, pero Gunter y Lucas no hicieron ninguna de las dos cosas.

—No permitiré que les hagan daño a los gatos, Bella —me dijo Lucas.

Al oír mi nombre me pregunté si no sería la hora de cenar.

A veces, Lucas y Mamá me dejaban sola. La primera vez que eso sucedió me inquieté mucho y estuve mordisqueando cosas que sabía que no debía mordisquear: papeles y zapatos, cosas que Lucas no me había dado con la mano y que siempre me quitaban de la boca cuando me pillaban con ellas. Cuando regresaron a casa, Lucas y Mamá se enfadaron. Agitaron un zapato delante de mí y me gritaron: «¡No!».

Yo conocía la palabra «no»; empezaba a no gustarme. La siguiente vez que me dejaron sola, mordisqueé mis juguetes y solamente un zapato. Comprendía por qué se enojaban conmigo, pero no entendía por qué me dejaban sola. Y me parecía que ese era un tema importante.

Cuando estaba con Lucas, el mundo era un lugar maravilloso; cuando él se marchaba, era como cuando me escondía con mi madre en esa rendija de la pared del cubil, donde todo estaba oscuro y daba miedo. No comprendía qué era lo que había hecho mal; solo necesitaba que Lucas regresara a casa y me asegurara que me continuaba queriendo. Cada vez que me decía «¡No!», me encogía y esperaba a que dejara de estar enfadado fuera cual fuera el problema.

Lo que más me gustaba hacer era ir con Lucas a dar de comer a los gatos. Siempre me sentía muy excitada con el so-

47

nido y los olores de la bolsa de comida, pero hasta ese momento él nunca me había dejado comer de ella. Cada vez, cruzábamos la calle y Lucas me empujaba a través del agujero de la valla. Yo deseaba con todas mis fuerzas seguirlo hasta el cubil para ponerme a jugar, pero Lucas me ataba a un árbol de la calle, al lado de la valla, y yo no podía hacerlo. Desde allí me llegaba el olor de los felinos. Mamá Gato nunca se acercaba a la entrada del agujero para dejarse ver, pero los otros dos aparecían a veces.

—No puedo estar aquí todo el tiempo, ahora tengo un trabajo —les dijo una vez Lucas a los gatos, en la entrada del agujero—. Intentaré protegeros. Pero, si vienen las máquinas, tendréis que escapar.

A veces Lucas se metía en el cubil y entonces yo me ponía a lloriquear de inquietud y no dejaba de hacerlo hasta que regresaba.

48 Una noche, cuando regresamos a casa, Mamá y Lucas se sentaron a la mesa y comieron pollo. Yo permanecí sentado, paciente, esperando que me dieran un pequeño bocado; no me defraudaron: la mano de Lucas apareció con un pequeño trozo de piel que yo inmediatamente le quité de los dedos. Me encantaba el pollo y todo lo que me daba con la mano.

—Por lo menos, ahora hay tres, quizá cuatro. Es difícil de saber.

—¿Cómo consiguen atravesar la valla? —quiso saber Mamá.

—Oh, hay muchos sitios por los que un gato puede colarse. Bella se pasa mucho rato olisqueando un agujero que hay en el suelo, justo debajo de la valla. Creo que es por ahí por donde entran y salen.

Yo lo miré, expectante, al oír que pronunciaba mi nombre. ¿Golosina? ¿Paseo? ¿Más pollo?

—¿Hay alguna manera de hacerlos salir de allí? —preguntó Mamá.

—No, están muy asustados. Especialmente la hembra negra. Curiosamente, es la más valiente y es capaz de acercarse a la entrada, pero está claro que nunca saldrá mientras yo esté allí.

—¿Y qué hay de la mujer de la protectora? ¿Wendy?

—Audrey. Sí, hablé con ella. Dice que intentarán volver a venir, pero ahora mismo están totalmente desbordados —respondió Lucas.

—Es muy guapa.

—Tiene novio.

—Bueno…, a veces dicen eso, pero…

—Mamá.

Ella se rio.

—Vale. Bueno, ¿cuál es el plan?

—Estamos encallados hasta que Audrey pueda venir. Pero no voy a permitir que maten a esos gatos.

—¿Y si les ponen veneno?

—He estado vigilando. Todavía no lo ha intentado. Creo que intenta encontrar a alguien sobornable en el departamento, alguien que diga que los gatos se han ido.

Mamá se quedó callada un momento.

—Lucas…

—¿Qué?

—¿Por qué es tan importante esto para ti? No es que yo no quiera a los animales, pero parece que para ti esto sea… No sé, algo más.

Lucas se removió en la silla.

—Supongo que es porque están solos en el mundo.

Yo miré a Mamá, que se acababa de recostar en la silla y había cruzado las piernas.

—Sientes que debes protegerlos porque están abandonados. Igual que tú, una vez, necesitaste ser protegido cuando fuiste abandonado.

—Tu grupo de terapia hace que sea casi imposible tener una conversación normal contigo.

—Hablo en serio.

—¿No podría ser, simplemente, que me siento responsable de ellos?

—¿Por qué? ¿Por qué te sientes responsable por todo, siempre? Es como si hubieras sido un adulto desde que cumpliste los cinco años. Es...

Se quedaron en silencio un momento. Olisqueé el suelo detenidamente, delante de sus pies, con la esperanza de encontrar algún trocito más de comida.

—¿Es qué?

—Eres el único hijo de una alcohólica.

—¿Puedes dejar eso, mamá? A veces hago cosas sin tener un motivo claro, ¿vale?

—Es solo que creo que sería una buena idea pensar en eso.

—Mamá. Son gatos. ¿No podemos decir que solo se trata de eso? La verdad es que no voy por la vida echándote la culpa de todo cada día, ni pensando en todas las cosas que sucedieron. Sé que es importante para ti, pero me alegro de que, por fin, las cosas hayan vuelto a la normalidad. ¿De acuerdo? Y creo que es normal querer impedir que un constructor derribe una casa encima de unos gatos indefensos.

—Vale, Lucas. Vale.

Lucas y yo jugábamos y jugábamos. A él le gustaba decir: «Haz tus necesidades». Eso significaba que, cuando estábamos fuera, algunas veces me daba una golosina; pero la mayoría de las veces no lo hacía. A veces también se llevaba dos dedos a la boca y soltaba un ruido agudo y penetrante que, al principio, me asustó, pero que al final se convirtió en la señal para que yo regresara con él para recibir alguna golosina. Así que cada vez que veía que se llevaba las manos a la boca, yo me emocionaba.

Lo que menos me gustaba de la casa era la «jaula». Mamá y Lucas parecían muy contentos cuando me enseñaron esa cosa, pero estaba hecha de unos finos barrotes metálicos y yo no podía mordisquearlos. Pusieron un mullido cojín en el interior y me enseñaron «ve a tu jaula», lo que significaba que yo debía entrar ahí dentro y tumbarme en el cojín y, entonces, ellos me daban una golosina. Luego, de repente, cambiaron el juego: ¡dijeron «ve a tu jaula», me dieron una golosina y luego me dejaron sola en la casa!

Allí dentro no había nada para mordisquear, excepto el cojín; cuando lo hube destrozado (no tenía demasiado sabor), me sentí muy solo. Echaba tanto de menos a Lucas que estuve ladrando todo el rato que estuvo fuera.

Cuando regresó, Lucas se mostró muy inquieto por haberme dejado solo durante todo el día. Pero me encontraba en tal estado de alegría y excitación por su regreso que estuve corriendo por todo el salón, saltando sobre los muebles y rodando por la alfombra y lamiéndole la cara un buen rato. Él parecía apenado por el hecho de que hubiera esparcido el relleno del cojín por todas partes, pero ¿qué otra cosa podía hacerse? Él no lo había probado y no sabía lo poco apetitoso que era. Y, desde luego, no pensaba comérmelo.

—Tengo una toalla vieja que puedes poner ahí —dijo Mamá.

—No deberías destrozar tu cama, Bella —me dijo Lucas. Meneé la cola.

—Quizá sirva ponerle la pelota dentro la próxima vez —dijo Mamá.

Yo la miré, alerta. ¿Pelota? Conocía esa palabra: la pelota era el mejor juguete de toda la casa. Cuando Lucas la lanzaba, rebotaba por todas partes y yo la perseguía y se la volvía a llevar.

A veces, Lucas se llevaba la pelota de paseo con nosotros. Había un espacio despejado con hierba y, allí, me desenganchaba la correa y me tiraba la pelota una y otra vez. Nunca se me escapaba.

51

Me encantaba perseguir la pelota y llevársela de nuevo. Y me encantaba que Lucas me dijera que era una buena perra. A veces allí había más perros y ellos perseguían otras pelotas; fingían que no deseaban que fuera Lucas quien les tirara la pelota.

Él era mi persona. No quería nada más en la vida que estar con él cada día. Bueno, eso y las golosinas. «Haz tus necesidades», decía él. ¡Golosina! Y luego, «Haz tus necesidades». Sin golosina. No era el mejor juego del mundo.

Sin embargo, al fin lo comprendí: «Haz tus necesidades» se refería a hacer pipí, cosa que yo ya prefería hacer fuera de casa. Lucas me acababa de comunicar tal sentimiento de aprobación al darme la golosina en la hierba que me di cuenta de qué iba eso de «Haz tus necesidades». Ir al parque, hacer «haz tus necesidades» y recibir una golosina. Él se mostró tan emocionado que, al lanzar la pelota, esta rebotó hasta el lugar en que a veces jugaban los niños. Yo salí tras ella. La pelota rebotó en una rampa de plástico y la perseguí. Las uñas me resbalaban en esa lisa superficie, pero conseguí subir tras la pelota, que volvió a rebotar y cayó al suelo otra vez. Salté y la atrapé antes de que volviera a rebotar.

—¡Bella! —gritó Lucas—. Has subido al tobogán. ¡Buena perra, Bella!

Lucas estaba contento conmigo. Me llevó otra vez hasta la rampa y dijo:

—Vale, ¡busca la pelota, Bella!

Estuvimos jugando a ese juego una y otra vez. La pelota subía por el tobogán, yo iba a por ella, la atrapaba y se la llevaba a Lucas. Algunas veces la atrapé en el aire, al otro lado del tobogán, justo después de que hubiera rebotado en el suelo. Lucas se reía, encantado, cuando hacía eso.

Al cabo de un rato, me dio agua y nos tumbamos en la hierba. El aire era fresco y el sol brillaba con fuerza. Apoyé la cabeza en sus piernas y él me estuvo acariciando la cabeza.

Cada vez que su mano se quedaba quieta, le daba un golpe con el hocico para que continuara.

—Lo siento, ahora debo dejarte e irme a trabajar. Pero me encanta mi trabajo. Tengo un escritorio, aunque pocas veces estoy ahí; casi siempre voy de un lado a otro ayudando a mis jefes. Es divertido, pero te echo de menos, Bella.

Me encantaba que pronunciara mi nombre.

—¿Oíste a Mamá dando vueltas anoche? Vuelve a tener insomnio. No sé qué haré si vuelve a recaer en una de sus crisis. Dios, ojalá puedan ayudarla.

Noté que lo embargaba un sentimiento de tristeza, así que trepé hasta su pecho. Eso funcionó: se puso a reír y me sacó de un empujón.

—¡Eres una perra tonta, Bella!

Cada vez que estaba con Lucas, me sentía feliz. Quería mucho a Mamá, pero lo que sentía cuando estaba con Lucas era tan fuerte como el hambre; muchas veces, por la noche, soñaba que él y yo estábamos juntos alimentando a los gatos o jugando a perseguir la pelota en el tobogán.

No me gustaba la frase «ir a trabajar», pues, cada vez que la decía, Lucas me dejaba solo durante mucho mucho rato. «Me voy a trabajar», le decía a Mamá; entonces yo me quedaba solo con ella. No podía imaginar por qué se iba a trabajar. ¿Es que yo no era una buena perra?

Mamá jugaba conmigo durante el día. Me llevaba a dar paseos cortos con la correa, pero nunca alimentábamos a los gatos y no íbamos al parque.

Cuando llegaba la hora de que Lucas dejaba de «ir a trabajar», enseguida notaba que estaba llegando a casa. Lo sabía sin percibir su olor: sabía que estaba caminando por la calle en dirección a la casa. Entonces me iba a la puerta y me sentaba a esperarlo. Y cuando notaba que ya estaba allí, empezaba a menear la cola. Al cabo de un momento, notaba su olor y oía sus pasos por la acera.

53

—No sé cómo lo hace, pero sabe cuándo vas a llegar a casa —le dijo Mamá a Lucas—. Se va a la puerta y se pone a lloriquear.

—Seguramente tiene mi horario memorizado.

—Cariño, ni siquiera tú tienes tu horario memorizado. Cada día sales del trabajo a una hora diferente. No, tiene un sexto sentido para eso.

—Bella, la perra adivina de Denver —dijo Lucas.

Lo miré, pero no vi ninguna señal que indicara que fuera a darme una golosina tras haber pronunciado mi nombre.

Lucas hacía «ir a trabajar» y Mamá se quedaba descansando en el sofá. Algunos días se levantaba un rato y me sacaba a pasear. Entonces cantaba, subía y bajaba la voz de una manera muy distinta a cuando hablaba. Sin embargo, últimamente, mamá ya no hacía mucho más que quedarse tumbada en el sofá. Yo me enroscaba con ella, notando su amor; a veces, su tristeza.

Un día, oí que alguien subía los peldaños de la entrada, pero por el olor supe que no era alguien que yo conociera. Supe que era un hombre. Ladré.

—¡No, Bella! —me reprendió Mamá.

¿No? No comprendí que utilizara tal palabra en ese contexto.

Había oído claramente el timbre, que sonaba cada vez que alguien estaba en el porche. Mi trabajo consistía en dar la voz de alarma, así que volví a ladrar.

—¡Bella! ¡No! Perra mala.

La miré con culpa y consternación. ¿Perra mala? ¿Qué había hecho?

Mamá abrió un poco la puerta y apreté el hocico contra la rendija, olisqueando y meneando la cola.

—Eh, nena.

Había un hombre grande de pie, en los escalones. El aliento le olía a un potente producto químico que me escoció en los ojos un poco; también noté un agradable olor de pan que se desprendía de sus ropas.

Me di cuenta de que Mamá no estaba contenta, así que dejé de menear la cola con tanto entusiasmo.

—¿Cómo me has encontrado? —preguntó Mamá.

—¿No vas a invitarme a entrar, Terri?

—Vale, pero justo iba a salir.

—¡Vaya, qué perro tan grande! ¿Cómo se llama?

—Es una perra. Se llama Bella.

—¡Eh, Bella!

El hombre se agachó y, al intentar tocarme, estuvo a punto de caerse y tuvo que apoyarse con una mano en el suelo. Noté que me rascaba la cabeza con la mano.

Mamá tenía los brazos cruzados.

—No acabo de saber por qué estás aquí.

—Soy espontáneo.

—¿Estás borracho, Brad? ¿O hay algo más?

—¿Qué? No.

—Mírame.

El hombre se puso en pie.

Mamá meneó la cabeza con expresión disgustada.

—Vas totalmente colocado.

—Quizás un poco. —El hombre se rio. Entró en el salón con paso vacilante y miró a su alrededor. Mamá lo observó con frialdad—. Mira —empezó a decir él—, he estado pensando en nosotros. Creo que hemos cometido un error. Te echo de menos, nena. Creo que deberíamos darnos otra oportunidad. Ninguno de los dos somos unos críos.

—No pienso hablar contigo cuando estás así. Nunca.

—¿Así cómo? ¿Cómo?

El hombre había levantado la voz y yo me aparté de él. Mamá apoyó las manos en las caderas.

55

—No empieces. No quiero pelearme. Solo quiero que te marches.

—No pienso irme hasta que no me des un buen motivo por haberme dejado.

—Oh, Dios.

—Tienes buen aspecto, Terri. Ven aquí.

El hombre sonrió.

—No —repuso Mamá, apartándose de él.

—Lo digo en serio. ¿Sabes cuántas veces pienso en nosotros? Estábamos bien juntos, nena. ¿Recuerdas esa vez que fuimos a ese hotel en Memphis…?

—No, para. —Mamá negó con la cabeza—. No estábamos bien, juntos. No era yo misma cuando estaba contigo.

—Nunca has sido más tú misma que cuando estabas conmigo.

—Eso es ridículo.

—Mira, yo he venido a hacerte todos estos cumplidos y tú te estás comportando como una bruja.

—Vete, por favor.

El hombre echó un vistazo a la habitación.

—No está mal. Parece que tu hijo vuelve a vivir contigo. —Entrecerró los ojos—. Quizá necesita tener una charla de hombre a hombre sobre lo que significa crecer y no depender de su madre para todo.

Mamá suspiró.

—Brad, lo que dices… Todo lo que dices no tiene ni pies ni cabeza.

—¿De verdad? ¿Quieres que acabe como su padre? ¿Muerto, en la parte trasera de cualquier tienda de licores? Ya, seguramente no recuerdas haberme contado eso. Has olvidado lo mal que estabas cuando te encontré —añadió, dirigiéndole una mirada lasciva—. Estás en deuda conmigo.

—¿Eso es lo que crees? Yo no te debo nada. Tú no eres nada. No eres nada para mí. No eres nada para el mundo.

—Creo que aquí no se me está respetando. ¿Sabes qué te digo? Que no tienes derecho a tratarme con esa falta de respeto. No después de lo que hemos pasado juntos. De lo que sé.

—¡Tienes que irte ahora mismo!

Mamá había gritado, completamente enojada. Bajé la mirada, con la esperanza de que no se hubiera enfadado conmigo. De repente, la volví a levantar, alarmada al ver que ese hombre sujetaba a Mamá por los brazos.

57

5

—¡*P*ara! —gritó Mamá.

Ladré. Me sentía aterrorizada. Ella y el hombre se dieron un golpe contra la pared y algo cayó al suelo y se rompió haciendo un ruido como de cristales rotos. Me alejé, asustada.

Oí un golpe. El hombre soltó un gruñido y retrocedió, doblando el cuerpo. Mamá lo siguió; hacía un extraño ruido con las manos mientras le daba golpes en la cara. Luego, se dio la vuelta y le dio una patada. El hombre trastabilló un poco.

—¡Zorra! —le gritó.

El tipo cayó al suelo. Ella le cogió el brazo y se lo torció mientras le daba un golpe en las piernas que lo hizo caer de rodillas al suelo. Yo dejé de ladrar.

—Vale, Terri —dijo el hombre, ya sin aliento.

Notaba su furia y el dolor de su cuerpo. Se sujetaba una muñeca con la mano. Percibí el olor de su sangre y vi que una gota le bajaba por el labio y la barbilla.

—No, no intentes ponerte en pie. Si lo haces, te voy a hacer daño —le advirtió Mamá, enojada.

El hombre la miró.

—Tienes que irte.

—Me has roto la muñeca.

—No, no lo he hecho. Hubiera podido hacerlo, pero no lo he hecho.

—Voy a matarte.

—No, estás en mi casa y, si te acercas a mí otra vez, seré yo quien te mate —repuso ella, furiosa—. Ahora, fuera. ¡No, he dicho que no te pongas en pie! Arrástrate. Y hazlo antes de que cambie de opinión.

Consternada, no podía dejar de observar a ese hombre que avanzaba a cuatro patas hasta la puerta de entrada. Quise acercarme para olisquearlo, pero Mamá dijo «¡No, Bella!», así que me detuve y me senté. Sabía que debía de haber hecho algo malo para que estuviera tan enfadada conmigo.

—Voy a vomitar —dijo el hombre.

—Aquí no. Continúa.

El tipo alargó una mano hasta la puerta y la abrió, poniéndose en pie mientras lo hacía. Se giró y empezó a decirle algo a Mamá, pero ella fue hasta la puerta y la cerró de golpe. Oí que el hombre caía por las escaleras, pero pronto se alejó por el jardín y su olor fue desapareciendo. 59

Mamá se quedó de pie delante de la puerta de entrada durante lo que me pareció una eternidad. Me sentía muy triste. Fui a darle un golpe en la mano con el hocico. La tenía húmeda por haberse limpiado las lágrimas. Sentía mucho haber sido una mala perra.

—Oh, Bella, ¿por qué no puedo hacer nunca nada bien?

Mamá se sentó en el porche y yo me acerqué y le apoyé la cabeza en el regazo. Me di cuenta de que parte de la tensión y la tristeza la abandonaban. Estaba reconfortando a Mamá. Eso era más importante que ir de paseo, más importante que ayudar a dar de comer a los gatos: eso era la parte más importante de mi trabajo. Sabía que debía quedarme sentada con Mamá durante todo el tiempo que lo necesitara.

Ella me acarició el pelaje.

—Eres una buena perra, Bella. Una perra muy muy buena.

Uno de los objetos de la casa que yo ya había aprendido a identificar era el «teléfono». Era metálico; no era nada con lo que yo hubiera querido jugar nunca, pero Mamá y Lucas hablaban a menudo de él. A veces se llevaban el teléfono a la cara y me hablaban, aunque yo nunca sabía qué debía deducir de eso, ni jamás significó que fueran a darme una golosina.

Mientras estaba allí, enroscada con Mamá, ella se apoyó el teléfono en la mejilla.

—Lucas, ¿puedes hablar? —preguntó. Levanté la vista al oír pronunciar su nombre—. Es que… Brad ha estado aquí. No, estoy bien. No lo sé, tampoco es que nos hayamos mudado aquí en secreto. Puede habérselo dicho cualquiera. Tuve que ponerme un poco dura con él. Estaba… No sé de qué iba colocado exactamente. Tequila, eso seguro. Y le encanta fumar. No, no vengas a casa, estoy bien aquí, con Bella.

Meneé la cola.

—Solo quería explicarte que tenía miedo de que, si volvía a verlo, su mundo me resultara atractivo. De que quisiera regresar con él, volver a esa vida. Como si hubiera una parte de mí que no se creyera que de verdad me estoy recuperando. Pero en cuanto entró en casa me di cuenta, justo en ese momento, de que nunca volveré a hacer eso otra vez. No me lo voy a hacer a mí y no te lo voy a hacer a ti. Estuve a punto de perderte… No, escucha, sé por lo que te hice pasar, y solo te estoy diciendo que no hace falta que te preocupes por mí. Nunca más, ¿de acuerdo? —Mamá escuchó un momento—. Sí, voy a ir a la reunión de esta noche. Yo también te quiero, cariño.

Mamá dejó el teléfono, pero seguía sintiéndose ansiosa. Trepé a su regazo. Poco a poco, la tensión nos abandonó a los dos.

La siguiente vez que Lucas me llevó a alimentar a los gatos, noté por el olor que había un gato nuevo escondiéndose allí con los demás, una hembra. No salió. A los gatos, pensé, no les gustaban mucho las personas.

—Así que hablé con Audrey: me dijo que no pueden hacer nada ahora por culpa de todos los carteles de «No pasar» que Gunter ha puesto —le dijo Lucas a su madre.

—Pensé que estaría contento de que quisiéramos intentar rescatar a los que todavía están aquí. Eso sería bueno para los dos.

—No sé qué tiene en la cabeza —suspiró Lucas.

—¿Necesitas que te ayude con las redes que dejó?

—La verdad es que no. Prefiero que te quedes sentada en el porche vigilando por si aparece Gunter.

Lucas enganchó la correa a mi collar. ¡Paseo! Cruzamos la calle, pero no llevábamos nada de comida. Él apartó la valla y se coló por la apertura. Luego dio una palmada para que yo lo siguiera. Me levantó y volvió a colocar la valla en su sitio.

—Vaya, empiezas a pesar mucho —gruñó Lucas.

Me hizo sentar. Yo lo observé mientras él recogía unas mantas que tenían unos pequeños trozos de madera cosidos. Olían un poco a gato y veía sus manos a través del tejido.

—Vale, ¿preparada, Bella?

Meneé la cola. Lucas me desenganchó la correa.

—Vale, ahora es tu turno. ¡Adelante, Bella! ¡Ve!

Lucas cogió las mantas e hizo un gesto. Me puse en tensión. ¿Qué se suponía que debía hacer?

—Sé que quieres hacerlo. ¡Adelante, Bella! ¡Entra!

No comprendía ni una palabra de lo que me decía. Me senté, intentando comportarme como una buena perra.

Lucas se rio. Al notar su amor meneé la cola.

—No puedes creerte que te deje entrar, ¿verdad? Vale, ven aquí.

Lucas soltó el trozo de manta que sujetaba con una mano y me cogió por el collar. Me arrastró hasta la entrada del cubil. Yo notaba el olor de varios gatos allí dentro: uno de ellos era

61

el de Mamá Gato. Pero ella no estaba cerca. Recordé la grieta en la pared y me pregunté si se habría escondido allí de nuevo.

Lucas me empujó la cabeza por el agujero de entrada del cubil. No sabía qué estaba haciendo, pero no me parecía que me estuviera comportando como una perra mala. Los gatos desprendían el olor del miedo.

Decidí ir a ver a mi madre. Me agaché hasta tocar el suelo con la barriga y me colé por el agujero, que se había hecho mucho más pequeño de lo que era antes. Cuando estuve dentro, me sacudí y meneé la cola.

Un súbito pánico se apoderó de los gatos, que se comportaron como si yo fuera una amenaza. ¡Yo! En cuanto me acerqué a la grieta, todos salieron corriendo hacia la salida.

—¡Ah! —gritó Lucas.

Apreté el hocico contra la grieta, pero no conseguía colarme en el escondite. Inspiré: Mamá Gato estaba justo allí, en la oscuridad. Meneé la cola. La oí acercarse y su hocico tocó el mío por un instante. Ronroneó.

—¡Bella! ¡Ven!

Me di la vuelta. Quería que mi madre viniera conmigo, pero sabía que no lo haría.

Cuando salí de nuevo a la luz del día, Lucas se alegró. Tenía la manta levantada del suelo y había dos gatos dentro de ella. Estaban gruñendo.

—¡He atrapado a dos! —me dijo, sonriendo.

Me sentía feliz porque él estaba feliz.

De vuelta a casa, Lucas puso los dos gatos en una caja. Ellos se pusieron a gemir allí dentro, con un miedo que resultaba evidente. Olisqueé la caja con curiosidad. Al hacerlo, los gatos dejaron de hacer ruidos.

—Te gustaría perseguirlos y hacerlos trepar a un árbol, ¿verdad, Bella?

Meneé la cola, creyendo que quizá me iba a dejar jugar con ellos. Quizás eso conseguiría que se pusieran de mejor humor.

Justo antes de cenar, sonó el timbre. Ladré, tal como debía hacer, pero estaba claro que a Lucas le había molestado la llamada.

—¡Para! ¡No ladres! —gritó, probablemente para hacer que la persona se fuera—. ¡Eh! —exclamó, dándome una palmada en la grupa para que me sentara.

Lo miré con incredulidad: estábamos todos gritando y ladrando porque había sonado el timbre. ¿Por qué se enfadaba conmigo de repente?

Moví la cola en cuanto noté el olor de la mujer que estaba en la entrada de la casa. ¡Era Audrey! Se alegró de verme y me dijo que era una buena perra y una perra grande; luego se llevó la caja de los gatos. Pensé que, seguramente, iba a llevarlos de vuelta al cubil. Si era así, podría volver a verlos la siguiente vez que Lucas me llevara ahí.

El aire todavía conservaba cierto olor de los gatos cuando Lucas dijo:

—Voy a leer.

Y él y yo fuimos a tumbarnos en su cama. Lucas tenía un plato a su lado que desprendía unos olores tan maravillosos que casi me sentí mareada.

—¿Quieres un poco de queso, perra boba?

Lucas cogió un apetitoso bocado entre los dedos y lo levantó en el aire. Yo me quedé inmóvil, mirándolo con atención.

—Oh, Dios mío, eres desternillante: ¡si no es más que un pequeño trozo de queso!

Al día siguiente, por la tarde, Mamá me acababa de hacer entrar en la casa después del paseo y me estaba desenganchando la correa cuando me di cuenta de que le pasaba algo. Percibí una nueva emoción en ella, además de un brusco cambió en el olor de su piel. La olisqueé con ansiedad.

—Eres una buena perra, Bella —me susurró, pero no me miraba, sino que tenía la vista dirigida hacia algún punto lejano—. Vaya, me siento muy rara.

Al final se sentó para hacer «mirar la televisión». Mirar la televisión consistía en que Lucas y Mamá se sentaban en el sofá y me acariciaban, así que a mí me encantaba hacerlo. Pero esta vez fue diferente, porque Mamá estaba diferente. El mal olor seguía allí; cuando me puso la mano encima, me sentí temblorosa y tensa. Me entró tanto miedo que salté al suelo y me enrosqué a sus pies; pero, al cabo de un momento, volví a levantarme. Jadeando, fui a beber un poco de agua. Luego regresé y me senté a su lado, mirándola con ansiedad. Fuera lo que fuera lo que le sucedía, me daba cuenta de que cada vez era peor.

—¿Qué pasa, Bella? ¿Necesitas ir a hacer tus necesidades? Si acabamos de salir.

Mamá se fue a la cocina y sacó la caja de las golosinas. A mí me encantaba el ruido que hacía esa caja cuando la sacaba del armario, pero esta vez, mientras Mamá se acercaba a los escalones del sótano y abría la puerta, me sentí desgraciada. A Mamá y a Lucas les gustaba tirar las golosinas por las escaleras y que yo bajara y subiera corriendo. Casi siempre uno de ellos decían «buen ejercicio». No sabía qué significaba eso y no comprendía por qué, si querían darme una golosina, no podían simplemente dármela con la mano o darme la caja entera. Sin embargo, esa vez no me sentía bien al dejarla sola arriba de las escaleras mientras iba a buscar las golosinas abajo.

—¿Bella? ¿Qué estás haciendo? ¿No quieres una golosina?

Incluso el tono de su voz me alarmó. Lloriqueé.

—¡Bella, ve! ¡Busca la golosina!

Parecía claro lo que quería, y el olor de esas golosinas que habían caído escaleras abajo me atraía. Bajé corriendo, pensando que necesitaba a Lucas. Fuera lo que fuera lo que iba mal, él lo arreglaría.

Mientras me tragaba las golosinas tan deprisa como me era posible, oí un fuerte golpe procedente de arriba, un golpe que pareció resonar en el aire.

Aterrorizada, subí a toda velocidad. Mamá estaba tumbada en el suelo. Hacía unos ruiditos raros y se había llevado las manos a la cara. Estaba temblando.

No sabía qué hacer. Intenté ponerle la cabeza en el hombro para reconfortarla, pero tenía el hombro rígido y no se relajó.

Estuve ladrando y ladrando. Mamá dejó de temblar al cabo de un momento, pero se le movían los labios y emitía unos gruñidos.

De repente, noté que Lucas regresaba. Nunca me había alegrado tanto. Pronto, Lucas estaría en casa. Yo ya estaba frenética de impaciencia cuando empecé a notar su olor y la puerta se abrió.

—¿Bella? ¿Por qué ladras? ¡No puedes ladrar aquí! ¿Mamá? ¿Hola?

Corrí desde donde estaba Lucas hasta donde Mamá estaba tumbada. Al ver que no me seguía, fui a buscarle de nuevo. Lucas se había ido a la cocina y estaba abriendo unos cajones.

—Tus golosinas no están. ¿Mamá te ha dado una golosina? ¿Está echando una cabezada?

Ladré.

—¡Eh! ¡No, Bella!

Volví corriendo al lado de Mamá. Lucas continuaba en la cocina. Me quedé al lado de Mamá sin dejar de ladrar.

—¡Bella! ¡Cállate! —Lucas apareció por la esquina del pasillo—. ¡Mamá!

Corrió hasta donde estaba Mamá y le puso una mano en el cuello. Luego se puso en pie. Le di un golpe de hocico a Mamá en la mejilla. Lucas cogió el teléfono y, al cabo de un momento, lo oí hablar en voz alta; en su tono se notaba el miedo.

—¡Por favor, dense prisa! —gritó.

Al cabo de poco, un hombre y una mujer entraron en

casa. Notaba su olor, pero Lucas me había encerrado en su dormitorio, así que no pude verlos. Al principio hicieron mucho ruido, pero luego la puerta de la casa se cerró y todo se quedó en silencio.

Me quedé sola y asustada. Necesitaba a Lucas, pero me daba cuenta de que se había marchado con esas personas. No comprendía qué estaba pasando, pero sabía que Lucas había sentido miedo y que Mamá no se había despertado cuando él la tocó. Me puse a llorar y a gemir con todo mi miedo, rascando la puerta del dormitorio; luego me puse a ladrar para que la gente supiera que me habían abandonado y que tenía miedo y que necesitaba que una persona viniera a ayudarme.

No vino nadie.

Echaba tanto de menos a Lucas que solo podía pensar en sus manos acariciándome. No estaría a salvo hasta que él regresara y me sacara del dormitorio. La voz que se colaba por la ventana ya se había ido apagando y el olor del día había cambiado al acercarse la noche. Parecía que había pasado mucho tiempo. Esa era la hora de la noche en que solamente los animales más silenciosos corrían por la hierba; los pájaros estaban callados y solo pasaba algún coche solitario por la calle, iluminando brevemente las cortinas con la luz de los faros. ¿Dónde estaba Lucas?

Yo era una perra mala. Ya había aprendido a no hacer mis necesidades en la casa, a hacerlas fuera, pero ahora no tenía otra alternativa, así que me fui a un rincón del dormitorio y lo hice ahí. Sabía que cuando Lucas regresara a casa me gritaría: «¡No!». Al lado de la cama encontré una cosa que olía a Lucas, así que la estuve mordisqueando hasta destrozarla. Por fin, oí el ruido de sus pasos acercándose a la casa. Me puse a dar saltos y a gimotear, frenética, al oír que abría la puerta de entrada y que, por fin, se acercaba por el pasillo.

—Oh, Bella, lo siento mucho.

Me acercó la cara para que pudiera lamérsela. Luego se puso a limpiar la esquina del dormitorio con papeles de periódico y agua, y yo me encogí de miedo. Pero no me gritó. Luego, cogió la cosa que había mordisqueado y dijo:

—Bueno, de todas maneras nunca me gustó este cinturón. Vamos, Bella, vamos a dar un paseo.

¡Paseo! El cielo empezaba a clarear y se oían los pájaros. Olí a Mamá Gato y a otros perros y a personas que caminaban por la calle.

Ojalá fuéramos al parque. Quería correr alegremente tras las ardillas, subir por la rampa y jugar y jugar.

—Ha sido otra crisis convulsiva —dijo Lucas—. Hacía mucho tiempo que no tenía una. Creíamos que estaba controlado con la medicación. Estoy muy preocupado, Bella. Los médicos no saben qué sucede.

Percibía su tristeza, pero no comprendía nada. ¿Cómo era posible que alguien estuviera triste durante un paseo?

Mamá no vino a casa ese día ni el siguiente. Cuando Lucas hizo «ir a trabajar», me dejó en la jaula y me quedé llorando de la frustración y del miedo que sentía por lo que estaba sucediendo. ¿Por qué tenía que irse Lucas? ¿Por qué no estaba Mamá en casa? ¿Volvería algún día? ¿Regresaría Lucas algún día? Yo necesitaba a mi persona. Sería una buena perra, haría «siéntate» y ofrecería consuelo si todos volvían y me sacaban de la jaula.

El día en que Mamá y Lucas entraron en casa juntos, me sentí exultante. Me puse a ladrar y a lloriquear, desesperada por que me sacaran de la jaula. Lucas abrió la puerta y yo salí disparada a correr por el salón y a saltar al sofá donde estaba Mamá tumbada. Ella se reía mientras yo le lamía las mejillas.

—Abajo, Bella —me dijo Lucas.

No me gustaba «abajo». Pero Lucas dio una palmada con las manos y supe que se enfadaría si no lo hacía, así que bajé al suelo a regañadientes. Mamá alargó la mano para acariciarme la cabeza, lo cual era casi tan bueno como estar tumbada con ella en el sofá.

—Bueno, ¿qué dice la notificación? —preguntó Mamá.

—Básicamente que, al tener un perro, estamos incumpliendo el contrato. Tenemos tres días hasta que llamen a Control de Animales y empiecen el procedimiento de desahucio.

El tono de Lucas era sombrío. Yo quería acercarme a él para consolarlo, pero también deseaba quedarme con Mamá para que continuara acariciándome.

Mamá se llevó las manos a las caderas.

—He visto más perros aquí.

—Sí. Es posible recibir un perro de visita, pero supongo que alguien ha dicho que Bella ha estado ladrando durante un par de semanas.

—¿Quién?

—No lo dicen.

—No sé por qué, si todos queremos ser buenos vecinos, no han venido a hablar con nosotros antes.

—Bueno, a veces, tú resultas un poco intimidante, mamá.

Se quedaron callados un momento. Mamá dejó de acariciarme, así que le di un golpe en la mano.

—No podemos irnos, Lucas —dijo Mamá en voz baja.

—Lo sé.

—Es perfecto que puedas ir a trabajar caminando desde aquí. Y cambiar mi pensión de alquiler no se puede hacer en dos días. Además, este es el único lugar que encontramos que nos podíamos permitir mínimamente. ¿De dónde sacaríamos el dinero para un depósito?

—Pero eso era antes de que yo trabajara. Quizá nos podríamos permitir pagar un alquiler más alto.

—Quiero que ahorres ese dinero para la universidad —repuso ella.

—Ya lo hago. Lo estoy ahorrando. Pero para eso están los ahorros, para emergencias.

—No me puedo creer que nos esté pasando esto.

Se quedaron callados otra vez. Me acerqué a Lucas: me daba cuenta de que estaba preocupado, pero yo no sabía por qué: en definitiva, estábamos todos juntos en casa. Me enrosqué a sus pies.

—¿Qué vamos a hacer, Lucas?

—Ya pensaré en algo —dijo Lucas.

Al día siguiente de que Mamá regresara a casa, estaba mordisqueando un palo de goma que se llamaba «hueso» mientras ella se llevaba el teléfono a la mejilla y Lucas la observaba. Había otras cosas que también se llamaban «hueso» y que me gustaban mucho más.

—Eso es lo que intento decirle. Esta notificación es un error. Yo no tengo un perro —dijo mamá.

Levanté la cabeza al oír la palabra «perro». ¿Qué intentaba decirme? Miré a Lucas, pero continuaba concentrado en Mamá.

—Vino un cachorro de visita, pero yo no soy propietaria de ningún perro. —Volví a mirar a Mamá al oír la palabra «perro» otra vez—. Correcto. Sí. Muchas gracias. No. Se lo agradezco. —Mamá dejó el teléfono—. No he mentido. No soy propietaria de ningún perro. Bella es tu perro.

Le llevé el hueso a mamá, pensando que querría lanzármelo escaleras abajo para hacer «buen ejercicio».

Lucas sonrió.

—Es un excelente argumento legal.

Mamá no hizo ningún gesto de ir a coger el hueso.

—Pero eso no hará desaparecer el problema. Tarde o temprano nos pillarán.

—Quizá no. Sacaré a Bella solamente antes de amanecer o después de la puesta de sol. A esa hora no hay personal trabajando. Estoy seguro de que a los vecinos no les importará, siempre y cuando no haga ruido. Y cuando lleguemos a la calle, ¿quién podrá demostrar que vive en el complejo? Yo podría estar pasando de largo por delante del edificio.

No sabía qué estaban diciendo, pero me gustaba que repitieran mi nombre y la palabra «perro».

—Pero ¿y si tengo que ir al hospital? No puedes dejar de trabajar cada vez que eso suceda. Yo puedo hacer mis reuniones por la noche, pero eso es todo.

—Quizá podríamos dejar a Bella con un canguro.

—¿Y renunciar a qué, a la comida?

—Mamá…

—Solo digo que no nos lo podemos permitir.

—Vale.

Suspiré, contenta.

—Lo siento. Es que no sé cómo va a salir esto. Uno de estos días, probablemente más pronto que tarde, tendrá que quedarse sola en casa. Y cuando eso suceda, ladrará.

6

*D*urante los días siguientes estuvimos jugando a dos juegos nuevos. Uno era «no ladres». Mi trabajo era avisar a todo el mundo cada vez que detectaba que había una persona en la puerta. En las circunstancias adecuadas, yo oía u olía a alguien antes de que sonara el timbre: entonces ladraba para beneficio de todos los que estaban en la casa. A veces, Mamá y Lucas sumaban sus voces a la mía con su alerta: «¡para!», me gritaban, o «¡cállate!». Pero con «no ladres», Lucas se ponía en pie delante de la puerta y sacaba el brazo fuera; entonces sonaba el timbre y él me ordenaba: «¡no ladres!» y me sujetaba el hocico. A mí no me gustaba ese juego, pero estuvimos jugando una y otra vez. Luego, Mamá salió fuera y Lucas se sentó en el comedor; Mamá llamó a la puerta con los nudillos, lo cual no era lo habitual, pero Lucas también me dijo «no ladres». ¡Era como si no quisieran que yo hiciera mi trabajo!

«No ladres» se parecía mucho a «quieta», que era otro juego que no me gustaba. Cuando Lucas decía «quieta», debía quedarme sentada sin moverme hasta que él regresara y me dijera «¡vale!». A veces me daba una golosina y me decía «muy bien»: me gustaba esa parte. Pero, por todo lo demás, «quieta» requería mucha concentración y resultaba agotador y aburrido. Parece que los humanos no tienen ninguna noción del paso del tiempo, de la gran diversión que se pierden mientras un perro hace «quieta» y debe quedarse sentado sin jugar. Lo mismo puede decirse de «no ladres»: Lucas esperaba que cuando me decía «no ladres», yo fuera una buena perra y recordara esa orden como si fuera un estado permanente del ser. Cuando alguien llamaba al timbre y yo hacía «no ladres», Lucas podía darme una golosina o podía no dármela. Era agotador. Estaba deseando que se olvidara de «no ladres», pero lo estuvo repitiendo constantemente. Y lo mismo hizo Mamá.

Mucho mucho más divertido era «a casa». «A casa» significaba que Lucas me desenganchaba la correa y yo debía regresar corriendo a nuestra casa y tumbarme ante la puerta de entrada. Lucas insistía mucho en dónde debía tumbarme:

—No, debes quedarte aquí, Bella. Aquí, donde nadie te pueda ver desde la calle, ¿vale?

Entonces daba unos golpecitos en el suelo de cemento hasta que yo me tumbaba, y entonces me daba una golosina. Cuando hacíamos «a casa», yo era una perra buena y me daban comida. Cuando hacíamos «no ladres», no me sentía una perra buena ni siquiera cuando me daban comida.

—Lo ha pillado muy deprisa. Si alguna vez hace falta, ella correrá directamente a casa y se tumbará al lado de la pared, bajo el seto, totalmente oculta —le dijo Lucas a Mamá.

Mamá me acarició la cabeza.

—Es una buena perra.

Meneé la cola.

—Pero todavía tenemos problemas con «no ladres» —dijo Lucas.

Solté un gemido.

Mi mayor deseo era que Lucas me dijera que era una buena perra. Eso y «trocito de queso», lo cual significaba que me quería y me daba una sabrosa golosina.

Algunas veces, me puso en la jaula y dejó el teléfono delante de ella. «No ladres», me decía, enojado. Entonces él y Mamá salían por la puerta. Yo me sentía sola y ladraba, y entonces Lucas entraba en casa corriendo. ¡Eso era lo que yo quería! Pero entonces se enojaba y me decía «¡No ladres!» varias veces sin dejarme salir y sin acariciarme, a pesar de lo alegre que yo estaba de volver a verlo.

Decidí que «no ladres» era menos divertido, incluso, cuando se añadía la jaula al juego.

—No creo que lo esté comprendiendo —le dijo Lucas a Mamá una noche.

Habíamos ido al parque y habíamos estado jugando con la pelota; sentía una deliciosa modorra.

—Pero ahora ya no ladra cuando suena el timbre —contestó Mamá.

—Eso es cierto. Bella se porta bien con el timbre. Es una buena perra.

Meneé la cola a pesar del sueño. Sí, era una buena perra.

—Mañana tengo la visita con el neurólogo —dijo Mamá.

—Quizá pueda decir que me he puesto enfermo. No podemos arriesgarnos a dejarla aquí.

—No, no puedes hacer eso, Lucas.

Meneé la cola al oír la palabra «Lucas»; me puse en pie por si él se acercaba a mí.

—Pues no sé qué otra alternativa tenemos —dijo él, apesadumbrado—. No puedes cancelar la visita: los tiempos de espera son imposibles.

Me senté y miré a Lucas, mi persona, con cierto sentimiento de alarma, a pesar de la fatiga. Algo estaba pasando: él y Mamá estaban muy muy tensos.

Hice «siéntate», fui una buena perra e hice «no ladres», pero no pareció que eso resultara de ayuda.

73

Υ

Al día siguiente, temprano, alrededor de la hora en que Lucas normalmente hacía «ir a trabajar», los tres salimos a dar un paseo. ¡Me encantaba que paseáramos juntos!

Cruzamos la calle en cuanto hubimos salido por la puerta, tal como hacíamos siempre. Noté el olor de Mamá Gato en el cubil.

—¿Ves? —dijo Lucas—. La valla es nueva. Ahora tiene este nailon enganchado a los dos lados. No hay forma de pasar el pie. Y los enganches son grandes y están conectados directamente a los postes. Haría falta una tenaza industrial.

Mamá frunció el ceño.

—Un momento, ¿habías cortado la valla?

—No. Gunter dijo que yo lo había hecho, pero no hizo falta. Solo deshice las vueltas del alambre.

—Me alegra saberlo. ¿Y si saltaras y te agarraras a la parte de arriba? ¿Podrías izarte?

—Quizá sí —asintió Lucas—. Pero Bella se quedaría al otro lado de la valla. Y la necesito para que se meta por el agujero y haga salir a los gatos hacia la red.

—¿Y si entraras tú? ¿Podrías atraparlos con la red?

—Posiblemente. Puedo intentarlo.

—¿Y si yo fuera contigo?

Lucas sonrió.

—Es bastante desagradable ahí abajo.

—Oh, creo que habré visto cosas peores —dijo ella.

—Seguramente sí.

—¿Pueden salir los gatos del terreno? —Mamá tocó la ropa que había en la valla—. Supongo que podrían trepar por aquí.

—Supongo que sí, pero en la parte trasera hicieron un agujero en el suelo por debajo de la valla; supongo que han estado entrando y saliendo por él.

—¿Por qué crees que habrá puesto la valla nueva? —preguntó mamá.

—Creo que quiere evitar que atrape al resto de los gatos. Está dejando claro que puede hacer esto y que yo no puedo detenerlo.

—Qué tipo tan agradable.

Subimos juntos por la calle. Al cabo de poco, llegamos a una calle por la que los coches circulaban muy deprisa. Al pasar, cada uno dejaba un olor diferente en el aire; también noté unas poderosas fragancias que se desprendían de los arbustos y la hierba. Me fui parando a cada rato para disfrutarlas. Un perro blanco me ladró desde el otro lado de una valla; quise ir a olisquearlo, pero estaba enganchada con la correa.

Llegamos ante un edificio grande; mamá se alejó en una dirección distinta. Me paraba y me giraba para mirarla, pero ella continuó caminando sin mirar atrás. Resultaba muy inquietante. Lo que había empezado como un agradable paseo familiar se había arruinado. No lo comprendía. ¡Se suponía que debíamos ir juntos! Solté un quejido de nerviosismo.

—Vamos, Bella. Solo se va a ver al médico. Vendrá a verte en cuanto haya terminado. Yo debo irme a trabajar.

Me sentí confundida al oír que decía «ir a trabajar», pues eso era cuando me dejaba sola en casa con mamá. Pero ahora estábamos de paseo.

Lucas me llevó hasta una puerta que pitó al abrirse. Lucas entró, miró a su alrededor y me hizo entrar tras él. El suelo resbalaba y olía a productos químicos y a muchas personas diferentes, aunque no se veía a nadie. ¡Era un lugar nuevo y divertido, en especial cuando Lucas me hizo correr por el salón! Luego entramos en una habitación que todavía tenía un olor a producto químico más fuerte. Lucas se arrodilló y meneé la cola, emocionada.

—Vale, escucha. Se supone que no debes estar en el hospital. Si te pillan, tendremos problemas. Me podrían despedir. Esto es solo por un rato, mientras mamá está en la visita. Debo irme a trabajar. Podré regresar en cuanto marque mi cambio de turno. Por favor, no ladres, Bella. Por favor.

No, eso otra vez, no. Lucas me sujetó el hocico y me dio una ligera sacudida.

—No ladres.

Yo no estaba ladrando.

Me quedé atónita al ver que salía por la puerta y la cerraba tras él. ¿Y ahora qué?

Me pregunté si estábamos haciendo una versión de «no ladres» en la que, en cuanto yo ladrara, Lucas abriría la puerta. Aunque se enfadara conmigo, eso sería mejor que quedarme sola en ese lugar desconocido. No notaba su olor al otro lado de la puerta, aunque sí percibía que todavía estaba cerca. Notar eso era parecido a cuando percibía su presencia cada vez más cercana cada vez que regresaba a casa después de «ir a trabajar». Así que, a pesar de que me había dejado sola, Lucas continuaba en el edificio... o cerca de él. Pero ¿dónde? ¿Dónde estaba Mamá? Lloriqueé. ¡No era posible que me hubieran dejado sola en esa habitación! ¡Algo iba mal!

Hice «siéntate» como una buena perra, mirando a la puerta y deseando que se abriera. No se oía nada en absoluto al otro lado de ella. Finalmente, incapaz de soportar ni un segundo más, ladré.

Lucas abrió la puerta después de un larguísimo rato de muchísimos ladridos. Antes de que lo hiciera, ya había notado su olor y el de otra persona. Cuando apareció en la habitación, una mujer entró tras él. Desprendía un olor a flores combinado con algo agradable y como de nuez. Me sentí feliz al ver a Lucas y le salté encima, apoyando las patas delanteras en él para que se inclinara y yo pudiera lamerle la cara. ¡Mi persona había regresado! Ahora podíamos salir de esa minúscula habitación y quizás irnos al parque y comer golosinas.

—¿Lo ves? —le dijo Lucas a la mujer.

—¡Me dijiste que era un cachorro! Es una adulta.

La mujer se agachó y alargó una mano que tenía restos de azúcar. Se la lamí con cuidado: me encantó que tuviera unos dedos tan dulces.

—No, todavía es un cachorro, quizá de ocho meses. El veterinario dijo que nació entre marzo y abril.

La mujer me rascó detrás de las orejas.

—¿Sabes? Tener un cachorro ayuda con las chicas.

Me apoyé en su mano.

—Eso he oído decir.

La mujer se puso en pie.

—Pero no conmigo.

—¿De verdad? Porque el único motivo por el que adopté a Bella fue para impresionar a Olivia, del Departamento de Mantenimiento.

—Me he dado cuenta de que esta parece ser tu motivación para todo, últimamente.

—Pues debe de funcionar, si te has dado cuenta.

—También me he dado cuenta de que el conducto de la basura está atascado otra vez. Esa es mi principal prioridad, por cierto.

—Es bueno saber cuál es mi lugar.

—Bueno, ¿y qué plan tienes? Sabes que si te pillan con un perro aquí te despedirán. El correo electrónico del doctor Gann sobre el millón de cosas que los empleados nunca deben hacer tenía el llevar a tu perro al trabajo en los primeros lugares de la lista.

—Estaba pensando que ya que tú estás en mantenimiento y que este es un cuarto de mantenimiento, quizá podrías estar aquí limpiando o algo durante una hora. Solo para que Bella tenga compañía y no ladre.

—¿En serio? ¿Y desde cuándo te debo yo algún favor?

—A mí no. Hazlo por la perra.

—Bella —dijo la mujer, acariciándome la cabeza—, tu papi es un ganso.

—Me llamaste tarado. Creo que no es posible ser las dos cosas a la vez.

—Oh, tú eres una excepción.

—¿Así que ahora piensas que soy excepcional?

La mujer se rio.

—No hay absolutamente nada en ti que me parezca excepcional. Ni sorprendente. Ni interesante.

—En eso te equivocas, porque en realidad soy muy sorprendente.

—¿De verdad?

—Te lo prometo.

—Dime una cosa de ti que deba sorprenderme.

—Vale. —Lucas se quedó en silencio un momento.

—¿Ves?

—Vale, a ver qué me dices de esto: vivo delante de una casa de gatos.

78   —¿Qué? —La mujer se rio.

—Ya te lo he dicho. Soy una caja de sorpresas.

—Vale, bueno, de todas maneras no me puedo pasar una hora aquí. No soy como tú: no tengo un trabajo que me permita ir por ahí sin hacer nada todo el rato. Yo tengo un jefe, y probablemente ya se esté preguntando dónde estoy.

—¡Pero esa era la apuesta! Si yo te sorprendía, tú vigilarías a mi perro.

—No había ninguna apuesta. Yo no apuesto.

—Por favor.

—No. De todas formas, si me pillan con un perro, nos despedirán a los dos.

Llamaron a la puerta. Me pareció que en esas circunstancias no tocaba hacer «no ladres», así que le comuniqué a Lucas que había alguien allí. Él y la mujer se quedaron inmóviles, mirándose el uno al otro.

Y

Lucas abrió la puerta y vi a un hombre delgado, allí de pie. Sus zapatos olían a tierra y a hierba; tenía el pelo largo y la cara peluda. Me adelanté para saludarlo, pero Lucas me cerró el paso poniéndose delante de mí.

—Espero no interrumpir nada —dijo el tipo con un tono seco.

—Eso le gustaría a él —repuso la mujer—. Es lo único en lo que piensa.

Lucas se rio.

—Hola, Ty. Olivia me ha metido en el cuarto. Has llegado a tiempo de salvarme.

—¿Qué es eso que he oído de que hay ladridos en este pasillo?

El hombre se agachó y yo me acerqué a él meneando la cola.

—¿Es posible que haya un perro en el hospital para veteranos? Claro que no.

Me acarició con suavidad; sus manos olían a personas y a café.

Lucas levantó un momento las manos y las dejó caer.

—No podemos dejarla sola en casa. Se pone a ladrar, y el administrador nos ha dicho que si nos pillan ahí con un perro nos desahuciarán y enviarán a Bella a la perrera. Sé que va contra la normativa, pero no sabía qué hacer.

—Así que planeaba que yo le hiciera de canguro a Bella en este cuarto —añadió la mujer.

—Solo hasta que mi madre salga de la visita.

—Entra en pánico con facilidad —dijo la mujer—. Tiene dos años más que yo, pero yo soy la madura.

—Bueno, creo que tengo una solución para tu pequeño problema —afirmó el hombre—. Me llevaré a Bella a mi zona.

—¿Y si el doctor Gann se entera? —preguntó Lucas con inquietud.

—El doctor Gann dirige este hospital con un pequeño presupuesto y no tiene tiempo de perseguir a un perro que está de visita. Además, supongo que podremos tener a Bella controlada un par de horas.

El hombre cogió mi correa y me llevó a otra sala. El suelo estaba cubierto por una fina alfombra y había varias personas sentadas en sillas. La alfombra olía a personas, a productos químicos y a comida, pero a ningún perro. No me gustaba estar lejos de Lucas, pero todo el mundo me mostraba su cariño y me acariciaba y me llamaba por mi nombre. Muchas de esas personas eran mayores, pero no todas. Y todo el mundo se alegró de verme. Yo apoyaba la cabeza sobre las sillas, que eran blandas, para que me acariciaran la cabeza.

Aprendí que el hombre que me había llevado allí se llamaba Ty. Fue muy amable conmigo y me dio un poco de pollo y de pan y un poco de huevo. Una mujer, Layla, me acarició la cabeza con mano temblorosa.

—Buena perra —me susurró al oído.

Un hombre me dio una cucharada de una salsa tan deliciosa que me entraron ganas de tirarme en el suelo y retorcerme un rato.

—No le des pudin, Steve —dijo Ty.

El hombre cogió un poco más con una cuchara.

—Es vainilla.

Esa salsa estaba en un recipiente de plástico, encima de una mesa que tenía al lado de su silla. La lámpara de la mesita calentaba la comida de manera que desprendía un olor dulce que se esparcía por el aire. Observé su mano con la misma concentración con que miraba el «trocito de queso». La cuchara se acercó y me relamí, pero me contuve hasta que llegó el momento de coger el trozo de la cuchara con suavidad. Ty dio unos golpecitos en la silla del hombre con un dedo y dijo:

—Vale, esta es la última, Steve.

El hombre de la salsa era Steve.

—Me recuerda a una mezcla de bulldog que tuve cuando era niño. Vuelve siempre que quieras, Bella. —Yo le lamí los dedos.

Ty se encogió de hombros.

—No creo. Si el doctor Gann se entera de que Bella ha estado aquí, le va a dar un ataque.

—Pues que le dé —dijo Steve con tono duro mientras me acariciaba. Levanté la mirada hacia él, sin saber qué estaba sucediendo—. No tiene ni idea de por lo que estamos pasando.

Ty alargó la mano y me acarició la cabeza.

—No, mira, el doctor es un buen hombre, Steve. Pero tiene muchas cosas, y debe cumplir con muchas normas a la vez.

La mano de Steve se relajó.

—Claro. Vale. Entonces no se lo digamos.

—Sí. —Ty se frotó la barbilla.

—Otra cucharada.

Steve giró la silla y cogió la cuchara. Me concentré en él, sin parpadear.

—No. Debemos irnos. —Ty me puso la correa y yo lo seguí de mala gana, mirando de vez en cuando a Steve—. Eres una buena perra, Bella. Quiero que conozcas a alguien.

Ty me llevó hasta un hombre que estaba sentado en una silla grande al lado de una ventana. Se llamaba Mack. No tenía pelo en la cabeza y me acarició las orejas con una mano muy suave. Tenía la piel muy oscura y los dedos le olían a jabón y un poco a panceta.

Mack estaba triste, tan triste como a veces lo estaba Mamá: era un sentimiento de miedo mezclado con desesperanza. Yo me tumbaba al lado de Mamá cuando se sentía de esa forma, así que apoyé las patas delanteras en la silla de Mack y subí a su regazo de un salto.

—¡Vaya! —Ty se rio.

Se levantó un poco de polvo de los cojines y lo inspiré con fuerza. Mack me dio un abrazo fuerte y largo.

81

—¿Qué tal va, Mack? ¿Todo controlado?

—Sí —dijo el hombre.

Esa fue la única palabra que pronunció. Pero mientras me abrazaba, noté que ese dolor lo iba abandonando. Yo era una buena perra, estaba haciendo mi trabajo al ofrecerle consuelo a Mack. Estaba segura de que Lucas lo hubiera aprobado.

Al final, Mamá entró en la sala y vi que abrazaba a varias personas.

—Debes volver a traer a Bella aquí. Triunfa —le dijo Ty.

—Bueno…, ya veremos —dijo Mamá.

—Lo digo en serio, Terri. Deberías haber visto cómo se ha animado Mack.

—¿Mack? ¿En serio?

—¿Puedo hablar contigo un minuto? —le preguntó Ty en voz baja.

Mamá y Ty se fueron a un rincón para poder estar a solas conmigo.

—¿Sabes por qué están aquí la mayoría de esta gente? —preguntó Ty.

Mamá miró a las personas que estaban sentadas en las sillas.

—Para encontrarse con gente como ellos.

—Sí, claro, en parte sí. Pero también porque no tienen ningún otro sitio adonde ir. No son como tú, no tienen un hijo que los cuide.

—Que los cuide —repitió Mamá, despacio—. No estoy segura de que se pueda definir así. Es más bien al revés.

—Tomo nota. Solo quiero decirte que el hecho de que hayas colado a este perro aquí les ha hecho sentir que tienen un propósito, ¿sabes? Hay que dejar que ganen en algo. Son luchadores, y es agradable volver a luchar, aunque lo único que estén haciendo sea rebelarse frente a una absurda norma contra los perros. ¿Por qué no la traes mañana?

—Oh, no creo que sea una buena idea, Ty. Si el doctor Gann se entera, la posición de Lucas se verá…

—El doctor Gann no se enterará —la interrumpió Ty—. No dejaremos que ni él ni ningún otro vea a Bella, ¿vale? Hagámoslo, Terri.

¡Al día siguiente, cuando Lucas se marchó para «ir a trabajar», Mamá y yo fuimos con él! Me llevaron otra vez a ver a mis amigos en esa gran sala con sillas. Mamá se sentó allí a hablar con esas personas. Todo el mundo se alegró de verme.

El hombre que se llamaba Steve no tenía ninguna salsa dulce ese día.

—¿Quieres un poco de pastel?

Estaba buenísimo. Me gustaba Steve. Me gustaba Marty, que se tumbó en el suelo para jugar a luchar conmigo. Me gustaba Drew, que no tenía piernas, pero que me llevó a dar una vuelta con su silla. Me senté en su regazo y me puse a menear la cola al ver que todo el mundo se reía. A pesar de que los olores eran distintos de los de un paseo en coche, me encantaba sentir mi cuerpo contra el de Drew mientras él conducía. Me pregunté si, la siguiente vez que fuéramos a pasear con el coche, Lucas me dejaría estar encima de su regazo.

Fue un día maravilloso. Todo el mundo me acariciaba, me ofrecía golosinas y me daba cariño.

Estaba haciendo «siéntate» con Jordan, que me iba dando pequeños trozos de hamburguesa, cuando Layla dijo:

—¡Viene el doctor Gann!

Entonces me cogieron y me llevaron corriendo a sentarme en un sofá con Mack.

—¡Túmbate, Bella! —me dijo Ty.

Mack alargó las manos y me sujetó mientras yo permanecía contra él para ofrecerle consuelo. Alguien me tapó con una manta. No comprendía qué juego era aquel; sin embargo, cada vez que me quería mover un poco, Mack me sujetaba para que me quedara quieta. Noté que el corazón le latía con fuerza.

83

—¡Doctor Gann! —oí que exclamaba Ty—. ¿Podemos hablar un momento sobre la posibilidad de poner aquí algún canal aparte del Canal del Tiempo?

Se oyeron más voces. Me quedé quieta al lado de Mack.

—Buena perra —me dijo en un tono de voz tan bajo que casi no pude oírle.

Cuando me sacaron la manta de encima, todo el mundo aplaudió y me dijeron que era una buena perra; yo meneé la cola, emocionada y feliz.

Más tarde aprendí que la mujer del cuarto se llamaba Olivia. Ella vino a verme y me dio unas golosinas; luego se puso en pie y estuvo hablando con Mamá.

Esa noche, Mamá pronunció su nombre un par de veces.

—¿Por qué no le pides para salir? —le preguntó Mamá a Lucas.

Yo había sacado la pelota fuera y la estaba observando, con la esperanza de que Lucas la hiciera rodar por el suelo.

—Oh, no. Me detesta.

—Si te detestara, te ignoraría en lugar de provocarte.

—No me provoca. Simplemente, es que somos distintos. Ella es una especie de gótica. Me llama Blanquito, y dice que soy su remedio contra el insomnio.

Mamá se quedó en silencio un momento.

—¿No será por mí, verdad?

—¿Qué quieres decir?

—No puedes estar vigilándome todo el tiempo. Y, aunque pudieras, no me gustaría. Ser una carga para un hijo es lo peor para una madre. Si lo aplazas todo por mi causa, eso significa que mi vida no ha servido de nada.

—¡No hables así!

—No, no es que esté teniendo pensamientos negativos. Estoy diciendo la verdad. Ya sabes que de lo que más me arrepiento es de las veces que te abandoné. Te abandoné cuando me alisté en el Ejército y estuve a punto de abandonarte cuando quise quitarme la vida. Pero eso ya está superado, Lucas. No te voy a abandonar. Quiero que tengas un futuro. Por favor, créeme, no hay nada más importante.

—Vale, pues créeme tú a mí, mamá. Yo tengo un futuro. Tengo un gran futuro. Te prometo que no permitiré que nada se interponga en mi camino.

Al cabo de un rato, Mamá se marchó. Lucas y yo fuimos a dar de comer a los gatos. En lugar de ir al cubil, me llevó por la parte trasera, donde había un agujero en el suelo por debajo de la valla. La tierra y la valla olían a varios gatos; supe que todavía había más gatos viviendo en el cubil. Comprobé que Mamá Gato también estaba allí. Lucas sacó comida de una bolsa, la puso en un cuenco y la hizo pasar por debajo de la valla.

—Eso tendrá que ser suficiente —dijo con resignación—. No me puedo acercar más.

Esperé a que Lucas abriera la valla, pero no lo hizo. En lugar de eso, me llevó a la parte delantera de la casa y se quedó un momento con las manos sobre las caderas, mirando una cosa blanca que había encima de la tela negra que cubría la valla.

—Es una notificación de derribo, Bella. Supongo que consiguió el permiso.

Noté la inquietud de Lucas y lo miré con curiosidad. Corrimos hasta la puerta de nuestra casa y entramos. Mamá no estaba. Lucas fue a su armario y sacó esas delgadas mantas que olían a gato y que tenían esos bloques de madera atados. Luego cogió el teléfono y mi correa.

—¿Preparada, Bella?

Cruzamos la calle corriendo.

—Oh —dijo Lucas—. Esto no va a funcionar. Aunque pudiera trepar ahí contigo en brazos no sé cómo bajaríamos por el otro lado sin que te hicieras daño. —Me acarició la cabeza—. Vale, vamos a hacer lo siguiente. —Me desenganchó la correa y meneé la cola—. Una buena práctica. ¿Preparada? ¡A casa, Bella!

Sabía qué debía hacer. Crucé la calle a toda velocidad y me tumbé en el sitio acordado. ¡Eso era divertido!

Oí que Lucas daba unos golpes contra algo. Levanté la cabeza. Sabía que debía continuar haciendo «a casa», pero era incapaz de reprimirme. Lucas estaba encima de la valla, tambaleándose un poco; mientras lo observaba, desapareció por el otro lado.

Nunca habíamos hecho eso antes como parte de «a casa». Normalmente, él venía y me daba una golosina, o Mamá abría la puerta y me la daba ella. El objetivo de hacer «a casa» era que alguien me diera una golosina.

Lloriqueé. No lo comprendía.

¡Y, de repente, Mamá Gato apareció corriendo por la esquina! Bajaba corriendo por la calle. Eso era totalmente nuevo y me pareció que ya no debía continuar haciendo «a casa».

Mi madre había desaparecido en la oscuridad, pero yo podía seguirle la pista fácilmente.

Feliz, corrí tras ella.

7

Seguí el rastro de Mamá Gato por una cuesta hasta llegar a una hilera de casas que tenían porches de madera sobre la pendiente de la colina. Me pareció que su olor era más fuerte debajo de uno de esos porches: en la parte de detrás, donde la tierra tocaba la madera, Mamá Gato había encontrado un lugar para esconderse. Lo único que pude hacer fue colarme un poco por debajo, pero el agujero se hizo demasiado estrecho y no pude entrar. Husmeé su olor. ¿Sabía ella que yo estaba allí? ¿Saldría?

Al cabo de un momento, su olor se hizo más fuerte. Entonces la vi. Ella me miró un momento sin parpadear. Aparté un poco la cabeza y retrocedí hasta poder ponerme en pie; ella me siguió y frotó la cabeza contra mi cuello, ronroneando.

Mamá. Cuando era pequeño, jugaba a pelear con ella en el cubil. A pesar de que este sitio, ahora, tenía también un techo de madera y era muy parecido al lugar en el que nací, me pareció que no estaría bien jugar a luchar con ella. Me había vuelto demasiado grande; ella, demasiado frágil.

Mamá Gato era de antes de Lucas. Al olerla, recordé la época en que no había personas en mi mundo, ni perros, pero sí muchos gatos. A pesar de que ahora solo recordaba

87

vagamente cómo era la vida en el cubil, oír su ronroneo me hizo sentir segura y protegida. Los antiguos olores y sonidos se hicieron tan vívidos como si me encontrara acurrucada a su lado con mis hermanos y hermanas felinas tumbadas a mi lado.

Olí en su aliento la comida que Lucas le traía. Sabía que lo que hacía Lucas de «dar de comer a los gatos» significaba darles comida que no era para mí. Lucas cuidaba a Mamá Gato. Cuidar a los gatos era nuestro trabajo.

Mamá Gato no comprendía lo maravillosa que podía ser la vida con una persona como Lucas. Ella tenía miedo de los seres humanos. Yo sabía que, por mucho que lo intentara, no podría tranquilizarla lo suficiente para que confiara en la mano de Lucas, aunque fuera la misma que le daba la comida. Los gatos son diferentes a los perros.

Pensar en Lucas me hizo sentir que era una mala perra. Me había alejado de él, en lugar de permanecer en mi sitio, al lado de la pared; pero también era cierto que él lo había cambiado todo al trepar por la valla.

Decidí que debía hacer «a casa». Si hacía «a casa», sería una buena perra. Dudé un momento en dejar sola a Mamá Gato; si se quedaba allí, no sabía cómo la encontraría Lucas para darle la comida. Quería que ella me siguiera. Pero, en cuanto me di la vuelta, supe que no lo haría. Bajé por la cuesta y luego la miré. Ella me observaba desde la cima moviendo la cola lentamente en el aire.

Me pregunté si volvería a ver a mi madre algún día.

Hice «a casa». Lucas abrió la puerta en cuanto me tumbé en mi sitio y corrí hacia él, exultante y dando brincos para recibir su cariño. Pero él se mostró serio conmigo y me dijo que era una mala perra. No sabía qué había hecho mal, pero me di cuenta de que estaba muy enfadado conmigo.

—¡No puedes escaparte, Bella! Siempre debes venir a casa.

Al oír mi nombre supe que había hecho lo correcto haciendo «a casa», pero él, por algún motivo, continuaba enojado. Corrí hasta mi lecho y me tumbé, triste por haber hecho infeliz a Lucas.

Cuando Mamá llegó a casa, me puse en pie de un salto y meneé la cola. Ella me dijo que era una buena perra, así que pensé que, fuera lo que fuera lo que hubiera pasado, ya había terminado y ahora todo el mundo me quería.

—¿Cómo ha ido la reunión? —le preguntó Lucas.

—Bien. Ha sido una buena reunión. Todo el mundo me ha preguntado por Bella: ella es lo mejor que ha sucedido en ese lugar. Parece que ha creado una relación especial con cada uno de ellos. ¿Qué ha pasado con los gatos?

—No pude atrapar a ninguno, solo he podido filmarlos. He grabado unas imágenes del permiso de derribo y se las he mandado a Audrey.

—Buena idea. Quizá pueda hacer algo con ellas.

—Quizá.

—¿Me enviarás una copia por correo?

—Claro. Ah, y Bella se escapó.

Al oír mi nombre, levanté la vista.

—¿Ah, sí? —exclamó Mamá—. Bella, ¿te escapaste?

Bajé la mirada. Ahora volvía a sentir que era una perra mala, aunque no tenía ni idea de qué era lo que había hecho mal.

—Creí que sería buena idea que hiciera «a casa» y se quedara escondida en el porche mientras yo escalaba la valla. Estaba ansioso por intentar atrapar algún gato y no me detuve a llevarla a casa primero. Fue culpa mía. Cuando por fin desistí de intentar acorralar a los gatos y regresé a casa, no la encontraba por ninguna parte.

—¿Dónde fuiste, Bella? —preguntó mamá.

Meneé la cola. ¿Me habían perdonado? Ya no parecía que Mamá estuviera molesta. Me acerqué a ella, hice presión con la cabeza para meterla debajo de su mano y ella me acarició. ¡Sí!

—Mañana lo volveré a intentar —dijo Lucas.

Me acerqué a él y él me acarició. No había mejor sentimiento en el mundo que sentirse una buena perra con Mamá y Lucas. Corrí a buscar la pelota y se la llevé para celebrarlo.

Esa noche, antes de ir a dormir, hicimos «trocito de queso». Me concentré tanto mirando la golosina que me temblaba todo el cuerpo. Finalmente, Lucas se rio y me lo dio.

Era una buena perra.

La siguiente vez que hicimos «ir a trabajar», la tierra estaba cubierta de una cosa húmeda, fría y maravillosa.

—¡Nieve! —me dijo Lucas—. ¡Es nieve, Bella!

Pensé que la nieve era la cosa más impresionante que existía (después de «trocito de queso» y, probablemente, de la panceta). Cuando llegamos al edificio grande y Lucas y Ty se encontraron, yo todavía estaba mojada. Ty cogió mi correa y me llevó a la sala de las sillas para que pudiera ver a todos mis amigos. Mack alargó la mano hacia mí y yo salté al sofá, a su lado; me quedé un rato durmiendo recostada contra él. Mack era el hombre más triste que yo había conocido nunca, pero siempre parecía alegrarse cuando nos encontrábamos. Yo estaba haciendo mi trabajo, estaba cumpliendo con mi misión ofreciéndole consuelo.

Luego, Ty me llevó a una habitación en la que unas personas estaban sentadas en unas sillas que formaban un círculo. Una de ellas era mi amigo Drew, pero no me llevó a dar un paseo: solo me dijo que era una buena perra.

Ty tiró suavemente de la correa y nos pusimos los dos en medio del círculo para que todo el mundo que quisiera mirar a un perro pudiera hacerlo.

—Escuchad. Si alguien tiene algún problema con Bella, si sois alérgicos o algo, decídmelo ahora. Si no, ella estará aquí para ayudar. Esta perra consigue saber cuándo alguien parece no encontrar las palabras, ¿sabéis qué quiero decir? Vendrá directamente con vosotros. Ah, y una última cosa: las visitas de Bella al hospital no están autorizadas. ¿Comprendido?

Pasamos mucho rato en la habitación. Estuve sentada y sin ninguna golosina. Un hombre lloró y se cubrió el rostro con las manos; apoyé la cabeza en su regazo intentando ayudar, haciendo mi trabajo de la misma manera que ayudaba a Mamá. Ellos eran mis amigos: quería que supieran que no debían estar tristes, pues allí había un perro que les ofrecería consuelo.

Más tarde, Lucas vino a visitar a mis amigos y me dijo que era una buena perra. Mientras él y yo nos marchábamos, Olivia vino a verme. Llevaba un trocito de pollo en la mano y me lo dio. Olivia me gustaba mucho.

—¿Quieres pasear hasta casa con nosotros? —le preguntó Lucas.

—Caminaré con Bella. Si quieres venir, ven —repuso ella.

Salimos por la puerta lateral. ¡Nieve! Salté sobre la nieve y me tumbé de espaldas con las patas al aire.

—¡Qué boba eres, Bella! —me dijo Olivia.

Lucas tiró de la correa con suavidad.

—Vale, ya basta. Vámonos, Bella.

Me puse en pie y me sacudí para expulsar el agua del pelaje.

—¿Qué tal te está saliendo eso de esconder a Bella del doctor Gann? —preguntó Olivia.

A pesar de que los bolsillos no le olían a comida, la miré con la esperanza de que el motivo por el que había pronunciado mi nombre fuera que iba a darme más pollo. Pero los humanos pueden tener pollo y galletas y pescado siempre que quieren.

—Ty tiene montada toda una estrategia. Cuando hay la reunión de los doce pasos, ella se queda con ellos. Cuando Bella se encuentra en la planta con los pacientes, Ty pone vigilantes. Funcionan como si fuera un campo de prisioneros y consiguen esquivar a los guardias. Creo que las enfermeras lo saben, pero los médicos no tienen ni idea. Ty dice que si pillan a Bella, dirá que es su perra. No van a despedir a Ty: todos los veteranos lo admiran y él es quien casi dirige el grupo de terapia que tienen por la noche.

¡Más tarde, mientras caminábamos, encontré una ardilla! Estaba tumbada en el suelo y desprendía unos olores sorprendentes. Toda la nieve se había fundido a su alrededor. La olisqueé con atención: estaba muerta. Yo ya conocía la muerte, era un conocimiento que había adquirido sin haberme encontrado nunca con ella, de la misma manera que supe lamer a Lucas cuando él se agachó para hablar conmigo, o de la misma manera que sabía que lo que debía hacer en ese momento era restregar todo mi cuerpo contra la ardilla.

—¡Bella! ¡No! —exclamó Lucas, dando un fuerte tirón de la correa.

Lo miré, sorprendida. ¿No? ¿Qué había hecho mal?

—Mejor que no tengas ese asqueroso olor pegado, Bella —me dijo Olivia.

Nos alejamos y yo miré hacia atrás con pesadumbre. Deseaba tener ese perfume en el pelaje.

—¿La situación con el propietario sigue siendo delicada? —preguntó Olivia.

—La verdad es que creo que están haciendo la vista gorda. Mientras Bella no ladre, nadie se quejará. Y siempre miro a ambos lados antes de hacerla salir a la calle. Si ninguno de los inquilinos lo notifica de forma oficial, creo que todo irá bien. Bella hace caso cuando le decimos «no ladres».

Levanté la mirada, sobresaltada. ¿No ladres? ¿Qué significaba eso en aquel contexto?

—Bueno, me lo pasé bien la otra noche —observó Olivia al cabo de un momento.

Lucas sonrió.

—Yo también. Fue como una cita, pero con insultos.

—Fuiste tú quien se burló de mi manera de conducir.

—No me burlé, solo dije que no esperaba que atropellaras a tantos peatones.

—Ya sabes: esto es América. Si quieres, puedes comprar un coche para que yo me siente en el asiento del copiloto y me ponga a chillar mientras tú conduces.

—Para: yo no chillé. Estaba demasiado aterrado para emitir sonido alguno. De todas maneras, para mí el transporte público es más que adecuado. Es bueno para el medio ambiente. Quizá deberías probarlo.

—No me puedo creer que haya tenido una cita con un chico de autobús.

—¿Una cita? O sea, que estamos saliendo. Oficial.

—Solo he cometido un tremendo error.

—No, esto será bueno para ti. Por fin saldrás con un chico que no tiene que presentarse cada semana en la comisaría.

—Solo hemos tenido una cita, no empieces a elegir corbata —dijo Olivia.

—Voy a cambiar mi estado en Facebook.

—Oh, Dios.

—El próximo otoño voy a estudiar Medicina. Y no necesitaré coche hasta entonces: mi madre y yo podemos ir andando al hospital y a comprar. Y Denver tiene una fantástica red de autobuses. Además, la mujer con quien estoy saliendo tiene coche.

—Este es el peor día de mi vida. —Cuando llegamos a la esquina de nuestra calle, Olivia le tocó el brazo a Lucas—. ¿Por qué hay tanta policía?

93

Υ

Yo ya había oído la palabra policía antes, asociada a unas personas que llevaban ropas oscuras y unas cosas metálicas en la cintura.

—No lo sé. Supongo que alguien los ha llamado —dijo Lucas—. Pero no es mi madre. Están todos al otro lado de la calle, delante de mi casa.

—Es una protesta. ¿Lo ves? —dijo Olivia.

Estábamos parados. Eso me hizo sentir frustrada, pues tenía ganas de ir a saludar a todos los que estaban en la acera, delante del cubil. Algunos de ellos llevaban unos palos con unos trozos grandes de papel y los agitaban en el aire.

—Hice un vídeo de los gatos y del permiso de derribo. Alguien lo habrá puesto en Facebook o algo. —Lucas estaba tocando su teléfono y luego se lo mostró a Olivia. Bostecé. Los teléfonos son muy aburridos—. ¡Perfecto! Mira, mi madre ha puesto el trozo de la excavadora y el resto es el vídeo que hice dentro del agujero. Y ha etiquetado a todos los defensores de los animales de la ciudad.

—Es increíble. Me encanta tu madre, es una rebelde. A diferencia de algunas otras personas que yo me sé —dijo Olivia.

—¿Ves ese tipo que parece tan enfadado? Es Gunter. Es el que quiere derribar este sitio. Creo que él me llamó rebelde. Me dijo que iba a sobornar a los de Control de Animales para certificar que no había ningún gato.

—¿Te dijo eso? Pues no es muy listo.

—Está convencido de que puede hacer lo que le dé la gana en el mundo.

—Oye, hay una furgoneta de la televisión —dijo Olivia—: parece que te vas a hacer famoso.

—Pero no me olvidaré de ti ni de las personas que han hecho esto posible.

—Oh, ya sé que no te olvidarás de mí.

Lucas me dejó con Olivia. Estuvo hablando con algunas

personas, entre las cuales había uno a quien yo había olido en otro momento, una mujer que se llamaba Audrey. Había varias personas con ropa oscura en la calle y hacían gestos hacia los coches. De repente, alguien enfocó una luz en la cara de Lucas, y Olivia me sujetó con la correa.

La mano todavía le olía un poco a pollo.

Me alegré de ver a Mamá cuando, por fin, nos alejamos y nos fuimos a casa. Luego, Lucas y Olivia se marcharon, lo cual me hizo estar preocupada hasta que Mamá me puso comida en el cuenco.

Después oí el timbre e hice «no ladres». Mamá fue hasta la puerta e, impidiéndome el paso con las piernas, la abrió. Era el hombre que olía a humo y a carne: Gunter.

—¿Está su hijo en casa, señora?

—No, ha salido.

—Me llamo Gunter Beckenbauer.

—Sí, sé quién es —repuso Mamá con frialdad.

—¿Sabe lo que ha hecho su hijo esta noche?

—Sí.

—Ha hecho que un puñado de amigos suyos lleven a cabo una farsa de protesta en mi propiedad. ¿Por qué me está haciendo esto? ¿Qué demonios les he hecho yo a ustedes dos?

—Creo que solo está intentando salvar a unos animales inocentes.

—He recibido amenazas de muerte a través de mi página web. Les podría denunciar.

Era evidente que Mamá no me dejaría acercarme más a Gunter para olerlo, a pesar de que yo estaba muy interesada en el olor de carne que se desprendía su ropa. Me senté.

—Permítame que le haga una pregunta —dijo Mamá—. ¿Por qué no deja, sencillamente, que los de la protectora en-

95

tren y capturen a los gatos que quedan? Eso lo resolvería todo.

—Esas casas están condenadas. Se están cayendo. Si alguien se hiciera daño ahí abajo, sería responsabilidad mía.

—Bueno, ellos firmarían un consentimiento. Si algo sucediera, le absolverían de su responsabilidad.

—Mire, ¿sabe de qué va todo esto? ¡Esa es mi propiedad, y su hijo ha estado entrando en ella y alimentando a esos malditos gatos, y ese es el único motivo por el que están ahí! Ya es invierno. ¿Sabe lo caro que resulta construir en temporada de heladas? Ha sido él quién ha creado este problema, es culpa suya. Y si un puñado de gatos acaba aplastado, es culpa suya. Ponga eso en su perfil social.

Gunter estaba señalando a Mamá con uno de esos dedos que le olían a carne. Parecía muy enojado; me di cuenta de que se me empezaba a erizar el pelaje del cuello. Noté que me nacía un gruñido, pero no emití ningún sonido. ¿«No ladres» significaba que no podía gruñir?

Mamá miró a Gunter con expresión impávida.

—¿Ha terminado?

—No le interesa estar en guerra conmigo, señora.

—Guerra. —Mamá dio un paso hacia el hombre y lo miró a los ojos. Yo notaba que una fuerte emoción le bullía dentro—. ¿Cree que esto es una guerra? Usted no sabe nada de la guerra.

El hombre apartó la mirada.

—Ese perro se está haciendo muy grande. ¿Qué es, un pitbull? ¿Cómo puede tener un perro aquí? Conozco a los propietarios ¿Tener un perro no viola el contrato de alquiler?

—¿Puedo hacer algo más por usted, señor Beckenbauer?

—Solo quiero que quede constancia de que he intentado resolver las cosas de manera amistosa.

—De lo que quedará constancia es de que ha venido usted aquí a decirme que vamos a tener una guerra. Buenas noches.

Mamá cerró la puerta. Al hacerlo, sus músculos se relajaron, pero parecía cansada.

—Oh, Bella —dijo en voz baja—. Todo esto me da muy mala espina.

Lucas empezó a irse de casa sin mí muchas veces. Cuando regresaba, olía igual que Olivia. Me pregunté por qué se iba a ver a nuestra amiga y no me llevaba con él.

Había muchas cosas que no comprendía. Me gustaba ir a ver a la veterinaria, que era una señora muy agradable, pero una vez fuimos a verla y me dormí; cuando me desperté, llevaba puesto un rígido collar de plástico en el cuello. Era una cosa incómoda y ridícula. Y no dejaba que me lamiera en ningún sitio.

—Ahora estás esterilizada, Bella —me dijo Lucas.

Meneé la cola al oír mi nombre porque no parecía enfadado conmigo, pero estuve castigada con ese extraño collar durante unos cuantos días.

Mucho después de que me quitaran ese collar, Mamá y yo estábamos un día en casa solas porque Lucas había hecho «ir a trabajar» para poder ver a Olivia. Mamá parecía cansada y triste. No hacía más que llevarse las manos a la cara todo el rato.

De repente, un olor penetrante y agrio llenó el ambiente. Me resultó familiar: la última vez que había sucedido eso, Mamá se había puesto enferma y yo me había quedado sola en casa toda la noche. Me puse a lloriquear con ansiedad, pero ella no me miró.

Así que ladré.

—¡Bella! ¡No ladres! —me regañó Mamá levantando la voz.

Me puse a jadear de ansiedad y miedo. Cuando Lucas regresó a casa, le salté encima lloriqueando.

—¿Qué sucede? ¿Qué te pasa, Bella?

—Lleva media hora con un comportamiento muy raro —dijo Mamá entrando en el salón—. Oh, necesito tumbarme unos minutos —dijo, y se dejó caer en el sofá.

—¿Estás bien? —preguntó Lucas, preocupado.

—Dame un minuto.

Ese olor se hizo más penetrante y ya no pude contenerme. Volví a ladrar.

—¡Bella! ¡No ladres! —me dijo Lucas.

Ladré.

—¡Eh! —exclamó, dándome una palmada en el trasero—. ¡No ladres, Bella! Quédate… ¿Mamá? ¡Mamá!

Mamá había empezado a emitir unos ruiditos extraños y daba manotazos en el aire con las manos crispadas. Lucas corrió hasta ella.

—Mamá. Mamá —susurraba con un gran miedo. Cogió el teléfono—. Mi madre está sufriendo un ataque —dijo—. Dense prisa.

Luego se tumbó en el sofá para consolarla. Salté a su lado y apoyé la cabeza en su hombro, intentando ayudarle.

—Todo irá bien. Por favor, ponte bien, mamá.

Pronto llegaron dos mujeres y un hombre. Pusieron a Mamá en una camilla y la sacaron por la puerta. Lucas me llevó a la jaula y me encerró dentro.

—Eres una buena perra, Bella —me dijo—. Quédate aquí.

No me sentía una buena perra, pues me había dejado sola. Estuve toda la noche haciendo «no ladres» y echando de menos a Lucas. Tenía miedo de que no regresara a casa nunca más.

No entendía qué estaba pasando.

Lucas regresó cuando afuera todavía estaba oscuro. Me dio de comer y me llevó de paseo. Luego se tumbó en la cama conmigo. Hicimos «trocito de queso», pero él parecía distraído y no se rio. Me acurruqué a su lado, sintiendo su miedo; me en-

cantaba estar tan cerca de mi Lucas y consolarlo apretuján-
dome contra él. Aquella mañana, cuando se fue, ya se sentía
mejor. Esperé pacientemente su regreso.

Mamá, Lucas y Olivia llegaron juntos. Me puse a dar vueltas en círculos, emocionada al verlos a todos.

—Muchas gracias por traerme —le dijo Mamá a Olivia—.
No era necesario; me siento bien para caminar.

—No, de nada. De todos modos, Lucas cree que soy su
Uber particular —repuso Olivia.

Esa noche, después de que Olivia se marchara, Lucas se
sentó a la mesa y estuvo jugando con su teléfono.

—Dice que el quince por ciento de los perros pueden detectar una crisis.

—Eso es increíble. Es verdad que parecía saber lo que estaba pasando —dijo Mamá.

—Eres una perra increíble, Bella —dijo Lucas.

Meneé la cola, pues noté el tono de aprobación en su voz.
Me sentía feliz de que estuviéramos todos juntos en casa.
Además, sabía que Lucas pronto haría «trocito de queso».

Llamaron a la puerta. Reprimí el instinto e hice «no
ladres».

—Quieta, Bella —dijo Mamá.

Lucas me cogió por el collar.

—Debemos asegurarnos de que no es nadie del edificio,
Bella —dijo en voz baja—. No ladres.

Me encantaba sentir el contacto de su mano en mi pelaje y
la manera en que pronunciaba mi nombre.

Percibí el olor de un hombre en la entrada: era un olor que
había notado otras veces cerca de nuestra casa. Mamá habló
con él un momento y luego cerró. Lucas me soltó y fui hasta
ella, pues noté que estaba triste y enojada.

—¿Quién era? —preguntó Lucas.

—Notificación de desahucio.

—¿Qué?

—He sido una inconsciente. Pensé que nos saldríamos con la nuestra.

Mamá se dejó caer en la silla.

—¡Bella se ha portado muy bien! —Lucas también se sentó—. No ha ladrado ni una vez. ¿Cómo se han enterado?

—Oh —repuso mamá—. Ya sé cómo se han enterado.

8

*A*l día siguiente hice «ir a trabajar» con Lucas, que era lo que más me gustaba, aparte de «trocito de queso». Pasé el rato con Ty y mis otros amigos. Muchos de ellos ya me daban golosinas porque yo era una perra muy buena. Steve me dio un delicioso trocito de una cosa fría que tenía un sabor parecido al de la leche, pero mucho más dulce. Marty me dio panceta. El afecto que sentía por mí era evidente por sus caricias y sus palabras. Había un hombre mayor al que le gustaba darme besos en el hocico, pero que no se podía inclinar hacia delante, así que aprendí a apoyar las patas en su pecho para lamerle la cara. Él se reía cada vez que hacía eso. Se llamaba Wylie y me llamaba Ángel en lugar de Bella.

—Es un ángel —solía decirle a Ty.

Normalmente, cuando iba a visitar a mis amigos, me pasaba casi todo el día con ellos y les ofrecía consuelo, me comía las golosinas y jugaba a «doctor Gann», que era un juego en el cual yo me tumbaba encima del sofá entre dos personas y ellos me cubrían con una manta y me acariciaban suavemente hasta que alguien decía «¡Vale!». Era como «quieta», pero mucho más divertido. Ese día, Lucas y Ty me llevaron a un sitio diferente del hospital. Estuvimos un rato de pie escuchando campanas, y yo hice «no ladres»; al final se abrió una

puerta y entramos en una habitación pequeña que se tamba-
leaba y zumbaba. Noté una sensación en el estómago similar
a la que sentía cuando íbamos a pasear en coche. Cuando la
puerta volvió a abrirse, supe que estábamos en otra parte. ¡Era
como ir a pasear en coche, pero sin coche!

Seguí a los dos por un pasillo que resbalaba mucho y fui
olisqueando las paredes. Había muchos olores de personas y
de productos químicos. Ty y Lucas parecían nerviosos. Íbamos
muy deprisa, así que no tenía tiempo de captar adecuada-
mente todos los olores. Después de dar la vuelta por unas
cuantas esquinas, Lucas llamó con los nudillos a una puerta
que estaba abierta y miró dentro de la habitación.

—¿Doctor Sterling? Soy Lucas Ray. Le he llamado esta
mañana.

—Adelante —dijo el hombre.

Le dio la mano a Lucas, pero cambió de opinión y luego se
la dio a Ty; luego cambió de opinión otra vez y la dejó col-
gando al lado de su cuerpo. Las manos desprendían un fuerte
olor de productos químicos.

—Bueno, ¿esta es la perra?

—Esta es Bella.

Meneé la cola. Él se inclinó y me acarició la cabeza. Me
gustó ese hombre, a pesar del penetrante olor que desprendían
sus manos.

—Será mejor que cierres la puerta, Ty.

Todos se sentaron, así que hice lo mismo. No había nada
más que oler en esa habitación, aunque estaba segura de
que la lata abierta que había encima del escritorio contenía
patatas.

—Bueno —empezó a decir el hombre—. He echado un vistazo. Sí, hay perros que detectan las crisis. Muchos de ellos re-
ciben entrenamiento para hacer lo que ustedes dicen que Bella
hace de forma natural. Es algo destacable. Algunas personas
afirman que han llegado a salvar vidas, aunque, naturalmente,

hay gente que lo cuestiona. Y, por ley, se puede tener un perro de asistencia si un médico lo prescribe. No importa que viva usted en un edificio donde no admitan perros: deberán hacer una excepción. He hablado con nuestro asesor y dice que la ley de protección del inquilino es muy clara al respecto.

—Gracias a Dios —murmuró Lucas.

El hombre levantó una mano y añadió:

—Un momento. No es tan sencillo. Hay que pasar por un procedimiento. Bella debe recibir el certificado. Ahora mismo no es más que una mascota.

—Pero ya le dije que las dos últimas veces que mi madre ha sufrido una crisis, ella ha ladrado. ¡Si hubiéramos sabido lo que sucedía, habríamos podido prepararnos!

Percibí claramente la agitación de Lucas y lo miré con ansiedad. ¿Qué estaba pasando?

—Comprendo, hijo —repuso el hombre—. Pero tener esa habilidad de forma innata no tiene nada que ver con recibir el certificado.

—¿Y cuánto tiempo va a tardar? —preguntó Lucas.

—En realidad, no lo sé, pero parece un procedimiento complejo. —Se encogió de hombros—. Aquí no lo hacemos, eso sí que se lo puedo decir.

—Solo nos quedan tres días antes del desahucio —se quejó Lucas.

Le lamí la mano.

—Doctor, ¿no podría usted redactar una especie de documento al respecto? —preguntó Ty.

—No puedo hacerlo. Aunque un documento pudiera servir de algo, cosa que dudo, pues ya les he dicho que es un procedimiento estricto, no puedo declarar que sea un animal de asistencia, porque no ha recibido entrenamiento y solo es un perro con una habilidad innata.

Ty se puso en pie. Parecía más agitado que Lucas.

—Mire, es una perra muy especial. Cuando viene al hospital, el estrés de todo el mundo desaparece. Todas las personas de las reuniones de los doce pasos están encantadas de tenerla allí: les da confianza. Se sienta delante de ellos, y todos los que quieren hablar la acarician primero. Y sé que está ayudando a Terri: ella misma me ha dicho que Bella es mucho más efectiva que todos los antidepresivos que está tomando. Todo el mundo la quiere. Esa perra está haciendo mucho bien aquí, doctor. Y eso tiene que valer para algo.

El hombre se quedó callado un momento.

—Sabe usted que tener un perro en el hospital va contra el reglamento, ¿no? —preguntó al fin.

—Lo que sé es que haré lo que haga falta para ayudar a los hombres y a las mujeres que están ahí. Hombres y mujeres que han servido a nuestro país. Personas que han pasado tiempos difíciles por muchos motivos. Y si esta perra puede prestar un servicio, me encargaré de que consiga venir aquí —respondió Ty con pasión.

El hombre levantó una mano.

—No, no me malinterprete. Solo quería asegurarme de que sabe que el doctor Gann, o un par de médicos más que podría nombrarle, podrían echarle si descubren que ha estado usted trayendo un perro aquí. Por mi parte, no tengo ningún interés en ir a la caza del perro.

—Bella es más que una simple mascota —respondió Ty. Ahora parecía menos enfadado—. Eso es lo único que puedo decirle.

Me gustó que Ty pronunciara mi nombre, así que meneé la cola.

—¿Cómo está su madre? —le preguntó el hombre a Lucas.

—Está… mejor en algunos aspectos; peor en otros. Últimamente no se ha sentido muy deprimida, pero esas crisis nos preocupan mucho. Creíamos que ya no volverían.

—¿Y su perra la ayuda con la depresión? —preguntó el hombre.

—Sí. Totalmente.

—Hábleme de eso.

—Bueno, ella se queda con Bella todo el día. Cuando llego a casa, está mucho mejor que antes, que antes de que tuviéramos a la perra, quiero decir. Ya hace mucho tiempo que no se queda en pijama por casa o que está sin comer hasta que llego. Se lleva a Bella a pasear; eso le da un montón de energía. Y Bella parece darse cuenta de en qué momentos empieza a tener pensamientos pesimistas; entonces, apoya la cabeza en su regazo.

Lucas había pronunciado mi nombre, así que volví a menear la cola.

—Me alegro de saber que está mejor.

—Ahora va a las reuniones con mayor frecuencia —añadió Lucas mirando a Ty.

—Eso no puedo confirmarlo, Lucas —dijo Ty con tono de pesadumbre.

—Ah, claro. Perdón.

—Bueno, el tema es el siguiente —dijo el hombre, aclarándose la garganta—. No puedo declarar que sea una perra de asistencia. Pero tal como comprendo la ley de protección, lo único que se necesita para que se la considere una perra que presta apoyo emocional es una carta de un médico que esté tratando a Terri. Así que la redactaré ahora mismo.

—¿Y eso… nos permitirán quedarnos en el edificio? ¿Con esa carta? —preguntó Lucas, esperanzado.

—No soy abogado, pero, por lo que he leído en Internet, creo que sí.

—Muchísimas gracias, doctor Sterling. No tiene ni idea de lo que significa para mi madre y para mí.

El hombre estaba escribiendo en un trozo de papel.

—Esto no significa que cuenten con carta blanca en el hospital —dijo mirando a Ty—. Tener a esta perra aquí continúa siendo una infracción de la normativa. Si fuera una perra de asistencia, la situación sería distinta, pero los perros de apoyo emocional no están permitidos.

—Comprendido, doctor —dijo Ty.

—No voy a delatarle. Solo le aviso de lo que sucederá si lo averiguan.

—Oh, creo que podremos mantener a Bella en secreto —repuso Ty con tono seco—. Tenemos gente competente en eso.

El hombre le dio un trozo de papel a Lucas, que se lo guardó en el bolsillo. Parecía muy feliz, pero no lo celebramos con ninguna golosina.

Después de eso, las cosas cambiaron en casa. Lucas ya no se paraba un instante antes de que saliéramos corriendo hacia la acera: ahora salíamos los dos juntos. A Lucas no le importaba que yo me detuviera delante de la puerta para olisquear un rato.

Al principio, me sentía confundida. Decidí que una buena perra aprendía haciendo las cosas una y otra vez. Así es como supe que «no ladres» significaba quedarse en silencio fuera cuál fuera la provocación, y que «trocito de queso» significaba que Lucas me quería y que tenía una golosina muy especial entre los dedos. El hecho de que me dijeran que yo era una buena perra era tan bueno como cualquier golosina, incluso el pollo, aunque —por supuesto— siempre era mejor si, además, había una golosina.

Pero los humanos pueden cambiar sin aviso previo, y yo había aceptado eso como parte del hecho de estar con mi persona. Así que si el patrón que seguíamos al salir de casa había cambiado, debía empezar a averiguar por qué.

Cuando Mamá me sacaba, ya no caminábamos hasta tan lejos, pero a veces nos encontrábamos con gente.

—Es mi perra de apoyo —les decía Mamá.

Fuera lo que fuera lo que eso significara, distinguía la palabra «perra» y notaba la aprobación y el afecto de las personas, que siempre me acariciaban; sabía que pensaban que yo era una buena perra.

Cuando los días se hicieron más cálidos y una suave brisa empezó a acariciar las hojas de los árboles, Olivia empezó a llevarnos en coche a lugares que estaban en las colinas. Y allí los olores eran diferentes.

—Vamos de excursión —decía Lucas.

Cada vez que él iba al armario y sacaba nuestra bolsa con esas correas que se enganchaban a sus hombros, me emocionaba. Ahí dentro siempre había golosinas para mí.

—¡Zorros! —exclamó Olivia durante una de esas excursiones.

Percibí el olor de un animal que nunca antes había notado; seguí el rastro por el camino corriendo como un gato: con la barriga casi tocando el suelo.

—¿Ves el zorro, Bella? ¡El zorro! —exclamaba Lucas, emocionado.

El zorro era diferente de ese otro animal, el coyote. A veces nos encontrábamos con unos cuantos de esos y yo gruñía al verlos. Perseguir al zorro parecía divertido, mientras que los coyotes tenían algo que hacía que parecieran perros pequeños y malos; yo los detestaba de forma instintiva.

—Bella quiere perseguirlo —observó Olivia en una de esas ocasiones.

Un poco más adelante, un coyote me miraba con actitud insolente. Gruñí.

—Sí, bueno, aunque son pequeños, son maliciosos —dijo Lucas—. Y puede haber más de uno. Este está al descubierto intentando atraer a Bella mientras uno o dos más pueden estar escondidos en los matorrales.

—No quería decir que debas dejar que lo persiga. Solo estaba diciendo que quiere hacerlo.

—Siempre me dices que debería relajarme. Y dejar que Bella los persiga parecía una parte del programa.

—No me estás entendiendo. Lo que quiero decir es que deberías ser mejor persona en general —respondió ella con ligereza.

—Me gustan estas excursiones largas. Nos da tiempo a que puedas hacer una lista con todos mis defectos —observó Lucas con tono seco—. Te lo agradezco.

Frustrada, vi al coyote alejarse. ¿Por qué no nos encargábamos de él?

—¿Cómo está tu mamá?

Miré a Olivia al oír que mencionaba a Mamá.

—Bueno, bastante bien. Excepto por las crisis. Pero se encuentra bien de ánimo.

—¿Ella siempre ha tenido depresión?

Me detuve un momento para oler un delicioso esqueleto de pájaro hasta que la correa se tensó y me arrastró.

108 —La verdad es que no lo sé. Cuando se alistó, yo ya me había ido a vivir con mi tía Julie. Después, las cosas se pusieron muy mal, cuando regresó de Afganistán. Ya sabes: drogas y alcohol. Julie obtuvo la custodia y mamá desapareció durante un par de años. Luego se puso en un programa de rehabilitación y me preguntó si le permitía volver a estar en mi vida.

—¿Te lo preguntó? ¡Vaya!

—Sí.

—Desde luego, está orgullosa de ti. Habla de tus notas todo el tiempo, de lo responsable que eres.

—Bueno, pero tú me estás enseñando a explorar mi parte atrevida.

Olivia soltó una breve carcajada.

—Sí, hablando de eso —dijo—, ¿se lo has dicho a alguien alguna vez?

Subíamos por una pronunciada cuesta y el aire que bajaba de la cima nevada era frío. Allí arriba había nieve y me pregunté si nos revolcaríamos en ella.

—¿Decir qué?

—Ya sabes qué.

Lucas dio una patada a una piedra que rebotó delante de nosotros como una pelota.

—No, tú eres la primera. ¿Por qué? ¿Se lo has dicho tú a alguien antes?

—No.

—Así que la próxima vez, si me respondes que tú también me quieres, estaremos haciendo historia.

—¿Es que vas a decirlo otra vez? —Ella se rio.

—Te quiero, Olivia.

—Los hombres siempre me dicen lo mismo.

—Hablo en serio.

—Por supuesto que hablas en serio. Eres la persona más seria que he conocido.

Lucas se detuvo, me agarró la cabeza y mirándome, dijo:

—Bella, a Olivia le aterra expresar sus sentimientos.

Meneé la cola.

Olivia se arrodilló a mi lado.

—Bella, Lucas cree que tiene que discutirlo todo.

Se acercaron el uno al otro por encima de mí y se besaron. Sentir la corriente de amor que había entre ambos hizo que me pusiera de pie y que levantara las patas delanteras en el aire. Ellos estaban haciendo el amor y yo quería formar parte de eso.

Estábamos en la acera y regresábamos del parque cuando dos camiones se detuvieron cerca de nosotros. La puerta de uno de ellos se abrió y apareció Gunter, el hombre que olía a humo y a carne.

El otro vehículo desprendía un olor increíble: de perros, de gatos y de otros animales, algunos de ellos muertos. Tiré de la correa para ir a examinar esos olores de cerca, pero Lucas no me lo permitió.

109

—Control de animales —dijo Lucas con tono de preocupación—. Vamos, Bella.

—¡Eh, Lucas! —lo llamó Gunter—. Ven un momentó.

Un hombre bajó del asiento del conductor del otro vehículo. Olía a perros y a gatos. Era un tipo gordo y que llevaba sombrero.

—¡Chico! Quiero hablar de tu perro —dijo.

—¡A casa, Bella! —ordenó Lucas.

Pero en esa variación del juego, en cuanto él soltó la correa y yo salí corriendo, él corrió conmigo. Fue tan divertido que yo solo quería correr y correr, pero una parte de hacer «a casa» consistía en tumbarme en mi sitio. Mientras lo hacía, Lucas abrió la puerta y me hizo entrar.

Me di cuenta de que Mamá no estaba en casa. Lucas jadeaba; noté su tensión en el aliento y en la piel.

—Buena perra, Bella. Bien «a casa».

Meneé la cola.

Llamaron a la puerta e hice «no ladres». Lucas se acercó a ella. Por el olor, me di cuenta de que se trataba del hombre del sombrero que había salido del camión de los maravillosos olores. Lucas acercó un ojo a la puerta y, suspirando, la abrió.

—Quieta, Bella —me ordenó mientras lo hacía.

Yo me había dispuesto a saludar al nuevo invitado, pero sabía qué significaba «quieta» y me senté de inmediato.

—Control de animales —informó ese hombre a Lucas con tono malhumorado.

—Lo sé.

—Tengo entendido que tiene usted un pitbull viviendo aquí.

—Yo... No sabemos de qué raza es, la abandonaron al nacer. La encontramos en el agujero en el que, según su oficina, no hay animales. Todavía quedan gatos ahí dentro. En realidad, hay más gatos que nunca. Aunque probablemente usted ya lo sepa.

—Me parece que no me gusta su tono —respondió el hombre del sombrero en voz baja.

—Bueno, yo estoy convencido de que no me gusta su ética —replicó Lucas.

Oí el susurro de las ropas del hombre mientras él cambiaba de postura y se ponía tenso.

—Los pitbulls no están permitidos en Denver. ¿Nadie se lo ha dicho?

—Bella es especial. Es la perra de apoyo de mi madre. Mi madre es una veterana, sirvió en Afganistán.

—Perra de apoyo, ¿eh?

—¿Quiere ver la carta del médico? —preguntó Lucas con tono educado.

—¿Puede llamar a su perro un momento?

—¿Por qué?

—No voy a intentar llevármelo; no puedo entrar en una casa para hacer eso.

—Bella.

Lucas parecía poco convencido, pero chasqueó los dedos. Yo fui a su lado de inmediato. Tenía la sensación de que a Lucas no le gustaba el hombre del sombrero, así que no me acerqué a él para que me acariciara, sino que me quedé al lado de Lucas, oliendo los potentes aromas de animales que desprendían las ropas de ese hombre.

El hombre del sombrero asintió empáticamente con la cabeza.

—Sí, es un pitbull, seguro.

—Lo que sea. —Lucas se encogió de hombros—. Tenemos la carta.

El hombre se llevó una mano al bolsillo y sacó una cosa que llenó el aire con un delicioso aroma. Tiró la golosina al suelo y me lancé a por ella de inmediato. A pesar de lo que Lucas pudiera opinar, a mí me empezaba a gustar el tipo del sombrero.

—La próxima vez le agradeceré que me pregunte antes de darle nada a mi perra —dijo Lucas con frialdad.

—La cuestión es que se supone que ella no debería hacer caso a una golosina. No ha sido así. Así pues, no se puede considerar que sea una perra de apoyo.

—Eso no puede ser cierto.

—Si pillo a este animal fuera del apartamento, lo voy a incautar. Es de una raza ilegal.

—¿Incautar?

—Deberá pagar una multa y le pondríamos un chip. Y si la volvemos a pillar, acabaríamos con ella.

—No puede estar hablando en serio.

—Es la ley. Solo hago mi trabajo.

—¿También hace su trabajo cuando certifica que no hay gatos al otro lado de la calle? ¿Es que Gunter le paga para que nos acose? ¡No hemos hecho nada malo! —exclamó Lucas.

Me inquieté.

—En eso se equivoca. Tiene usted una raza de perro que no está permitida. Los pitbulls son perros fieros y peligrosos.

—¿Le parece que Bella es fiera y peligrosa?

—Eso no importa. Aunque fuera tan sumisa como un ternerito, si la ley dice que es un animal peligroso, es un animal peligroso. Nos vemos, amigo. Hasta pronto.

A la tarde siguiente, cuando Lucas llegó de «ir a trabajar», Olivia vino con él. ¡Nos fuimos a dar un paseo en coche! Estuve con el hocico contra el viento todo el rato que pude, disfrutando de la increíble mezcla de olores que llegaban a toda velocidad.

Al cabo de poco nos detuvimos delante de un edificio que se parecía mucho al que Lucas iba para «ir a trabajar» y ver a Olivia. Entramos en una pequeña habitación donde había unas personas desconocidas. Yo quise ir a saludarlas, pero la correa me lo impidió. Había un zumbido en la habitación que me revolvió el estómago, aunque ese zumbido era más tenue que el de la habitación a la que íbamos con Lucas y Ty. Cada vez que esa habitación se detenía, de fuera entraban olores completamente diferentes y algunas personas se iban, quizás enojadas por no haber podido jugar conmigo. Yo no comprendía qué hacíamos en esa habitación tan pequeña, pero me alegraba entrar ahí y me alegraba salir de ahí.

Recorrimos un tranquilo pasillo hasta llegar a un lugar en el que había una mesa y una mullida moqueta que cubría el suelo. Entró un hombre con unos papeles.

—Soy Mike Powell —saludó el hombre.

Meneé la cola.

—Gracias por recibirnos. Me llamo Lucas Ray, y ella es…

Hizo un gesto hacia Olivia.

—Cuidado —le advirtió ella.

—Mi amiga, Olivia Phillips.

—Soy su chófer. —Olivia le dio la mano al hombre un momento hasta que decidió que ya no quería hacerlo y se la soltó—. No me trata bien.

El hombre se rio y luego se agachó para saludarme. Yo le lamí la cara.

—Esta debe de ser Bella. Es un encanto.

Estuvieron hablando y hablando mientras yo buscaba el lugar más cómodo de la habitación. Al lado de una mesa encontré una alfombra puesta encima de la moqueta, pero no era bastante grande para mí. Me tumbé encima con un gruñido.

Estuve dormitando un poco, pero abrí los ojos, somnolienta, en cuanto oí que el hombre pronunciaba mi nombre.

—La Administración está en contra de Bella. Me temo que la ley en Denver es poco racional al respecto. ¿Sabían que no existe una raza específica certificada llamada pitbull? Solo es un tipo de perro, como «retriever». Sea como sea, hace un par de años murió un niño atacado por lo que la prensa llamó «pitbull», así que el Ayuntamiento de la ciudad aprobó la ley. Hubo un montón de testimonios que afirmaban que esos perros no eran más peligrosos que cualquier otro tipo de perro; de hecho, creo que los perros salchicha son los que han mordido a más personas. Los pitbulls protegen a sus dueños. Quizá todo empezó por eso. ¿Y sabían que, a partir de esa ley, los pitbulls son los perros más populares en Denver? Me encantan los americanos. Si les dices que no pueden tener algo, lo quieren de inmediato para saltarse la ley.

—De todas maneras, el problema no es que Bella sea una pitbull, sino que Control de Animales afirma que lo es. Una palabra de un funcionario, y se la pueden llevar. Si dos funcionarios se ponen de acuerdo en que Bella es una pitbull, la ley dirá que lo es. Es una locura de sistema, pero así funcionan las cosas.

—¿Y qué pasa con la carta del médico? Bella ofrece un gran apoyo emocional a mi madre —dijo Lucas.

114

—Me temo que la ley es muy dura al respecto. Poner a prueba a un perro con una golosina puede parecer un examen despiadado, pero solo es uno de los muchos que pueden utilizar. Y si falla en cualquiera, ya está. No es posible apelar.

—¿No? ¿En serio? —preguntó Olivia.

—No, en el sistema de acogida de animales. Podríamos ir a juicio, por supuesto, pero eso sería muy caro —respondió el hombre—. Mientras trabajáramos en ello, Bella debería permanecer en la perrera. Tardaríamos meses.

—Entonces ¿qué podemos hacer? —preguntó Lucas, desesperado—. Ese hombre dijo que si me pillaba en la calle con Bella, se la llevaría.

—¿Quieren la verdad? Tal como son las leyes en Denver, nada. No pueden hacer nada.

Olivia se removió, inquieta. Por primera vez desde que la conocía, noté que se enfadaba.

—¿Control de Animales puede entrar en la propiedad de Lucas y Terri?

—No, no he dicho eso. Necesitarían una orden para tal cosa.

—¿Y qué me dice del porche?

—Lo mismo. Igual que en el camino de entrada o el garaje. Si se encuentra dentro de la propiedad, no pasa nada.

Lucas se agachó para hablar conmigo. Meneé la cola.

—Pues ya está, Bella. Si viene el hombre malo, deberás hacer «a casa» y «quieta» en tu sitio, ¿vale? Si hacemos eso, todo irá bien.

Me puse en guardia sin comprender nada. ¿Ir a casa?

—Estoy muy preocupada, Lucas —murmuró Olivia.

—Sí, yo también.

$\mathcal{A}$l cabo de unos días, Lucas hizo «ir a trabajar» para poder regresar a casa oliendo igual que Olivia, pero no me llevó con él. Notaba su presencia ahí fuera, en alguna parte: llevaba a Lucas conmigo como se lleva un olor. Él era mi persona y nos pertenecíamos. Así eran las cosas. Él formaba parte de mí, tanto como ser una perra era una parte de mí.

¡Mamá me enganchó el collar porque íbamos a hacer «vamos a pasear»! Empecé a dar vueltas con impaciencia mientras ella se ponía la chaqueta, pero luego se la quitó, riéndose

—Hará demasiado calor para llevar chaqueta, Bella —me dijo.

Me senté ante la puerta, siendo tan buena perra como era posible serlo; finalmente, salimos de casa. Al pasar por delante del cubil percibí el olor de los gatos, pero no el de Mamá Gato.

Me emocionaba pensar que quizá fuéramos a hacer «ir a trabajar» y que pronto vería a Ty, a Steve, a mis otros amigos, a Olivia y, por supuesto, a Lucas. Pero Mamá fue en otra dirección. Mientras subíamos por una calle por la que nunca habíamos pasado, percibí muchos olores diferentes y maravillosos, olores de animales vivos y muertos, de deliciosa comida metida en bolsas de plástico colocadas delante de los jardines de las casas. Las flores teñían el aire con su polen. Un perro me ladró desde el otro lado de una valla, así que me agaché delante de él, sobre la hierba, y le dejé educada constancia de mi presencia allí.

Mamá daba largos paseos pocas veces, pero ese día estaba contenta y continuamos caminando y explorando lugares nuevos. Mientras lo hacíamos, el camión que olía a tantos animales pasó por nuestro lado: los olores eran tan intensos que deseé ir corriendo a olisquearlo. Me alegré al ver que se paraba, pero noté la inquietud de Mamá mientras nos deteníamos.

En la parte trasera del camión, dentro de una jaula de alambre, había una pequeña perra. La perra me miró y, a pesar de que se mostró ofendida conmigo y se puso a ladrar, yo hice «no ladres», como una buena perra.

El hombre del sombrero bajó del camión, subiéndose los pantalones al mismo tiempo. Mamá se detuvo y me di cuenta de que su inquietud iba en aumento. Miré al hombre del sombrero y me pregunté si no sería una amenaza. En ese caso, protegería a Mamá, porque sabía que eso era lo que Lucas hubiera querido.

—Voy a llevarme al perro —dijo el hombre, cerrando la puerta de la cabina. Pronunció la palabra «perro» de tal manera que parecía que yo fuera una perra mala. Pero continué haciendo «no ladres».

—No, no se la va a llevar —respondió Mamá con calma.

—Propiedad pública. Es mi trabajo. Si genera usted un problema, pediré refuerzos y la arrestarán. Es la ley.

El hombre del sombrero sacó un largo palo con un lazo del camión. Lo miré con curiosidad mientras se acercaba. ¿Qué clase de juguete era ese?

—No puede llevarse a Bella. Es un animal de apoyo.

—No, según la ley no lo es. —El tipo se detuvo y me di cuenta de que estaba preocupado, quizás incluso más preocupado que Mamá. Fuera lo que fuera lo que estuviera pasando, todo el mundo parecía ansioso—. Mire, no quiero problemas.

—Entonces le sugiero que no los provoque.

—Permítame hacer mi trabajo o irá usted a prisión.

Mamá se arrodilló a mi lado y me puso una mano en la cara. Le lamí la palma de la mano, que todavía conservaba un poco de olor a mantequilla. Me quitó el collar.

—¡Bella! ¡Ve a casa!

Me sorprendí: yo solo hacía «ve a casa» con Lucas; no sabía que Mamá también conociera el juego.

—¡Ve a casa! —repitió levantando la voz.

Estaba más lejos que nunca de mi sitio delante de la puerta de casa, pero supe lo que tenía que hacer. Salí corriendo.

Oí que la pequeña perra del camión ladraba a mis espaldas. A pesar de que el olor del camión desapareció, por los ladridos supe que se estaba moviendo y que venía hacia mí. Crucé jardines a toda velocidad disfrutando de la sensación de libertad y del placer de correr. Los perros me ladraban, pero yo los ignoré. Tenía un trabajo que realizar.

Cuando llegué al porche, me tumbé en mi sitio al lado de los arbustos. Había sido una buena perra.

Oí que el camión se detenía y al instante percibí la mezcla de olores de animales junto con el de la pequeña perra, que ya había dejado de ladrar. Oí que se cerraba una puerta y levanté la cabeza con curiosidad.

El hombre del sombrero estaba de pie al lado del camión y se dio una palmada en la pierna.

—¡Eh! ¡Bella! ¡Ven!

Me sentí confundida: no era así como jugábamos a «ve a casa». Pero entonces el hombre tiró algo al suelo que olía a carne. ¡Sí! Yo había hecho «ve a casa» y ahora recibía mi recompensa. Así era como funcionaba. Salí corriendo del porche y me comí la golosina de un bocado.

—¡Bella!

Era Mamá. Acababa de girar por la esquina de la calle de casa y corría hacia mí. Esto también era un cambio: ni Lucas ni Mamá nunca corrían llamándome cuando yo terminaba de esconderme.

Me pregunté si no debía correr hacia ella y me puse en tensión; justo cuando iba a hacerlo noté que un collar de cuerda me rodeaba el cuello y, de repente, me encontré atada en la peor correa imaginable, una correa tensa y dura. Empecé a retorcerme para librarme de ella.

—No, Bella —me dijo el hombre del sombrero.

—¡Bella! —volvió a gritar Mamá con angustia y desesperación.

El hombre me levantó del suelo con un brazo sin dejar de tirar de la correa. Me metió en una jaula al lado de la perra pequeña, que se apartó de mí y ya no se atrevía a desafiarme, ahora que estaba tan cerca de ella. El hombre cerró la puerta de la jaula. ¿Qué estábamos haciendo? ¡Mamá me necesitaba! Me puse a lloriquear. Cuando el camión se puso en marcha por la calle, sentí un gran miedo y una gran confusión. No comprendía nada.

Estaba en una jaula y sabía que debía hacer «no ladres». El camión se alejó y Mamá continuaba corriendo. Sin embargo, cuando giramos por una esquina, vi que caía al suelo de rodillas y se llevaba las manos a la cara.

El hombre del sombrero condujo el camión hasta un edificio que olía fuertemente a gatos, a perros y a otros animales. Se oían los ladridos de los perros a lo lejos, expresando lo mismo que yo sentía, que era un miedo devastador.

El hombre del sombrero llevó primero a la pequeña perra y luego a mí, con la correa, al interior del edificio. Al entrar, los ladridos y los olores se hicieron mucho más fuertes. Supe, por el rastro del olor, hacia dónde habían llevado a la pequeña

119

perra, pero a mí me llevaron en otra dirección, a un lugar de paredes altas que estaba lleno de perros grandes y tristes que ladraban dentro de unas jaulas. Yo no quería estar ahí. Yo quería estar con Lucas.

Me quitaron el collar y me pusieron en una jaula. Era muy grande, comparada con las otras que había visto. Dentro, había un mullido lecho para mí y un cuenco con agua. Bebí un poco, intentando hacer algo que me resultara normal y familiar.

El escándalo de los perros no cesaba. Era algo que me atraía y hacía que deseara unir mi voz a la de ellos. Pero no lo hice porque sabía que debía hacer «no ladres». Debía hacer «siéntate». Debía ser la mejor perra posible para que Lucas viniera a buscarme y me sacara de ahí.

No pasó mucho rato hasta que una mujer joven vino a buscarme. Llevaba una de esas correas rígidas: no comprendía por qué necesitaban algo así, pues no dejaban que una perra buena se lamiera ni que diera la pata.

Me llevó a una habitación que apestaba a productos químicos. El hombre del sombrero estaba allí, así como una agradable mujer que me tocó con suavidad de la misma manera en que lo hacía la veterinaria. La mujer agradable me apretó algo contra el pecho.

—No creo que puedas decir que es una pitbull, Chuck.

Meneé un poco la cola, con la esperanza de que, cuando eso terminara, Lucas viniera a buscarme.

—Yo, Glenn y Alberto decimos que es una pitbull. Firmado y sellado —replicó el hombre del sombrero.

—Alberto está de vacaciones —replicó la mujer agradable. Parecía irritada.

—Le envié una foto y él mando su declaración jurada por fax.

—Eso es una tontería —murmuró ella.

—Mira, ya te he contado cómo funciona esto. Cada vez que traemos un pitbull quieres tener la misma discusión.

—¡Porque esto no está bien! Vosotros tres certificáis más pitbulls que toda la Organización de Protección de Animales.

—Porque llevamos aquí el tiempo suficiente para saber lo que sucede cuando uno de ellos muerde a un niño —repuso el hombre del sombrero con tono áspero.

La mujer soltó un suspiro.

—Esta perra no va a morder a nadie. Mira, puedo ponerle la mano dentro de la boca.

Sus dedos tenían el sabor del jabón, de productos químicos y de un perro.

—Yo hago mi trabajo. Tú haz el tuyo. Ponle el chip para que, si la pillamos otra vez en Denver, sepamos que es la segunda vez.

—Ya sé lo que debo hacer, Chuck —repuso ella en tono desagradable—. Y voy a hacer constar mi disconformidad en cuanto haya terminado.

—¿Otra vez? Me cago de miedo —se burló el hombre del sombrero.

Al final, me volvieron a llevar a la misma jaula. No recordaba haberme sentido tan infeliz en mi vida. El miedo, la desesperanza y la ansiedad de los otros perros me afectaban hasta tal punto que empecé a jadear. Lo único que podía pensar era en Lucas. Lucas vendría a buscarme. Lucas me llevaría a casa. Yo sería una buena perra.

Cada vez que se abría la puerta, era otra persona, una persona que no era Lucas. Algunos perros se lanzaban contra la puerta de sus jaulas para estar cerca de la gente, meneando la cola y dando la pata mientras lloriqueaban; algunos se apartaban, temerosos. Yo meneaba la cola, pero no hacía nada más. Muchas veces, alguien se iba con un perro… o llegaba con un perro.

¿Qué estaban haciendo todos ahí?

Al final, un hombre que era muy amable vino a buscarme, pero no para llevarme con Lucas. En lugar de eso, me puso un extraño collar, un collar alrededor del hocico.

—Eres una perra encantadora. Eres una buena perra —me decía mientras me tocaba con suavidad. Meneé la cola, emocionada por el hecho de salir de la jaula. ¡Tenía la esperanza de irme a casa con mi familia!

El hombre amable me llevó hasta una puerta de acero y salimos a un patio. Nuevos olores invadieron de golpe mis fosas nasales. El suelo, a mis pies, era duro y rugoso; había trozos de hierba esparcidos por todas partes. Casi cada centímetro del patio estaba inundado del olor de los perros.

—Me llamo Wayne —me dijo el hombre—. Siento lo del bozal. Se supone que eres un perro peligrosísimo que puede arrancarme las piernas de un mordisco.

El tono de su voz era tan agradable como el contacto de sus manos. Acercó la mano a mi hocico y le lamí los dedos tan bien como pude a través de ese extraño collar. Caminamos por el parque siguiendo el camino que corría al lado de una valla alta. Era evidente que allí se habían dado muchos paseos antes del nuestro. Me alegré de poder hacer «haz tus necesidades» al lado de la valla: no había querido hacer «haz tus necesidades» en la jaula, a pesar de que era una jaula grande y de que algunos de los perros no eran tan limpios como yo.

El hombre no recogió nada, tal como hacían Mamá y Lucas.

—Para mí solo es un montón más, Bella, no te preocupes. Dentro de un rato saldré a recogerlos todos. Es la parte glamurosa de mi trabajo.

Era un hombre compasivo y que me acariciaba, pero no me llevó con Lucas. Me condujo a la misma jaula, a pesar de que me senté en el suelo y de que me resistí a entrar mientras él tiraba de la correa.

—Vamos, chica —murmuró—. Entra en tu jaula.

Yo no quería entrar ahí dentro, pero el hombre me empujó y resbalé hasta el interior. Una vez dentro, me enrosqué con tristeza encima del lecho mientras él cerraba la puerta. Apoyé el hocico sobre las patas delanteras y estuve escuchando a todos los perros malos que no hacían caso de «no ladres». Tenía el corazón roto. Debía de haber sido una perra muy muy mala para que Lucas me hubiera mandado a ese lugar.

¿Esa era mi nueva vida? Me sacaban a pasear al patio unas cuantas veces al día; a veces lo hacía una agradable mujer que se llamaba Glynnis; otras, el hombre que se llamaba Wayne, pero siempre iba con ese incómodo collar que no me dejaba abrir la boca. Los perros estaban ladrando siempre, tanto si era de día como de noche. Algunas veces Wayne venía con una manguera y lo rociaba todo con agua. Entonces los olores de caca de perro se esparcían por el aire; luego, desaparecían, lo cual hacía que la sala con todas esas jaulas fuera incluso menos interesante que antes.

Echaba mucho de menos a Lucas. Yo era una buena perra y hacía «no ladres», pero a veces lloraba. Mientras dormía me parecía sentir el contacto de sus manos en el pelaje, pero al despertar me daba cuenta de que él no estaba allí.

Recordé a la ardilla que encontramos en la calle, la ardilla aplastada. Pensé en lo diferente que era una ardilla viva que correteaba. La que encontramos no era más que una casi ardilla, una ardilla muerta.

Y así me sentía yo.

No comía. Me quedaba tumbada en el lecho y no me movía cuando abrían la puerta para que Wayne o Glynnis me llevaran al patio con esa valla alta. Ni siquiera me interesaban las maravillosas marcas que los machos y las hembras dejaban allí. Yo solo quería a Lucas.

Un día, vino una mujer nueva y me enganchó un extraño collar en el hocico y me sacó al pasillo. Me costó ponerme en pie: me sentía tiesa y pesada. Fui sin resistirme, pero sin ganas. Mantuve la cabeza gacha y olí los olores de los perros y los gatos sin ninguna emoción.

La mujer me llevó a una habitación pequeña.

—Ven, Bella, vamos a ponerte esto otra vez.

Sentí un tirón familiar en el cuello y noté que llevaba puesto mi collar, así que, de alguna forma, volví a sentirme yo misma otra vez. En el suelo había una pequeña alfombra, así que me acerqué a ella, di unas cuantas vueltas a su alrededor y, con un suspiro, me dejé caer encima.

—Ahora mismo vuelvo —me dijo.

La mujer se fue. No sabía dónde se había ido, ni tampoco me importaba.

Y entonces, de repente, la puerta se abrió. ¡Lucas! Me puse en pie de inmediato y le salté a los brazos en cuanto entró en la habitación.

—¡Bella! —exclamó él, trastabillando un poco.

Lucas se sentó. Yo lloriqueaba y jadeaba, e intentaba lamerle a pesar de ese estúpido collar. Froté la cabeza contra su pecho y di vueltas en su regazo y le apoyé las patas en el pecho. Él me rodeó con los brazos y un gran sentimiento de bienestar se apoderó de mí. ¡Lucas había venido a buscarme! ¡Yo era una buena perra! ¡Lucas me quería! No quería separarme de él nunca más. Me sentía muy feliz, muy aliviada y muy agradecida. ¡Mi persona había venido para llevarme a casa!

La mujer nueva también estaba allí. ¡Ella había traído a Lucas!

—¿Puedo quitarle el bozal? —preguntó Lucas.

—No podemos quitárselo a los pitbulls, pero sí, es evidente que ella no es peligrosa.

Lucas me quitó esa cosa que llevaba en el hocico y pude darle un beso de la manera adecuada.

La mujer mostró unos papeles.

—Vale, ya sé que ha firmado usted los impresos, pero quiero reiterar lo que dicen. Si se vuelve a encontrar a su perra dentro de los límites de Denver, la retendrán durante tres días y luego acabarán con ella. Hay dos oportunidades con los pitbulls. No existe posibilidad de apelación que no sea en el tribunal, y debo decir que los jueces seguirán a la Organización. La mayoría de los funcionarios son grandes seres humanos que se preocupan por el bienestar de los animales, pero el que cogió a Bella es... Digamos solo que Chuck no es mi favorito. Además, tiene a un par de amigos con los que se cubren... ¿Comprende lo que le digo? Así es el sistema: está contra usted.

Lucas se sentía triste, a pesar de que volvíamos a estar juntos.

—No sé qué hacer.

—Debe sacarla de Denver.

—No puedo... No me puedo trasladar ahora. Mi madre... Es complicado.

—Entonces, buena suerte. No sé qué más puedo decirle.

¡Al salir de la habitación, Olivia me estaba esperando! Chillé de emoción, tan feliz que empecé a dar vueltas y vueltas. Ella se arrodilló en el suelo y me abrazó con cariño, dejando que yo le lamiera la cara.

Entonces se acercó un hombre. Era Wayne. Me pregunté si nos iríamos todos a dar un paseo en el patio.

—¿Lucas? —preguntó Wayne.

—¿Wayne? —Hicieron chocar las manos, pero no era una pelea—. Eh... Olivia, te presento a Wayne Getz. Él y yo fuimos juntos al instituto. Wayne, Olivia es mi chófer.

—Soy su novia —dijo Olivia.

—Guay —dijo Wayne, sonriendo—. Eh, ¿Bella es tu perra? Es fantástica.

Meneé la cola.

—Gracias. Sí, es una buena perra.

Meneé la cola.

—¿Así que trabajas aquí? —preguntó Lucas.

Wayne se encogió de hombros.

—Estoy prestando servicios a la comunidad. Me pillaron hurtando... otra vez.

—Oh.

Wayne se rio.

—No, no pasa nada. Ya he abandonado el lado oscuro, lo prometo.

Estaba impaciente por ver a Mamá, así que le di un golpe con el hocico a Lucas en la mano.

—Bueno, ¿y qué haces ahora? —le preguntó Wayne a Lucas.

—Trabajo en el hospital de veteranos. Ayudo a un par de directores. Olivia también trabaja ahí... Ella le grita a la gente.

—Solo a Lucas —dijo Olivia.

—Tú pensabas estudiar Medicina —dijo Wayne.

—Ese sigue siendo el plan —asintió Lucas—. Si todo va bien, empiezo en otoño.

Por fin, ¡por fin!, dejaron de hablar y subí al coche de Olivia. Me senté en el asiento trasero y saqué el hocico por la ventanilla.

Sabía que nunca acabaría de comprender qué había sucedido. No entendía por qué me habían puesto en esa sala con las jaulas y los perros, ni por qué Lucas había tardado tanto en venir a buscarme. Solo sabía que éramos una familia y que nunca más me iría de casa.

Empezamos a levantarnos otra vez antes de que saliera el sol para ir a dar un paseo; luego volvíamos a salir después de que hubiera anochecido.

—Es la única hora en que sabemos seguro que el recogedor de perros no sale —le dijo Lucas a Mamá.

—Nos mudaremos fuera de Denver —afirmó Mamá.

—¿Dónde? En Aurora no permiten a los pitbulls. En Commerce City no permiten a los pitbulls. En Lone Tree no permiten los pitbulls —dijo Lucas con amargura.

—Estoy segura de que habrá algún sitio adonde podamos ir.

—¿Algún sitio que podamos permitirnos? ¿Después de abandonar el alquiler de aquí? ¿De dónde sacaremos el depósito? ¿Cómo trasladaremos nuestras cosas? —preguntó Lucas—. ¡Ni siquiera tenemos dinero para comprar un coche!

—¡Basta! No quiero que hables así. Uno solo pierde cuando desiste —dijo Mamá con seriedad—. Empecemos por buscar un apartamento. Ahora.

Esa noche, cuando Lucas me sacó a dar un paseo por la noche, percibí el olor del camión de los animales lejos, a nuestras espaldas. Lucas no se giró para mirarlo, pero yo supe que estaba allí.

10

$\mathcal{A}$ la mañana siguiente, al salir, el suelo estaba cubierto de nieve y el cielo todavía estaba oscuro. Lucas soltó una risita.

—La primavera en Denver, Bella.

El hecho de que no hubiera personas ni coches hacía que el ambiente fuera tranquilo y silencioso. Los olores eran tenues, y al poco rato sentí las patas mojadas. Era maravilloso. La actitud apesadumbrada de Lucas cambió en cuanto empecé a revolcarme sobre esa fantástica alfombra blanca. Quería pasarme todo el día allí, estornudando y resoplando; sin embargo, en cuanto hube hecho «haz tus necesidades», dimos la vuelta.

Al subir las escaleras del porche vi que Mamá nos estaba esperando en la puerta.

—¿Algún rastro de Control de Animales?

—No. No salen tan temprano —le dijo Lucas—. Y esta noche esperaré a que sea tarde para sacarla otra vez.

—Pobre Bella. Son muchas horas de espera.

—No pasa nada. No sé qué otra cosa podemos hacer.

—Continuaré buscando otro lugar.

—Vale, Mamá.

—Los alquileres han subido mucho —suspiró ella.

—¿Has hablado con tu director?

—Sí. Hay alguna posibilidad, aunque requiere tiempo. Puedo enviar la solicitud cuando hayamos encontrado el sitio.

—Tiempo es lo único que no tenemos —dijo Lucas en tono grave.

—No lo mires de esa forma. Todo irá bien.

Lucas emitió un sonido como de frustración.

—Nunca encontraremos un sitio en el que nos permitan tener a Bella, que esté al lado de la línea de autobús, que nos podamos permitir y que sea aceptable para tu pensión.

—No digas eso. Te prometo que lo encontraremos.

Lucas me acarició la cabeza.

—Sé buena perra, Bella. Ahora tengo que ir a trabajar.

Mamá y yo pasamos el día juntas. Me sentía muy contenta de estar allí tumbada y de no estar en una sala llena de perros que ladraban, de saber que estaba en casa y de que Lucas regresaría y traería el olor de Olivia con él. Fuera, el sol caldeaba el ambiente y mi olfato me dijo que la nieve se había derretido.

Esa noche, Lucas salió sin mí. Llevaba comida de gato y regresó al cabo de poco.

—Ni rastro de Control de Animales —le dijo a Mamá.

Cogió mi correa y yo empecé a dar vueltas de emoción. Fui hasta la puerta y me puse a lloriquear para que me sacaran.

Percibí el olor de mi madre en el cubil, al otro lado de la valla, y supe que Lucas le había dado comida a ella y a los otros gatos.

Pero también noté otra cosa. El camión de las jaulas había regresado y estaba a una calle de distancia. ¿Vendría por mí? Yo no quería subir a ese camión ni regresar a ese edificio. Miré a Lucas.

—No pasa nada, Bella, estamos a salvo.

Oí el inconfundible sonido del motor del camión, que se acercaba a nuestra calle. Los olores se hicieron mucho más fuertes, pero parecía que Lucas no lo notaba.

Lucas dio un suave tirón a mi correa.

—Vámonos, Bella.

El camión se acercaba cada vez más. Hice lo que Lucas quería y avancé con él, pero, de repente, él se quedó quieto. El camión apareció delante de nosotros y se detuvo. El hombre del sombrero bajó de él.

—Por orden de la ciudad de Denver, voy a llevarme a este animal —declaró.

Lucas se arrodilló a mi lado e hizo algo en mi collar. Me puse en guardia... ¿Debía hacer «a casa»?

El hombre del sombrero levantó una mano.

—Si sueltas a ese perro y lo pillo sin correa, le dispararé.

Lucas tenía miedo y estaba enfadado.

—No, no lo hará —dijo, dando un paso hacia casa.

—No pongas las cosas difíciles, chico —dijo el hombre del sombrero—. He pedido refuerzos en cuanto os he visto en la esquina. Cualquier cosa que intentes ahora no hará más que empeorar la situación.

—¿Por qué hace eso?

—Defiendo la ley.

—Nos vamos a mudar. ¿No es eso lo que quiere? ¿Lo que quiere Gunter? Nos mudaremos y no veremos cómo derriba esa casa en la que usted dice que no hay gatos. Solo necesitamos tiempo para encontrar un sitio, ¿vale? Ustedes han ganado. Solo necesitamos unos cuantos días.

—No puedo hacerlo. ¿No sabes que todo el mundo dice lo mismo? Si damos unos cuantos días a todos los que tienen un pitbull, nunca pillaríamos a ninguno. La ciudad estaría llena.

—Por favor.

En ese momento, un coche se detuvo detrás de nosotros. Tenía unas luces brillantes en el techo. Dos personas bajaron de él; llevaban ropas oscuras y unas cosas metálicas en el cinturón. Eran dos mujeres. Una de ellas era más alta que la otra. Policía.

—Es un pitbull. Ya lo cogimos una vez. El propietario se

está resistiendo —dijo el hombre del sombrero—. Necesito que lo arresten por no cumplir una orden legal.

—¿Esto es un pitbull? ¿Está seguro? —dijo una de las mujeres, la más alta.

El hombre del sombrero asintió con la cabeza.

—Tres funcionarios de la Organización de Protección de Animales lo han certificado.

—Quizá —dijo la mujer, dudando.

—Nosotros no tenemos nada que ver con esa decisión —dijo la otra mujer.

—No me parece que sea un pitbull —dijo la mujer alta.

—Lo que usted crea no importa —replicó el hombre del sombrero, enojado.

Las mujeres lo miraron de forma inexpresiva. Entonces, la más alta fue hasta Lucas.

—¿Su nombre?

—Lucas Ray.

—Bueno, Lucas, debe usted entregar el perro a Control de Animales —le dijo ella con amabilidad.

—¡Pero quieren matarla! No es justo. Salió de la perrera justo ayer. Hace solo un día —replicó Lucas—. Nos vamos a ir de Denver, solo necesitamos tiempo.

Bostecé, ansiosa, al sentir el nerviosismo de Lucas, la rabia del hombre del sombrero y la tensión entre las dos mujeres.

—¿No puede darle unos cuantos días para mudarse? —preguntó la mujer más alta—. Parece razonable.

—No. Estoy haciendo mi trabajo. Debe usted arrestar a este chico por negarse a entregar al animal.

—Por favor, no me señale con el dedo —dijo la mujer con frialdad.

El hombre bajó la mano.

—Si hay que arrestar a alguien, lo haremos. Nuestro trabajo principal consiste en calmar la situación, y su discurso no ayuda.

—¿Qué? —hizo el hombre.

Le di un golpe con el hocico a Lucas para asegurarle de que no pasaba nada malo.

La otra mujer se había alejado un poco y hablaba en voz baja con su hombro. Luego regresó.

—El sargento dice que acabemos con esto —le dijo a su amiga más alta.

Las mujeres se acercaron. Yo percibí su amabilidad: fue evidente por cómo tocaron el brazo de Lucas.

—Quizá pueda buscar un abogado o algo, pero por ahora deberá dejar que se lleve al perro —le dijo con amabilidad—. Si no es así, tendremos que ponerle las esposas y llevarlo con nosotras. No le conviene.

—No podemos permitirnos un abogado. Por favor.

—Lo siento, Lucas.

Lucas se arrodilló y apoyó la cara contra mi pelaje. Le lamí las lágrimas, saladas, que le corrían por el rostro. Una profunda tristeza lo embargaba.

—Pero ella no lo comprenderá. Ella creerá que la estoy abandonando —lloró, angustiado.

—Vámonos ya —dijo el hombre.

—Debe apartarse, señor —respondió la mujer alta con tono suave.

—Dígale adiós. Más adelante deseará haberle dicho adiós —susurró la mujer más baja.

Lucas se inclinó hacia mí.

—Lo siento muchísimo, Bella. No te puedo proteger. Es culpa mía. Te quiero, Bella.

El hombre del sombrero se acercó con esa extraña correa rígida.

—¡Eso no hace falta! —exclamó Lucas, repentinamente rabioso.

—¿Van a permitir que me hable así? —dijo el hombre del sombrero a las dos mujeres.

—Sí. ¿Algún problema? —replicó la mujer más baja con suavidad.

—Déjele llevar al perro y ponerlo en la jaula él mismo —ordenó la mujer alta.

Lucas me llevó hasta una de las jaulas. El hombre del sombrero abrió la puerta y Lucas me cogió en brazos y me subió al camión.

—Te quiero, Bella —susurró—. Lo siento mucho, de verdad.

Yo sabía que, fuera lo que fuera lo que estuviera sucediendo, era algo bueno, porque Lucas estaba allí asegurándose de que estuviera a salvo. Meneé la cola al notar que me desenganchaba la correa. Me dio un beso en la cara. Mi persona continuaba muy triste. Yo deseaba hacer «a casa» y enroscarme en la cama con Lucas, tal como hacíamos en «ir a trabajar» con Mack. Ofrecerle consuelo. Hacer «trocito de queso». Así, él no estaría tan triste.

El hombre del sombrero cerró la puerta de la jaula.

—Adiós, Bella —me dijo Lucas con voz rota—. Siempre te recordaré.

Cuando el camión se alejó, Lucas se quedó de pie en la calle secándose los ojos.

Yo sabía que debía hacer «no ladres», pero de repente sentí tanto miedo que no pude evitarlo. Empezaba a comprender lo que estaba sucediendo.

Al cabo de poco volvía a encontrarme en la sala de las jaulas y los perros que ladraban. Me sentía totalmente desolada. Lucas me necesitaba, y yo necesitaba a mi Lucas. ¿Por qué me habían enviado a ese lugar? Ese no era mi sitio.

Me enrosqué encima de la alfombra y metí el hocico debajo de la cola, intentando no oír a los otros perros que no sabían hacer «no ladres». Su terror, su frustración y su soledad era evidente en sus voces y en sus olores. Intenté que eso no me afectara, pero no tardé en echarme a llorar.

Me daba cuenta de que pasaba el tiempo. La habitación se hacía más luminosa durante el día, pero de noche no se oscurecía del todo. Los perros ladraban sin cesar. Vomité en una esquina de la jaula. Wayne lo limpió. Wayne y la mujer amable, Glynnis, me llevaban a dar paseos alrededor de la valla con la mordaza pegada a mi cara. La tierra apisonada del patio era muy compacta por culpa de las muchas pisadas de los perros.

—Es una lástima, Bella —me dijo Glynnis mientras me permitía olisquear tranquilamente por la valla. El olor de todos esos perros era una gran distracción para mí—. Eres una perra muy simpática. No muerdes. La mayoría de los miembros de la organización ni se fijarían en ti. Es solo que te ha elegido uno de los malos. Todo el mundo piensa que Chuck es un mamón.

No pronunció el nombre de Lucas, pero no noté su olor en ella.

Regresé al mismo sitio, pero todo parecía haber empeorado. Glynnis estaba muy melancólica, y los perros que había a mi alrededor parecían especialmente tristes.

Estuve dando vueltas, jadeando, e intenté tumbarme en el lecho una y otra vez, pero me levantaba siempre. Y ya no podía hacer «no ladres». Ladré como una perra mala: suplicando, llorando, preguntando. La única respuesta que recibía eran los mismos alaridos de los otros perros.

A la noche siguiente sucedió una cosa curiosa. Percibí por el olor que el hombre que se llamaba Wayne había entrado en la sala, pero no lo podía ver. En uno de los extremos había un pequeño cuarto. Yo ya me había familiarizado con el ruido que hacía al abrirse porque muchas personas lo habían hecho. En ese momento volví a oírlo. Y entonces el olor de Wayne cambió: se hizo más tenue, más débil. Wayne estaba dentro de ese cuarto. Los otros perros también lo olieron: por su manera de ladrar supe que ellos sabían que estaba allí.

Nadie había estado en el interior de ese cuarto antes, pero ahora Wayne estuvo allí tanto rato que me cansé de esperar. Caí en un sueño inquieto e incómodo, pero me desperté al instante cuando oí que la puerta del cuarto se abría lentamente. Wayne vino hasta mi jaula y corrió el cerrojo.

—¡Bella! —susurró—. ¡Ven!

Los otros perros se pusieron histéricos; quizá fuera por esa razón que Wayne había venido a mi jaula y no a ninguna de las suyas. Me puso un collar que yo no conocía y le enganchó una correa: una correa normal, no como la que me hacía tener la boca cerrada.

—¡Vamos!

Pasamos por delante de los otros perros y salimos al patio. Nunca me había sacado a pasear tan tarde por la noche. Me puse a hacer mis necesidades de inmediato, pero no tuve ni tiempo de terminar porque la correa tiró de mí. Wayne se había puesto a correr y tuve que apresurarme para seguirle el paso. No era como Glynnis, que sabía que había olores que yo deseaba investigar y que me dejaba pararme para olerlos. Wayne tiraba demasiado de mí. Corrimos hasta el extremo del patio, que estaba a oscuras.

—¡Wayne! —oí que susurraba alguien.

Y entonces lo olí: ¡Lucas estaba allí!

Wayne y yo fuimos directos hacia la valla. Me apoyé en ella, intentando lamer a Lucas. Lucas y Olivia estaban al otro lado de la valla; ella acercó una mano para que yo pudiera lamerla.

—¡Levántala! —dijo Lucas en tono de urgencia—. Hemos puesto una manta encima de las púas de alambre.

Gruñendo por el esfuerzo, Wayne me levantó del suelo y me izó por encima de su cabeza. Noté que perdía un poco el equilibrio y, asustada, me quedé inmóvil.

—¡Pesa mucho! —dijo en voz baja.

—¡Sujeta la escalera! —le dijo Lucas a Olivia.

Mi manta estaba sobre la valla; Lucas alargaba los brazos hacia mí. Al final, me cogió y me hizo pasar por encima de la valla.

—Quieta, Bella. Ya te tengo.

Le lamí la cara mientras él todavía bajaba por unas escaleras metálicas. Me apreté contra él igual que hacía cuando era un cachorro. Olivia también me acarició.

—¡Buena chica, Bella! —me dijo en voz baja.

Finalmente, me dejaron en el suelo. Me puse a menear la cola eufóricamente, incapaz de reprimir los gemidos de alegría. Deseaba que Lucas se tumbara en el suelo para poder trepar encima de él. Lucas me tocó el cuello y dijo:

—No es este collar.

Wayne me miró.

—Oh, ya. Cogí el primero que salió.

Olivia dio un suave tirón del collar y preguntó:

—¿Eso importa?

—Supongo que no —respondió Lucas—. Tenía una chapa con su nombre y mi teléfono, eso es todo.

Olivia me acariciaba las orejas.

—Te compraremos un collar nuevo, Bella.

Meneé la cola.

—Eh, Lucas, creo que quizá serán más de cien dólares —susurró Wayne—. Tuve que birlar un pase de un miembro que está de vacaciones. En el registro se verá que ha sido él quien ha abierto todas las puertas. Entonces imaginarán que ha pasado algo.

—Dijiste cien. Los llevo aquí —dijo Lucas.

—Lo que quiero decir es que el riesgo ha sido mayor de lo que pensé —dijo Wayne.

—¿Borraste la entrada de Bella del ordenador? —preguntó Olivia.

—Sí, esa fue la parte fácil. Simplemente tuve que sentarme en recepción y darle a la tecla de borrar. Bella continúa registrada en el sistema, pero no esta última visita. No va a aparecer en el programa de nadie.

—Gracias, Wayne —repuso Olivia.

—No llevo más dinero. —Lucas volvió a subir a las escaleras y cogió mi manta. La dejó caer al suelo y volvió a bajar—. Solo he traído cien. Es lo que dijiste.

—Solo estoy pensando que si me pillan tendré un problema serio.

—Pues que no te pillen. Toma. —Lucas introdujo algo por la valla y Wayne lo cogió.

—Tío... —dijo Wayne con tono triste.

—Gracias, Wayne. Le has salvado la vida a Bella —dijo Olivia.

—Sí, bueno, no me ha importado metérsela al imbécil que la trajo. Todo el mundo lo detesta.

Lucas me puso la correa.

—¡Vamos, Bella!

¡Fuimos a dar un paseo en el coche de Olivia! Yo estaba muy feliz de estar con ellos. Me senté en el asiento trasero y metí la cabeza entre los dos respaldos de delante; ambos me acariciaron las orejas.

Sin embargo, Lucas parecía triste, a pesar de que volvíamos a estar juntos. Fuera lo que fuera lo que yo había hecho mal, me aseguraría de no volver a hacerlo. No quería regresar jamás a esa sala llena de perros que ladraban.

—¿Estás bien, cariño? —preguntó Olivia tocándole la nuca a Lucas.

—Sí —respondió él con voz ronca.

Olivia suspiró.

—Ya sabes que me quedaría con ella ahora mismo.

—Por supuesto. Pero continuaría estando en Denver.

—¿Y ya has pensado en todo el mundo? ¿No hay nadie?

—Tía Julie vive en Londres. La abuela está demasiado mayor. Casi todos mis amigos viven en el municipio de Denver. Chase, mi colega, ya tiene dos perros y su novia no quiere ninguno más.

—Lo siento mucho.

Mamá estaba en casa. Se agachó y yo le apoyé las patas delanteras en el pecho para lamerle la cara, haciéndola caer al suelo.

—¡Bella! —exclamó, riendo.

Pero noté que había algo de tristeza en el tono de su voz.

Una amiga de Lucas también estaba allí. Su olor me resultó familiar, pero no recordé quién era hasta que alargó la mano y me acarició.

—Hola, Bella —me saludó.

138   Noté el olor de los gatos mezclado con su propia fragancia; recordé la vez en que ella entró en el cubil para intentar atrapar a Mamá Gato, el día en que conocí a Lucas.

—Una buena noticia: Audrey dice que a los gatos no les va a pasar nada —dijo Mamá.

—Exacto —dijo Audrey—. Tener entre nuestros miembros del consejo a un inspector a veces resulta muy útil. Han conseguido parar los permisos de Gunter hasta que nos permita entrar allí y capturar al resto de los gatos.

—Eso es fantástico —dijo Lucas—, pero no creo que eso ayude a Bella.

—No, no si la tienen fichada.

—Gracias por todo, Audrey —dijo Olivia.

—No, de nada. Me alegro de poder ayudar. Siempre sucede lo mismo. Tal como está hecha la ley, hay muchos perros que mueren y que nunca habrían hecho daño a nadie. Cuando esté fuera de Denver, Bella se encontrará a salvo.

—¿Adónde te la llevas? —preguntó Olivia.

—A Durango —contestó Audrey—. Hay una familia allí que siempre acoge pitbulls.

—En cuanto encontremos un sitio fuera del municipio, iré a buscarla —dijo Lucas.

—Oh. Bueno, ¿tienes alguna idea de cuánto vas a tardar? —preguntó Audrey.

—No va a ser rápido —respondió Mamá—. La cantidad de papeleo que tenemos que resolver es enorme. Además, muchos de los apartamentos limitan el tamaño del perro, cosa que es importante en este caso.

—Comprendo.

Mamá la miró.

—¿Qué sucede?

—Bueno, supongo que no comprendí vuestras intenciones. Creí que estábamos buscando una familia de adopción temporal fuera de Denver hasta que pudiéramos encontrar una familia que la adoptara de forma definitiva.

—Oh, no —dijo Lucas—. Solo necesitamos que esté a salvo hasta que podamos mudarnos.

—Veo que esto va a ser un problema. ¿Por qué no nos dices qué sucede? —preguntó Mamá.

—Bueno, lo que proponéis no es exactamente para lo que se hace todo esto. Bella estará con una familia ocupando un espacio que podría ser para otro perro. Necesitamos dar en adopción a los perros tan pronto como sea posible. Es la única manera de salvarlos: el sistema está saturado, hay demasiados animales y muy pocos lugares para ellos. Si Bella pasa semanas o meses con una familia de acogida, otro perro será sacrificado al no tener un lugar al que ir.

»Mirad —continuó Audrey—, sé lo difícil que es esto para vosotros. Y sí, por supuesto que si encontráis un lugar enseguida podréis ir a buscarla. Pero, por favor, tened en cuenta lo que es bueno para todos, incluida Bella. Por lo que me habéis contado, Control de Animales ha puesto el ojo en vuestro pe-

139

rro y no van a desistir. La mayoría de ellos son personas decentes que trabajan ahí porque quieren ayudar a los animales, pero os estáis enfrentando a uno que tiene mala reputación.

—Bella ya estaba en su último tercer día —dijo Lucas.

—Entonces estoy de acuerdo en que no podemos arriesgarnos a que se quede ni un minuto más dentro de la ciudad. Me sorprende que la hayan sacado de allí, nunca había oído que hubieran hecho eso antes —comentó la mujer.

Oliva y Lucas se miraron. Deseaba que fueran a buscar pelotas y golosinas para que todos pudiéramos disfrutar del hecho de estar en casa y que dejaran de sentirse tan tensos y de hablar tanto.

—¿Cuánto tiempo tengo? —preguntó Lucas en voz baja.

—Oh. Si lo preguntas así… Le explicaré tu plan a la familia de acogida. Estoy segura de que podrán esperar, por lo menos, una semana. ¿Me mantendrás informada de los progresos en encontrar apartamento?

—Estoy en ello —repuso Mamá.

Lucas se arrodilló en el suelo y me rodeó el cuello con los brazos.

—Te prometo que haré todo lo que pueda para encontrar un sitio nuevo. Tendré dos trabajos si es necesario. Iré a buscarte tan pronto como pueda, Bella. Lo siento mucho.

Él, Mamá y Olivia lloraban, lo cual resultó desconcertante. Quería consolarlos, pero no sabía cómo hacerlo.

—No lo comprenderá. Creerá que la estoy abandonando —dijo Lucas con tono angustiado.

Al cabo de poco, Audrey enganchó la correa a mi collar y, para mi sorpresa, me llevó hasta un coche. Olivia y Mamá se quedaron en el porche, abrazadas.

—¡Adiós, Bella! —gritaron.

Lucas me puso en una jaula, dentro del coche de la mujer, con mi manta, para que yo tuviera un lugar blando sobre el que tumbarme. Luego puso los dedos dentro de la jaula. ¡Estábamos haciendo «trocito de queso»! No comprendía nada, pero estaba contenta de ser una buena perra y cogí la golosina con cuidado. Cuando hube terminado, le lamí los dedos, perpleja al sentir su pesadumbre. Nada de eso tenía sentido para mí.

—Quizás esto sea un adiós, Bella. Si lo es, lo siento mucho. Quiero que sepas que, en mi corazón, tú siempre serás mi perra. Ahora no puedo protegerte de ninguna otra manera.

Cerró la puerta y vi su rostro al otro lado del cristal. Tenía la expresión crispada; las mejillas húmedas. El coche arrancó y se alejó. Empecé a llorar.

Volvía a sentir que era una perra mala.

11

Audrey fue amable. Me hablaba y me decía que Bella era una buena perra. Pero me llevaba lejos de Lucas, que se hacía más y más pequeño a medida que el coche se alejaba traqueteando. Mi manta estaba fuertemente impregnada de su olor e inhalé con fuerza para empaparme de él. Esa era mi manta de Lucas.

Otro olor llegó hasta mí durante el viaje. Hasta ese momento, el abanico de olores de los coches y de la gente y del humo y de todas las otras cosas que llenaban el ambiente alrededor de nuestra casa nunca me pareció especial, no era más que el fondo sobre el cual percibía el olor único de nuestro porche y de nuestra puerta y de nuestros matorrales, y de Mamá, de Lucas y mío. Pero ahora, mientras avanzábamos con el coche, ese conjunto de olores me pareció ser una inconfundible presencia en el aire, una poderosa colección de perfumes que, para mí, era mi casa. Atravesamos otros conjuntos de olores parecidos, pero era fácil detectar la potente paleta de fragancias de donde yo vivía, así que fui capaz de ubicarme en cuanto aquella amable mujer me dejó salir del coche para que hiciera mis necesidades. «En esa dirección —pensé, dirigiendo el olfato hacia allí—, en esa dirección está mi casa.»

142

Allí estaba Lucas. Pero no íbamos hacia allí.

La mujer me llevó a una casa en la que me quedé durante varios días con una mujer que se llamaba Loretta y un hombre que se llamaba José; también con un perro grande, otro pequeño y blanco, así como dos gatos y un pájaro. El perro blanco y pequeño se llamaba Rascal y nunca le habían enseñado a hacer «no ladres». El perro grande se llamaba Grump y era viejo y lento; tenía el pelaje de un color marrón claro. No ladraba nunca y se pasaba el día medio dormido. Ambos eran más pequeños que yo. Los gatos no me hicieron caso, y el pájaro me miró cuando fui a olisquear su jaula.

El primer día y el segundo día me sentía demasiado triste para comer. Luego me di cuenta de que Lucas me había enviado a ese sitio para que lo esperara, así que empecé a comer cuando lo hacían los otros perros. Debía ser la mejor de las perras si quería que Lucas viniera a buscarme.

Me dieron un lecho que estaba impregnado del acre olor de otros muchos perros y de, por lo menos, un gato. Me llevé mi manta de Lucas al lecho para poder tener su olor conmigo mientras dormía.

José se pasaba casi todo el tiempo sentado en su enorme y mullido sillón. Le gustaba comer de un enorme cuenco; cuando Loretta no estaba cerca, siempre me lanzaba una golosina salada. Yo pasaba mucho tiempo haciendo «siéntate» al lado de su sillón. Sabía que, si me daba golosinas, era porque estaba siendo buena, de la misma manera que sabía que había sido buena cuando Lucas hacía «trocito de queso».

Loretta era muy amable conmigo y me decía que yo era una buena perra. Tenía un gran patio en la parte trasera de la casa con una valla de madera. Cuando nos sacaba allí por la mañana, hacíamos «haz tus necesidades», y Rascal se ponía a ladrarle a la valla mientras Grump se tumbaba al sol. Cuando llovía, Grump salía solo un momento y enseguida regresaba a la pequeña alfombra que había al lado de la puerta, mientras

143

que Rascal levantaba rápidamente la pata y luego se iba al lado de Grump y le ladraba a la puerta hasta que Loretta la abría.

En el centro del patio había una zona llena de virutas de madera. A mí me gustaba hacer «haz tus necesidades» allí. También había unas estructuras de madera desconocidas para mí, aunque reconocí la rampa con la escalera: era un tobogán.

Ni Loretta ni José tiraban una pelota por la rampa para que yo fuera a buscarla mientras caía rebotando por el otro lado, lo cual hacía que echara de menos a Lucas muchísimo más. Eso sería lo que haríamos cuando viniera a buscarme. Jugaríamos en el patio y él tiraría la pelota por la rampa y yo iría a buscarla. «¡Buena perra, Bella!», me diría. Casi podía ver su sonrisa y sentir sus manos en mi pelaje.

Para mí, las salidas al patio eran una oportunidad de explorar con el olfato lo que había aprendido durante el viaje con Audrey hasta la casa de Loretta y de José: el aire traía el olor de muchas casas y perros y coches que resultaban claramente distinguibles los unos de los otros, y uno de esos olores era, sin lugar a dudas, el olor de mi casa. Cuando José me llevaba en coche a la «ciudad», penetrábamos directamente en uno de estos grupos de aromas; así fue como pensaba en esos sitios: ciudades. Toda esa zona estaba llena de ciudades, y una de ellas era mi casa, mi ciudad natal.

Experimentaba todas esas cosas sabiendo que yo no vivía allí con José y Loretta. Yo vivía con Lucas y con Mamá; mi propósito era «ir a trabajar» y ver a todas esas personas que me querían y ofrecerles consuelo en su tristeza y sus miedos. Cada mañana, en cuanto me sacaban de la casa, olisqueaba el aire con la esperanza de detectar a Lucas, de que viniera a buscarme igual que había hecho en ese edificio lleno de jaulas y de perros que ladraban.

—Creí que Bella solo estaría con nosotros unos cuantos días hasta que su dueño viniera a buscarla —dijo José un día.

Yo me había quedado dormida, pero, por supuesto, levanté la cabeza al oír mi nombre. Me levanté e hice «siéntate» como una perra buena que se merecía una golosina—. Hace dos semanas.

—Lo sé. —Loretta se encogió de hombros—. Vendrán el fin de semana que viene.

—Vale.

José no me dio ninguna golosina salada. Sin embargo, cuando Loretta se fue a la cocina, me dio un par. José y yo teníamos ese juego. Pero a veces Loretta nos pillaba y decía «No hagas eso», pero su disgusto iba dirigido a José. Había veces en que era mejor ser un perro.

En el patio había una valla; al otro lado, había árboles y arbustos. Cuando la brisa soplaba desde uno de los lados, olía gente y perros y comida y coches: una ciudad. Cuando la brisa cambiaba, olía plantas y árboles y agua: como un parque, pero con mucho más espacio. A veces, José y Loretta me llevaban a dar cortos paseos por un camino que había al otro lado de la valla; por allí no había más casas, pero a menudo nos encontrábamos con personas y perros. Llamaban esos paseos «ir de excursión».

—Me encanta vivir justo al lado del bosque. ¿No es fantástico, Bella? —me preguntaba Loretta a veces mientras hacíamos «ir de excursión».

Notaba que se sentía muy feliz, pero puesto que no me quitaba la correa era evidente que, fuera lo que fuera lo que estuviera pasando, no debía de ser tan maravilloso.

Solo íbamos a pasear los días que hacía buen tiempo. Recordaba salir a pasear en días como esos con Lucas, cuando las flores desprendían su fragancia y pequeños animales correteaban y trepaban a los árboles a mi paso. ¡Seguro que Lucas no tardaría en venir a buscarme!

—Voy a poner virutas nuevas en la zona de juego —nos dijo José a Loretta y a mí después de uno de esos paseos—. Las que hay se están pudriendo. Se acerca el verano y los nietos querrán jugar.

—Buena idea. Gracias, José.

Loretta nos dejó en el patio y entró en la casa.

—Vamos a refrescar esto un poco, Bella —anunció José—. ¿Sabes que tu dueño vendrá a buscarte mañana? Te echaré de menos, has sido una buena compañía.

Bostecé, me rasqué detrás de la oreja y consideré la posibilidad de echar una cabezada.

José sacó del garaje una cosa que tenía unas ruedas. Luego trasladó el columpio y el tobogán y todas las demás estructuras de la zona de las virutas hasta un lugar al lado de la valla.

—¡Vaya! Basta por hoy —me dijo—. Vamos dentro, Bella.

Me tumbé sobre el mullido cojín que había delante de la chimenea y cerré los ojos. Pensé en Lucas. Pensé en Olivia. Pensé en «ir a trabajar» y en hacer «a casa».

A casa.

Yo era una buena perra, pero Lucas todavía no había venido a buscarme. Quizá no vendría.

Quizá yo debía hacer «a casa».

Aquella noche, José me dejó salir sola al patio para hacer «haz tus necesidades». Había muchos olores en el aire, pero no olía a Lucas por ninguna parte. Sabía dónde estaba Lucas, lo sabía con la misma claridad con la que sabía cuándo me tiraban de la correa. La sensación que ahora me llegaba de él era más tenue que la que tenía cuando se acercaba a casa caminando por la calle, pero sabía en qué dirección debía ir. A casa.

No podía saltar la valla. Era demasiado alta. Pero tenía que salir del patio. José y Loretta me llevaban a dar paseos, pero siempre lo hacían con la correa.

Si Lucas estuviera allí, me tiraría una pelota que rebotaría por el tobogán y yo la perseguiría. El tobogán estaba al lado de la valla. Me imaginé a Lucas tirando la pelota y cómo esta subía por la rampa y pasaba por encima de la valla. Saldría a por ella y, cuando la atrapara, estaría al otro lado.

No necesitaba una pelota para eso. Corrí por el patio, subí por la rampa, pasé por encima de la valla y aterricé encima de un montón de tierra blanda.

Ahora haría «a casa» para estar con Lucas.

Dejé la casa y los perros a mis espaldas y me dirigí hacia los árboles y el olor de las rocas y la tierra y el agua. Me sentía fuerte, bien, viva. Tenía un objetivo.

Esa noche no dormí, ni tampoco lo hice al día siguiente. Encontré un camino que olía a muchas personas, pero cada vez que oía que alguien se aproximaba, daba la vuelta y me alejaba del camino hasta que habían pasado. Allí cerca había un riachuelo del que bebí varias veces.

Empezaba a sentir hambre, un hambre que no era habitual en mí. Tenía el estómago vacío y me dolía un poco. Recordé a Lucas haciendo «trocito de queso» y la boca se me hizo agua. Me relamí pensando en ello.

Cuando el día empezó a hacerse más frío y más oscuro, me sentí exhausta y supe que necesitaba dormir. Excavé un agujero al lado de una roca; mientras lo hacía, pensé en Mamá Gato.

Fue entonces cuando me di cuenta de que me había olvidado de una cosa muy importante y muy querida por mí: mi manta de Lucas.

Me enrosqué con frío, sintiéndome triste y sola.

No hacía mucho rato que había cerrado los ojos cuando un fuerte grito me sobresaltó. Me puse en pie de un salto. Fuera lo que fuera lo que había gritado así, estaba cerca. Otro grito rasgó el silencio de nuevo. La primera vez me había parecido que era la voz de un ser humano, pero ahora me parecía que era demasiado feroz. ¿Qué animal podía gritar de esa forma? Entonces lo volví a oír. No detecté miedo ni dolor en ese grito, pero a pesar de ello me asustaba. Dudé un momento sin saber qué hacer. ¿Correr? ¿Investigar?

La siguiente vez que lo oí fue corto y fuerte, como un perro que soltara un único ladrido, hiciera una pausa y volviera a ladrar. Pero no era un perro. Quise averiguar qué era lo que emitía ese agudo chillido, así que me puse en marcha.

Por el sonido, estaba acerca. Aminoré al paso. La brisa soplaba en dirección contraria y no podía saber qué era a lo que me estaba acercando.

Entonces lo vi: un gran zorro sentado encima de una roca. Abrió la boca, su pecho se contrajo y un agudo chillido resonó en la noche. Al cabo de un momento volvió a hacerlo. Luego el zorro se giró y me miró.

148 Sentí que se me erizaba el pelo del cuello. Sabía lo que era un zorro por los paseos que daba con Lucas y Olivia. Eran un poco como las ardillas: unos animales que corrían pegados al suelo. Pero había algo en él que hacía que no quisiera perseguirlo. Nos miramos, perro y animal salvaje. Percibí su libertad. ¿Qué pensaría de mí, una perra buena, más grande y con collar que vivía con personas?

El zorro saltó en silencio y se metió entre los árboles corriendo. Al verlo alejarse, pensé en la primera vez que vi un zorro, en lo segura de mí que me sentía, dispuesta a salir en su persecución si Lucas quería que lo hiciera. Pero en ese momento era diferente. Sin personas a mi lado, era yo quien se encontraba en el mundo del zorro y no al revés. De repente, me sentí muy vulnerable.

¿Qué otras criaturas estarían esperándome ahí en ese oscuro bosque?

A la mañana siguiente me sentía ansiosa y hambrienta; tenía un poco de miedo. Sabía que estaba siendo una buena perra al hacer «a casa», pero el camino que había tomado no iba directamente al lugar donde yo sabía que Lucas estaba. Si salía del camino, el terreno se hacía rocoso; a veces, estaba cubierto de plantas, lo cual hacía difícil que pudiera avanzar. Me parecía más fácil continuar por el camino.

Al cabo de un rato, el camino empezó a descender y el olor de las personas se hizo más fuerte. Sabía que debía salir corriendo, pero me atraía estar pronto con seres humanos. Recordé haber tenido una sensación similar cuando los gatos se asustaron y había hombres y mujeres en el cubil, ese deseo de ir hacia ellos y de quedarme a su lado. Quizá las personas me reconocerían de la misma manera en que me habían reconocido Ty y los demás. Quizá me llevaran hasta Lucas.

Oí las voces de dos niños. Dudé solo un momento y me dirigí hacia ellos.

Olí a los niños, con el viento de cara, mucho antes de verlos. Mientras me acercaba al trote, se produjo un repentino y potente estruendo. Había sido parecido a una puerta que se cerrara de golpe, pero era un sonido que yo no había oído nunca. Entonces me llegó un olor a humo.

—¡Buen disparo! —oí que gritaba uno de los chicos.

El ruido me había asustado, pero la atracción de ver a esos seres humanos era demasiado fuerte para continuar alejada de ellos. Subí a un pequeño terraplén y los vi, el uno al lado del otro. No miraban hacia donde me encontraba. Uno de ellos sujetaba una cosa larga, una especie de palo: de allí provenía ese olor acre. El otro chico llevaba un saco en la espalda parecido al que Lucas cogía cuando hacíamos «vamos a dar un paseo». Estaban delante de unas botellas colocadas encima de un árbol caído; de ellas me llegaba tenuemente el olor de esa cosa que le gustaba beber a José mientras me daba golosinas a escondidas. Se me hizo la boca agua al pensarlo.

De repente, oí el mismo estruendo y una nube de humo apareció delante de ellos,. Una de las botellas se rompió.

—¡Tío! —exclamó con alegría el chico que llevaba el saco, el que no sujetaba el palo. Levantó la cabeza y me vio. Meneé la cola—. ¡Eh! ¡Un perro!

El otro chico se giró para mirar.

—¡Vaya!

Entonces se apoyó el palo en el hombro y lo apuntó hacia mí.

12

El chico del saco dio un empujón al palo, levantándolo.

—¡Eh! ¿Qué haces? —preguntó con tono cortante.

El chico del palo lo apuntó al cielo.

—Es un perro vagabundo.

—No vamos a dispararle. Es ilegal.

—Tío, lo que estamos haciendo ya es ilegal.

—No se le pega un tiro al perro de alguien solo porque esté perdido. No serías capaz de hacer eso, ¿verdad?

Había algo en esa situación que me hacía dudar de acercarme más. Los chicos no parecían enojados, pero sí noté que había tensión entre ellos. El palo apuntó hacia abajo.

—Qué diablos, Warren. No lo sé. Seguramente no —dijo el chico en voz baja.

—Dios, hemos venido aquí a darle a las botellas.

—Le disparaste al cuervo —dijo el chico del palo.

—Sí, a un cuervo, no a un perro. Y fallé.

—¿Y cómo sabes que yo no fallaría con el perro?

—¡Ven aquí, chico! ¡Aquí! —dijo el del saco dándose una palmada en la pierna.

—Es una hembra —dijo el otro chico.

Sus manos y sus ropas desprendían ese olor acre.

—Sí, ahora ya lo veo, tío —dijo el chico del saco—. ¿Qué

tal estás, eh, chica? ¿Qué estás haciendo aquí, te has perdido?

Le olí las manos con atención. No tenía comida en los bolsillos, pero los dedos le olían como si hubiera tenido carne en las manos hacía poco. Se los lamí, para confirmarlo. ¡Sí! ¡Ese chico podía conseguir buenas golosinas para una perra!

—¿Y ahora qué? —preguntó el chico del palo.

—Tengo un poco de longaniza en el coche.

—Un momento.

El otro chico se apoyó el palo en el hombro y recostó la cabeza contra él. Lo miré con curiosidad y, de repente, me sobresalté al oír que el extremo del palo estallaba y llenaba el aire con ese olor acre.

—No pasa nada, chica —dijo el del saco—. Eh, buen tiro.

Entonces fuimos a pasear, pero yo no iba con correa, así que corrí por delante de ellos con el hocico pegado al suelo mientras seguía la pista de algún pequeño roedor. Oía hablar a los chicos mientras caminaban a buen paso detrás de mí, por el camino. Comprendí que, de momento, yo estaba con ellos, igual que había estado con José y Loretta temporalmente. Quizás, hasta que pudiera regresar con Lucas, pasaría cortos períodos con otras personas.

El chico del saco se llamaba Warren; el otro era Tío. Pero a veces, Tío también llamaba «Tío» a Warren, lo cual me resultaba desconcertante. Cruzamos por unas hierbas altas hasta que llegamos a un coche. Warren lo abrió y de inmediato percibí un olor delicioso. ¡Habíamos encontrado las golosinas, estaban en el coche!

—¿Quieres un poco de salchichón, chica?

Me emocioné tanto que empecé a corretear en círculo, pero enseguida me senté para ser una buena perra. Warren me dio un sabroso trozo de carne que me tragué de inmediato.

—Está hambrienta —dijo Tío—. Debe estarlo para comerse esta porquería.

—Te he visto comerlo —repuso Warren.

—No me lo comí porque fuera bueno, lo comí porque estaba a mano.

—¿Quieres un poco?

—Sí.

Ambos chicos se comieron unas cuantas golosinas de perro, lo cual me pareció raro y desconcertante. Con toda la sabrosa comida que los seres humanos pueden tener, ¿por qué querían esas golosinas para perros?

—¿Qué clase de perro crees que es? —preguntó Warren.

—Tío, ni idea —respondió Tío—. Bueno, ¿así que ahora tienes un perro?

—No, claro que no —respondió Warren—. Mi señora mamá no me dejaría tener un perro.

Miré a Warren. ¿Mamá? ¿Conocía a Mamá?

—¿Y entonces? —quiso saber Tío mientras miraba el cielo entrecerrando los ojos.

—Bueno, no podemos dejarla aquí —respondió Warren—. Seguramente pertenece a alguien. Quiero decir que lleva collar. Quizá se ha separado de sus dueños.

—¿Y qué? ¿Nos la llevamos con nosotros? —preguntó Tío.

—¿Llamamos a alguien?

—Ya, y decimos: «Estábamos en Colorado Trail disparando a unas botellas y nos encontramos a este perro gigante, ¿pueden venir a buscarlo?»

—Vale. No.

—No a qué.

Warren sonrió.

—No mencionaremos la parte del tiro al blanco. Mira, quizás haya una recompensa o algo. Deberíamos llamar.

—¿Y cuánto tiempo tardaremos?

—No lo sé, tío, lo estoy pensando ahora.

—Porque debo estar en el trabajo a las cuatro y media.

—Ni siquiera sé si mandarían a alguien hasta aquí. A ver

esto: la subimos al asiento trasero y la llevamos al *sheriff* de Silverton. Ellos sabrán qué hacer.

—¿Quieres que vaya a ver voluntariamente al *sheriff*? —preguntó Tío en tono seco.

Ambos se rieron. Mi atención, no obstante, estaba puesta en el paquete, que continuaba en manos de Warren. Todavía quedaba un poco de golosina de perro ahí dentro. Me pregunté si él lo sabía. Yo estaba haciendo «siéntate», y empecé a pasar el peso de mi cuerpo de una pata a otra para hacer ver que mi excelente comportamiento merecía ese último trocito de carne.

—¡Vamos, chica! —me llamó Warren.

Abrió la puerta del coche. Dudé un momento: me encantaban los paseos en coche, pero eso me parecía raro. ¿Adónde me llevaban? Pero entonces Warren metió la mano en la bolsa y lanzó el último bocado de carne en el coche, y de inmediato supe cuál era la decisión correcta. Salté al asiento trasero y los chicos subieron a los asientos delanteros. Y eso fue todo: nos fuimos de paseo.

Estábamos muy lejos de Lucas. Yo notaba el olor de casa: estaba muy muy lejos. Pero quizás allí era a donde los chicos me llevaban.

Acerqué el hocico a la rendija de la ventanilla para olisquear los limpios olores de fuera. Supe que nos dirigíamos a la ciudad porque la combinación de olores se iba haciendo más fuerte. Pero también percibí el olor de muchos animales, la mayoría de ellos totalmente desconocidos para mí.

No estaba disfrutando tanto de ese paseo como de los paseos en que Olivia conducía. Ninguno de los chicos había vuelto a pronunciar el nombre de Mamá, ni tampoco habían mencionado a nadie que yo conociera. Eso era lo que hacían algunas personas: se llevaban a los perros a dar un paseo en coche, porque tener un perro con ellos hacía que las cosas fueran más divertidas. Pero ya me habían llevado en coche a otros sitios, antes. Y siempre eran lugares nuevos y nunca eran mi casa.

—Supongo que sabes que no tengo la mejor de las relaciones con el Departamento del *Sheriff* de San Juan —le dijo Tío a Warren.

—Tampoco es que nos vayan a tomar las huellas. Solo vamos a dejar un perro.

—¿Y si encuentran el rifle en la camioneta?

—Tío, ¿por qué iban a mirar en la camioneta? Deja de ser tan paranoico. Y, de todas formas, no hay ninguna ley que prohíba llevar un arma, es la enmienda constitucional.

—Pero no se puede disparar en el bosque nacional —dijo Tío, preocupado.

Percibí la ansiedad en el tono de su voz y lo miré con curiosidad.

—¿Y cómo van a saberlo? Déjame respirar. Dios. —Warren soltó una risita burlona—. ¿Crees que van a ir a buscar las botellas y a hacer una prueba forense o algo así?

—Es solo que estábamos haciendo una cosa y ahora estamos yendo a ver a la poli.

—Si quieres, puedes quedarte en el coche con la perra.

Estuvimos un rato en silencio. El interior del coche tenía un olor rancio de cenizas, así que pegué el hocico a la ventanilla. Al final, el coche disminuyó la velocidad, giramos unas curvas y nos detuvimos. El motor se paró y las vibraciones y los sonidos cesaron. Fui de una ventanilla a la otra, pero no averigüé por qué nos habíamos detenido en ese sitio en el que no había más que algunos coches y ningún perro.

—¿Entramos con ella, sin más? —preguntó Dude.

—No sé. No, vamos a entrar para decírselo, a ver qué dicen. Quizás haya una recompensa —respondió Warren.

—Ya, claro.

—Cosas más raras se han visto.

¡De repente, la ventanilla se bajó y pude sacar toda la cabeza fuera!

—¿Por qué has hecho eso? —preguntó Tío.

—Porque hace mucho sol. Evidentemente, no traeremos al poli hasta aquí para que vea que tenemos al perro encerrado en el coche —dijo Warren, paciente—. Eso sería maltrato animal. Incluso en un día fresco como hoy puede sufrir un golpe de calor. Warren alargó una mano y me acarició la cabeza; yo le lamí la mano, que sabía a carne—. Vale, chica. Quédate aquí, ¿vale? Estarás bien. Ahora volvemos. Te ayudaremos a encontrar tu casa, ¿vale? Todo va a ir bien.

No comprendí las palabras, pero el tono me era familiar. Cuando las personas dejaban a sus perros solos, el tono de su voz era así. Cuando Lucas hacía «ir a trabajar», hablaba de esa manera. Sentí un dolor agudo al recordarlo.

—¿Y si nadie la reclama? —quiso saber Tío.

—Estoy seguro de que alguien lo hará. Es una perra muy bonita.

—¿Y si no? ¿Entonces qué?

—Supongo que… No lo sé. ¿Quizá la adopten? —dijo Warren.

—O quizá acaben con ella. Es como si la lleváramos a la cámara de gas.

—Bueno, ¿tienes una idea mejor? Tú ibas a pegarle un tiro.

—Nunca lo hubiera hecho.

Los chicos bajaron del coche.

—Ahora volvemos, te lo prometo —me dijo Warren.

Observé por la ventanilla como se aproximaban al edificio grande, abrían la puerta y entraban. Recordé las puertas de cristal del sitio con las jaulas de perros que ladraban: eran parecidas.

En ese momento comprendí una cosa: muchas personas eran amables, pero eso no significaba que me llevaran con Lucas. En realidad, algunas de ellas podían alejarme de él. Quizá podían darme de comer y llevarme a dar un paseo en coche, pero yo debía hacer «a casa».

Pasé la cabeza por la ventanilla y luego las patas delanteras, inclinándome hacia el suelo. Empujando y retorciéndome hasta que las patas de atrás me quedaron en el aire, conseguí caer al otro lado dándome un golpe en el hocico contra el pavimento. Ya estaba fuera del coche y no estaba atado a la correa. Me sacudí, levanté el hocico y troté en dirección al olor de comida.

Había coches, personas y edificios, así que supe que me encontraba en una ciudad, pero era una ciudad diferente a la que me habían llevado José y Loretta. Mientras seguía mi olfato, algunas personas me gritaron desde las ventanillas de los coches y desde algunas puertas: parecían amables, pero no creí que pudieran llevarme con Lucas, así que decidí no acercarme a ellas. Encontré una cosa en la acera que tenía un olor dulce y pegajoso: me la comí rápidamente, así como un poco de pan seco que encontré al lado. Qué lugar tan agradable era ese que ofrecía golosinas como esas a una buena perra.

El estómago vacío me obligaba a buscar comida, a pesar de que necesitaba hacer «a casa». Estuve siguiendo muchos olores con la esperanza de encontrar más golosinas por la calle.

Hasta mí llegaba el olor de muchos perros, normalmente separados los unos de los otros; oí unos ladridos y vi un perro con unas cadenas, pero entonces cambié de dirección porque percibí la presencia de varios perros juntos. Me dirigí hacia ellos. Al girar por una esquina, me encontré con la manada.

Había dos machos, ambos de color muy oscuro, uno grande y otro pequeño, además de una pequeña hembra de pelo largo. Estaban sentados en la parte trasera de una tienda de la que emanaba un delicioso abanico de aromas. Los perros miraban la tienda muy concentrados. Sin embargo, al notar que yo me aproximaba, giraron la cabeza hacia mí.

Macho Pequeño corrió directamente hacia mí y se detuvo en seco levantando el hocico. Me di la vuelta y nos olisqueamos mutuamente. Macho Grande también me examinó por debajo de la cola. Me moví con rigidez, pues no estaba preparada para jugar a bajar la cabeza con esos dos machos a mi lado, pero meneé la cola intentando que fuera un encuentro amistoso. Macho Grande levantó la pata en un poste y Macho Pequeño lo imitó rápidamente; yo presté una educada atención a sus marcajes. La hembra no se había movido de la puerta trasera de esa tienda.

Macho Pequeño jugó a bajar la cabeza y estuvimos luchando un rato mientras Macho Grande continuaba marcando. Luego Macho Grande se acercó trotando y dejamos de jugar porque su presencia hizo que la situación cambiara.

158

Entonces se abrió la puerta de la tienda y una oleada de olores de comida cocinada llegó hasta mí. Vi a una mujer de pie en la puerta.

—¡Hola, perritos! —saludó.

Los machos corrieron hasta los pies de la mujer y se sentaron, y yo hice lo mismo, aunque un poco por detrás de ellos, para no empujarlos. No estaba segura de qué iba a pasar. Noté que la perra se ponía tensa ante mi presencia, pero tenía la mirada fija en la mujer, quien tenía un maravilloso y grasiento papel entre las manos. La mujer estrujó el papel, del que emanaron suculentos aromas, y sacó unos grandes trozos de ternera. Entonces nos dio un trozo de carne a cada uno, por orden y empezando por Hembra. Nos relamíamos los labios, incapaces de contener la emoción.

—¿Eres una nueva amiga? ¿Cómo te llamas? —me preguntó mientras me ofrecía un trozo.

Cogí la golosina de sus dedos y la mastiqué rápidamente para que ninguno de los perros intentara arrebatármelo.

—Esto es todo lo que tenemos hoy, preciosos. ¡Sed buenos!

La mujer cerró la puerta. Todos nos pusimos a olisquear el suelo en busca de algún trocito que se hubiera caído. La hembra se acercó a mí y me olisqueó con desconfianza. Macho Pequeño bajó la cabeza y meneó la cola. Estuvimos dando vueltas ahí un rato, apreciando el olor de comida en los labios de cada uno de nosotros; luego la manada se puso en marcha. Yo formaba parte de ella, así que los seguí. Era agradable estar con otros perros.

Bajábamos por una estrecha calle que corría por la parte trasera de unos edificios. No había coches, aunque había varios contenedores de metal que contenían restos de cosas comestibles. Me hubiera encantado explorarlos, pero la manada solamente se paraba para que los machos pudieran levantar la pata y marcar el territorio.

Al final nos detuvimos ante un contenedor de basura de plástico cuadrado del cual emanaban multitud de atractivos olores. Macho Grande consiguió hacer caer la tapa y yo inhalé con avidez: allí había queso, grasa y dulces.

Entonces Hembra me sorprendió dando un gran salto hacia el contenedor. Se quedó colgada en él, con las patas traseras rascando el lateral del contenedor mientras metía la cabeza en el interior. Luego se dejó caer hacia atrás arrastrando una caja que olía a carne y a pan. Cada uno de los perros sacó algo de comida de allí y se alejó rápidamente para dar buena cuenta de ello. Mi parte estaba envuelta en plástico; lo desgarré y encontré un gran trozo de comida bañada en una salsa que tenía un olor tan agrio y amargo que me hizo estornudar.

Hembra saltó varias veces al contenedor para sacar más cosas. A veces lo que extraía de allí no tenía ningún valor: pequeños trozos de verduras, o un poco de esa salsa agria, pero otras veces había alguna cosa para comer. Yo era la más joven de todos, así que me mantenía un tanto apartada y no me lanzaba a por la comida con los machos, que iban a por ella en cuanto Hembra sacaba algo. Esperaba a que ella también hubiera cogido su parte antes de coger la mía. Esa era la regla de esa manada.

De repente, como siguiendo una señal desconocida, los dos machos se alejaron. Hembra estaba lamiendo un trozo de papel. Por la manera en que me miraba, sabía que, si me acercaba, me mordería. Así que le dejé todo el espacio y seguí a sus compañeros.

Fuimos hasta otra puerta de la que también emanaban unas fragancias maravillosas. Aunque estaba cerrada, estaba hecha de un material metálico que me permitía ver a las personas que se movían dentro del edificio. De alguna manera me recordaba a las delgadas mantas que Lucas había utilizado para atrapar a los gatos del cubil: era un material que cubría un poco la luz del interior del edificio, pero sin ocultarla del todo.

Mantuve mi distancia con Hembra. Macho Pequeño y yo estuvimos jugando a luchar un rato mientras Macho Grande ladraba. Luego se oyó un ruido procedente del interior del edificio y corrimos a la puerta y nos sentamos, expectantes. Yo estaba al lado de Macho Grande y vi qué él se relamía los labios, así que hice lo mismo.

La puerta se abrió:

—Vaya, hola, ¿habéis venido a por un obsequio? —preguntó un hombre.

A diferencia de la mujer, no nos dio golosinas con la mano, sino que nos las fue lanzando uno a uno. La comida era fabulosa: me lanzó un sabrosísimo trozo de carne salada que me rebotó en el hocico, pero que atrapé en el suelo y me tragué antes que ninguno de los otros perros tuviera tiempo de reaccionar. ¡Panceta! Cada uno de nosotros recibió varios trozos más; aunque yo intentaba atraparlos al vuelo, como hacían mis compañeros, siempre se me caían al suelo.

El hombre cerró la puerta, pero todavía podíamos verlo y oírlo al otro lado.

—Eso es todo lo que tengo hoy. Ahora, id a casa. A casa.

Lo miré, atónita. ¿Cómo sabía él lo de «a casa»?

La manada se alejó y yo los seguí, aunque las palabras del hombre resonaban en mi cabeza. Me encontraba lejos de Lucas, pero me habían dado la orden de «a casa».

Subimos por una calle con casas. Muchas luces brillaban desde las ventanas; se olía a comida y a personas; también a algunos perros y gatos.

Hembra nos dejó. De repente, se dio la vuelta y se alejó por la acera en dirección a uno de los porches. Me detuve y la observé, pero al ver que los machos no la esperaban me apresuré a seguirlos.

Luego Macho Grande se separó de nosotros. Macho Pequeño se puso a marcar un árbol mientras Macho Grande se iba directamente hacia una puerta de metal. Oí el ruido de sus uñas rascando la puerta. Al cabo de un momento, un niño pequeño la abrió, iluminando la calle con una breve ráfaga de luz. Macho Grande entró y la puerta se cerró.

Macho Pequeño me olisqueó un momento y se dio la vuelta para ir hacia una de las casas. Al ver que miraba hacia atrás y meneaba la cola, supe que quería que lo siguiera.

Sin embargo, ahora comprendía una cosa. La manada estaba haciendo lo que el hombre había dicho que hiciera: estaba haciendo «ve a casa». Cada uno de ellos tenía una casa adonde ir, con personas dentro que les querían. Eran una manada temporal, como los grupos de perros que se forman en los parques. Allí, cuando uno de los humanos los llamaba por el nombre, los perros en cuestión se iban del parque; y cuando Lucas permanecía mucho rato allí, la manada se iba haciendo más pequeña hasta que solo quedaba yo.

Macho Pequeño quería que yo me quedara con su familia, pero no podía ir con él porque mi persona no estaba allí. Mi persona era Lucas.

Había aprendido unas cuantas cosas que no sabía antes: allí

donde había edificios, había personas amables que ofrecían golosinas y contenedores llenos de comida que era muy fácil de coger. En una ciudad había comida.

Pero no podía hacer «a casa» y quedarme en esa ciudad.

Dirigí el hocico hacia donde sabía que se encontraba Lucas. En esa dirección no había ninguna ciudad, no había edificios. Había colinas y arroyos y árboles, y también llegaba hasta mí el olor de la nieve procedente de la parte más alta. Si quería hacer «a casa» tendría que estar sin manada, ir por colinas donde no había personas.

Macho Pequeño ya había recorrido la mitad del camino que llevaba a la casa y me miraba. En parte deseaba ir con él: su pelaje olía a más de una mano humana, y sería muy agradable dormir en un lecho mullido y recibir comida y caricias de las personas de Macho Pequeño.

Me sentía segura allí, en ese sitio con coches y humanos que daban comida con la mano a los perros. Los pocos días que había pasado en el camino me habían llevado a ver que allí arriba había peligros desconocidos, animales que yo nunca había visto, y zonas donde no había comida. Aquí, con Macho Pequeño, cuidarían de mí. Allí, yo sola, me enfrentaría al peligro.

No podía estar con mi persona y también con Macho Pequeño. Me giré, inspiré profundamente el aire nocturno y me fui a buscar a mi Lucas.

13

$\mathcal{A}$ medida que las luces y los olores de la ciudad se hacían más tenues, empecé a sentirme inquieta. La luz de la luna iluminaba el camino, pero me sentía vulnerable y sola, como si el hecho de haber estado con una manada me hubiera recordado que viajar con otros perros era mucho más seguro para un perro. Ahora también comprendía que estaba haciendo un viaje de varios días; cuando salté por la valla desde el tobogán, me movía la creencia de que llegaría a casa muy pronto. Pero ahora sabía que quizá caminaría y caminaría, y que el olor de mi casa continuaría estando lejos.

Pasé la noche al lado del río, en un lugar donde encontré una zona en el suelo que tenía la forma de un lecho para perro. Esa noche me desperté varias veces al oír u oler otros animales, pero no se acercaron a mí. Ninguno de ellos tenía un olor que me resultara conocido.

El camino en que me encontraba no siempre me llevaba en la dirección que necesitaba ir. A menudo daba la vuelta e iba en dirección contraria, pero yo sabía que si continuaba siguiéndolo al final me llevaría hasta mi objetivo. Me permitía caminar con mayor seguridad que cuando intentaba ir en dirección recta y trepar por las rocas y los otros obstáculos que me encontraba. El camino estaba impregnado del olor de personas y de animales, así que me resultaba fácil seguirlo.

Las personas que recorrían el camino anunciaban su proximidad con sus voces y sus pasos, así que siempre sabía cuándo debía apartarme y dejarlos pasar. No quería volver a ir de paseo en coche.

Cuando empezaba a hacerse de noche, encontré una zona que estaba fuertemente impregnada de olores humanos. Había unas cuantas mesas de madera; unas cuantas consistían en unas columnas metálicas encima de las cuales había un montón de ceniza que olía a carne quemada. Pero cuando me icé sobre las patas traseras para investigar, solo pude lamer un poquito de comida de unas barras que había encima de las cenizas.

Mucho más prometedor me pareció un contenedor redondo parecido al que la hembra había saltado, pero este era metálico. Intenté imitar su proeza. Pero si ella había conseguido trepar a él de un salto y quedarse colgada mientras se apoyaba con las patas traseras a uno de los laterales, yo solo conseguí tirar al suelo el contenedor entero. Sentí culpa y recordé que Lucas me decía que era una mala perra cada vez que yo hacía una cosa similar en casa, en la cocina; pero eso no me impidió encontrar trozos de pollo y un enorme trozo de una cosa azucarada, además de algunas galletas secas que no eran muy buenas. El pollo crujió cuando mastiqué los huesos, y lamí el sabroso jugo de un contenedor de plástico que saqué. Al final, me sentí más llena de lo que me había sentido en muchos días, y me tumbé, satisfecha, debajo de una de las mesas para pasar la noche. El hecho de haberme llenado el estómago me hizo sentir segura.

Al día siguiente, el rastro me llevó por una pronunciada cuesta, y me sentía cansada. Al cabo de poco rato, me di cuenta de que volvía a tener hambre. Lamenté que no me hubiera gustado nunca «buen ejercicio», el juego en que Mamá o Lucas tiraban golosinas por las escaleras para que yo fuera a buscarlos y volviera corriendo a la cocina. Ahora hubiera jugado con gusto a eso durante todo el día si ellos hubieran querido.

De repente, oí un ruido seco y fuerte; al momento, me giré hacia el lugar de donde procedía y corrí hacia allí. Sabía lo que significaba ese estruendo: Tío y Warren estaban utilizando el palo. Aunque no pensaba subir al coche, estaba dispuesta a aceptar más trozos de carne.

Enseguida oí unas voces. Eran voces de hombre y parecían excitados.

—¡Debe de pesar casi setenta kilos! —gritó alguien.

Salí con precaución por entre los árboles. Un poco más adelante había una cuesta en el terreno. Ahora me llegaba el olor de esos humanos: no eran Warren y Tío. Subí la cuesta y miré hacia abajo.

Estaba en la cima de una pequeña colina; pendiente abajo corría un riachuelo entre unas rocas. Al otro lado del estrecho y pequeño valle se levantaba una colina mucho más alta, escasamente cubierta de matorrales. Miré hacia arriba y vi que dos hombres corrían y saltaban bajando la colina. Se encontraban bajando una cuesta muy pronunciada y no miraron hacia mí; si lo hubieran hecho, me hubieran visto con facilidad. Ambos llevaban unos palos; el aire estaba impregnado del olor que yo ya asociaba con el estruendo de esos palos.

—¡Ya te dije que hoy conseguiríamos algo! —le dijo uno al otro.

Jadeando, los dos hombres se apresuraban cuesta abajo en dirección al pequeño riachuelo. Me arrastré por el suelo, curiosa, observando el progreso de esos hombres, y entonces la brisa me trajo el olor de un animal y de otra cosa.

Sangre.

Giré la cabeza hacia el olor de la sangre, olvidándome de los hombres.

—¡Por lo menos, quinientos dólares! —dijo uno de ellos.

Pero yo estaba siguiendo el rastro del olor. No tuve que

avanzar mucho: a pocos pasos vi un animal tumbado, inmóvil, entre las rocas. Me acerqué con cuidado, a pesar de que por la quietud de su cuerpo sabía que no estaba vivo. Era como la ardilla que Lucas me había enseñado al lado del camino durante uno de nuestros paseos: caliente y muerta.

Tenía el pecho cubierto de sangre. Lo olisqueé. Ese animal tenía un olor parecido al de los gatos, aunque no se parecía a ningún gato que hubiera visto. Era enorme, más grande que yo. Era una hembra, y el olor de leche que se desprendía de sus mamas me recordó a Mamá Gato. Su sangre también desprendía un olor penetrante y de humo, el mismo olor que salía de esos palos que llevaban personas como Tío y como esos dos hombres de la colina.

No comprendía lo que estaba viendo.

Entonces oí la respiración de los hombres detrás de mí. Por el cambio del sonido supe que habían llegado al pequeño valle y que ahora subían por la cuesta.

—¡Necesito un descanso! —dijo uno de ellos, jadeando.

—Debemos cogerlo y salir pitando de aquí —repuso el otro, tenso.

Pero los dos hombres se habían detenido.

—No hay nadie. Todo va bien.

—Maldita sea, no va bien. ¿Sabes lo que pasará si nos pillan cazando un puma?

—Lo que sé es que podemos conseguir uno de los grandes por él. Eso sí que lo sé.

Decidí que no quería encontrarme con esos hombres; estaba segura de que si lo hacía, no me darían ninguna golosina.

De repente, un movimiento entre los arbustos captó mi atención y giré la cabeza. Allí había algo, un animal, pero el viento soplaba en dirección contraria y no podía percibir su olor. Observé con atención y vi unos ojos y unas orejas puntiagudas. Y entonces, a pesar de que estaba medio escondido, me di cuenta de lo que estaba viendo: era un gato inmenso, más grande que muchos perros, el gato más grande que había visto nunca. Tenía la mirada fija en mí; en cuanto se dio cuenta de que yo lo había visto, agachó la cabeza un poco como si quisiera esconderse. Pero ahora que sabía que estaba allí, pude separar el suyo del olor del enorme animal que estaba tumbado entre las rocas. Una hembra.

Su postura me recordó a la de los gatos del cubil cuando aparecían los humanos por el agujero: la misma rigidez en el cuerpo, la misma mirada fija, los labios ligeramente retraídos. Estaba aterrorizada.

Uno de los hombres soltó un fuerte grito.

—¡Maldición!

La hembra se encogió, retrocedió entre los arbustos y se alejó corriendo. Reconocí los movimientos, la manera de correr; me di cuenta de que, a pesar de que su tamaño no era el de un gato, ese felino era un cachorro, un cachorro tan grande como un perro de tamaño mediano.

Recorrió un corto trecho y se detuvo. No sabía qué había sucedido, pero por la tensión de sus movimientos me di cuenta de que deseaba huir. Pero no lo hacía. ¿Era por el felino muerto a mis pies? ¿Era su madre?

Los olores y los ruidos me hicieron saber que los hombres de los palos casi habían llegado a la cresta, así que debía irme. Me di la vuelta y me metí entre los arbustos.

El gran cachorro me siguió.

La ruta que tomé seguía el rastro de los olores mezclados de Gatita Grande y de la enorme madre muerta. No era fácil avanzar, pero el rastro iba en línea recta alejándose de aquellos hombres furiosos. Ahora llegaban hasta mí su olor y el de la sangre; el viento era más frío en mi cola que en mi nariz.

Me sentía trastornada por lo que había visto. No comprendía cuál era la relación entre la muerte de la madre de Gatita

167

Grande y los humanos con los palos humeantes, pero debía de haber alguna. Me recordaba la vez en que Mamá invitó a su amigo a entrar en casa y luego se puso furiosa, le pegó y él cayó al suelo. La temible conclusión era que en el mundo había personas malas. Yo sabía que había gente que me impediría estar con Lucas, pero eso era totalmente distinto.

Si un perro no podía confiar en los seres humanos, ¿cómo era posible vivir?

Gatita Grande iba detrás de mí en silencio; yo notaba su olor, y percibía en ella el terror y la ansiedad y la desesperanza. Me detuve para mirarla, y ella se apartó rápidamente para esconderse. El gesto que hizo al saltar era exactamente igual al de un gato de tamaño normal.

Al cabo de un rato, percibí que Gatita Grande se había detenido. Me di la vuelta y la miré. Se había sentado y me miraba con aquellos ojos claros. Aunque ahora estábamos lejos de esos hombres, quería continuar avanzando, continuar acercándome a Lucas. Di unos pasos y giré la cabeza: ella trotaba un poco en otra dirección y se detenía. Miró hacia donde parecía que deseaba ir y luego me observó con una expresión que parecía de expectación.

Gatita Grande era un cachorro asustado. Necesitaba mi ayuda. Cuando yo me encontré en peligro, Mamá Gato me había protegido. Y ahora yo sentía un fuerte instinto de proteger a esa gatita.

Pareció que se daba cuenta de que la seguiría, así que avanzó. Fui tras ella, sorprendida por la habilidad con que se abría paso entre las rocas y otros obstáculos.

Al cabo de poco llegamos a un lugar debajo de unos árboles que olía fuertemente a la gran madre gato. Y había otro olor allí: de sangre y de carne. Enterrados entre la hierba y la tierra vi los restos intactos de un ciervo, un ciervo que olía a Gatita Grande y a la madre muerta.

No comprendía nada de eso, pero sabía que estaba ham-

168

brienta, así que di un ávido mordisco a la presa. Al cabo de un momento, sin hacer ningún ruido, Gatita Grande también empezó a comer.

Esa noche, mientras me encontraba tumbada encima de unas hierbas, Gatita Grande se acercó a mí y me olisqueó la cara. La lamí, lo cual la puso en tensión, pero al ver que yo bajaba la cabeza al suelo, se relajó y, con mucha precaución y sin dejar de olisquearme, me estuvo explorando todo el cuerpo. Me quedé quieta, dejando que me examinara. Empezó a ronronear; supe lo que iba a hacer antes de que lo hiciera: frotar la cabeza contra mí, igual que hacían mis hermanos gatitos. Al final, se enroscó contra mi costado y sentí que su miedo desaparecía.

Eso era similar a cuando yo dormía con la cabeza encima del pecho de Mack cuando hacía «ir a trabajar». Ahora no estaba ofreciendo consuelo a una persona, sino a una gatita a quien se le había muerto la madre.

Lucas cuidaba a los gatos. Los alimentaba. Yo cuidaría a esa gatita.

Pensé que Lucas hubiera querido que lo hiciera.

Gatita Grande y yo pasamos unos cuantos días con la presa y comimos todo lo que pudimos. Cuando no comíamos, jugábamos. A Gatita Grande le gustaba saltarme encima. A mí me gustaba tumbarla de espaldas y cogerle la cabeza con la boca hasta que ella se revolvía y salía corriendo. Ella también dormía durante gran parte del día, aunque se mostraba extrañamente alerta y despierta cuando el sol empezaba a bajar y yo me disponía a tumbarme para pasar la noche. Habitualmente se iba hacia los árboles; un día me sorprendió al ver que volvía con un pequeño roedor para compartirlo conmigo.

Al final, sentí unas ganas incontenibles de ponerme en marcha. Gatita Grande me siguió. No parecía gustarle el olor de los seres humanos en el camino; prefería avanzar por terreno cubierto, así que desaparecía durante largos ratos cada día. Yo podía oler su presencia y sabía que no estaba muy lejos. Y las veces en que no podía detectar su paradero, la esperaba y, al final, ella llegaba a mi lado.

Sabía que hubiera avanzado más deprisa si no me preocupara tanto por el bienestar de Gatita Grande, pero sentía la necesidad de asegurarme de que estuviera bien.

Cuando ya nos encontrábamos a dos días de distancia del sitio de la presa, empecé a sentir que me atenazaba el hambre. Gran Gatita me preocupaba: ¿cómo la alimentaría?

Al final del tercer día, decidí detenerme a beber agua y tumbarme a esperar a Gatita Grande. Al final, apareció detrás de unas grandes rocas un poco después de que yo ya hubiera notado por el olor que se había ocultado allí. Gatita Grande bajó la cabeza hasta el pequeño charco y se puso a beber. Parece que a los gatos no les gusta mucho beber. Pero un perro bebe con entusiasmo y haciendo mucho ruido.

En ese momento noté un olor de sangre y levanté la cabeza, sorprendida. Empecé a salivar; sin dudarlo, me dirigí hacia el lugar de donde procedía esa maravillosa fragancia. Gatita Grande me siguió, pero no parecía oler lo que yo olía.

Y entonces vi un zorro. Se movía silenciosamente, pero llevaba un conejo en la boca: de allí procedía el olor de sangre. El zorro no parecía darse cuenta de que yo estaba detrás de él. Iba corriendo, pero el peso de su presa le impedía avanzar deprisa.

El zorro me vio en el mismo momento en que Gatita Grande detectó su presencia. Los tres nos quedamos inmóviles. Y entonces, a una velocidad que me asombró, Gatita Grande salió corriendo. Empezamos a dar caza al zorro, pero este consiguió alejarse de mí con agilidad. Saltó ágilmente por encima de unos troncos caídos y, de repente, cambió de dirección. Pero Gatita Grande pronto lo alcanzó, así que el zorro dejó caer el conejo y huyó.

Gatita Grande abandonó la persecución y se puso a olisquear la presa abandonada. Y yo hice lo mismo. Comimos de la presa del zorro como si Gatita Grande y yo fuéramos una manada.

El hambre era un estado constante mientras recorríamos la distancia que nos separaba de Lucas. Yo sabía que eso significaba que necesitábamos seres humanos, que eran quienes tenían toda la comida. Por suerte, el verano parecía atraer a muchas personas a la montaña, y cada vez que se detenían, comían. A mí me resultaba fácil seguir el rastro hasta llegar a los lugares donde habían estado, pero Gatita Grande se escondía en cuanto percibía el olor de la gente.

171

Un día, una familia se encontraba sentada a una mesa de madera con un fuego encendido en un gran cuenco que se sostenía sobre tres delgadas patas. Un hombre puso un gran trozo de carne en ese cuenco, y la explosión de aromas que provocó casi me hizo desmayar. Entonces el tipo se giró hacia su familia, distraído, y yo salí corriendo de entre los árboles, cogí la carne con cuidado para no quemarme y hui rápidamente. La única persona que me vio fue un niño que estaba sentado en una silla de plástico dando patadas en el aire con las piernas, pero no dijo nada.

Yo esperaba sentirme como una perra mala, pero no fue así: estaba cazando. Compartí la comida con mi compañera felina.

Otro día vimos a un hombre que estaba de pie delante del arroyo y que tenía un saco lleno de peces en la orilla. Me llevé la bolsa entera. El hombre me gritó: no dijo que era una mala perra, pero utilizó palabras que yo no comprendía, pero que sabía que eran de gran enfado. También me persiguió: sus botas hacían mucho ruido al pisar la tierra y las piedras. Tuve mucha dificultad para arrastrar ese saco lleno de peces, pero continué corriendo; al final, el hombre, jadeando, se quedó atrás y se detuvo. Pero continuó gritando.

Gatita Grande y yo nos comimos todos los peces.

La mayoría de las veces en que seguía el rastro de las personas sucedía que ya se habían marchado de allí. Aprendí que cuanto más cerca se encontrara la mesa de pícnic del camino, más probable era que encontráramos un contenedor con restos de comida. Adquirí una gran habilidad en trepar al contenedor o en tumbarlo al suelo para rebuscar entre los papeles y los plásticos hasta encontrar los restos de comida que la gente había dejado. Muchas veces, hacer eso requería dejar lejos nuestra ruta y escondernos de los coches hasta llegar a algún lugar donde poder encontrar comida. Gatita Grande no me acompañaba nunca, pero siempre la encontraba esperándome a mi regreso.

La primera vez, fui capaz de encontrar unos bocadillos en un contenedor y me los tragué de inmediato, dejándome llevar por la necesidad de mi estómago. También me tragué los otros restos de comida, pero no encontré nada para llevarle a Gatita Grande.

Cuando me acerqué a ella, sintiéndome culpable, ella se acercó y me olisqueó la boca. Y entonces hizo una cosa inesperada: me lamió los labios; al cabo de un momento, yo regurgité una parte de lo que me había comido.

Esto sentó las bases de la manera de compartir la comida que la gente me dejaba en esos contenedores. Muy pocas veces encontraba algo suficientemente grande para llevar de vuelta, intacto, como la vez que encontré un cervatillo muerto al lado del camino con el cuerpo todavía caliente. Gatita Grande, de alguna manera, detectó mis esfuerzos por arrastrarlo de vuelta y se unió a mí: me sorprendió ver que casi podía levantar del suelo la presa con la fuerza de sus mandíbulas.

Íbamos progresando en el camino que nos llevaría a Lucas, pero lo hacíamos despacio. Los rastros eran confusos y complicados, lo cual resultaba frustrante. Era habitual oír la presencia de seres humanos y tener que escondernos. Gatita Grande tenía tan pocas ganas como yo de ir a dar un paseo en coche.

Muchas veces percibía olor de perros, pero creía que Gatita Grande tampoco querría encontrarse con ellos. Por mi parte, deseaba saludarlos, pero ellos siempre estaban con personas, igual que yo algún día estaría con Lucas.

Sin embargo, cuando percibí la presencia de perros sin humanos, se me erizaron los pelos del cuello. Su olor tenía algo extraño, un aroma subyacente, un componente salvaje que me alarmaba. Notaba que nunca se habían dado un baño y que no se habían alimentado con comida para perros últimamente. También percibí que nos seguían el rastro y que cada vez estaban más cerca. Gatita Grande no parecía haberse dado cuenta: continuaba queriendo dormir, pero me seguía porque éramos una manada.

Habíamos llegado a una zona plana con rocas y unos cuantos árboles pequeños cuando, de repente, me di cuenta de qué era lo que nos estaba siguiendo. Ya me había encontrado antes con esa clase de criaturas: eran coyotes, esos perros pequeños y malos que había visto de excursión con Lucas. Eran cuatro: una hembra y tres machos jóvenes. Y no nos perseguían por curiosidad: nos estaban dando caza.

Me detuve. Gatita Grande también los vio aparecer a cielo descubierto. El color de sus ojos se oscureció y enseñó los dientes. Gatita Grande ya casi era tan grande como yo, pero sabía que una manada de cuatro tenía más fuerza que dos animales más grandes.

Debíamos huir, pero no podíamos hacerlo: a nuestras espaldas, una pared de roca se elevaba mucho y era imposible trepar por ella. Y los escasos árboles no eran suficientemente grandes para poder escondernos en ellos.

Emití un potente gruñido. Se avecinaba una buena pelea.

Los coyotes se separaron mientras avanzaban lentamente con actitud tímida y precavida. No cabía duda de cuáles eran sus intenciones: iban a matarnos para comernos. Volví a gruñir y me enfrenté al peligro.

14

$\mathcal{M}$e arrastró una furia que no comprendí, una rabia instintiva que me salía de lo más profundo. Mi mente se llenó de cosas que parecían recuerdos de algo que nunca me había sucedido, de violentas luchas contra esas criaturas. Ellas eran mis enemigas; sentía el impulso de matarlas, de destrozarlas con los dientes y de romperles el cuello con la boca.

Y, a pesar de que ese profundo odio me invadía, pude sentir el terror de Gatita Grande, que emanaba de su piel y su aliento, sus músculos tensos, su rostro rígido. Iba a salir huyendo: era evidente por cómo había flexionado las patas.

Pero correr no iba a funcionar. Eso era una manada, y una manada persigue a la presa. No se podía trepar por el muro que teníamos a nuestras espaldas, así que ella solo podía huir siguiendo la pared de roca en una dirección o en otra. Los coyotes le cortarían el camino.

A pesar de todo, corrió. Salió a toda velocidad siguiendo el muro. Al instante, los cuatro depredadores se lanzaron en su persecución. Todavía estaban lejos de ella, pero avanzaban muy deprisa para cortarle el paso.

Impotente, me lancé a toda velocidad tras mi compañera: cuando la atraparan, no se encontraría sola.

Sin embargo, los coyotes se acercaban rápidamente. De repente, ya estuvieron casi encima de ella. Gatita Grande se desembarazó de ellos. Entonces, tras un asombroso salto, se agarró a un árbol y trepó hasta la copa agarrándose con las uñas.

Los coyotes se detuvieron, desconcertados, con expresión cansada y perpleja. Aproveché la confusión para acercarme al árbol de Gatita Grande con intención de montar guardia en él para protegerla. Los coyotes observaban las ramas del árbol con la lengua fuera. Se fueron apartando del árbol como si temieran que mi compañera les saltara encima desde arriba. Tenían unas colas gruesas, orejas puntiagudas y expresiones frías y feas en la cara. Al percibir mis movimientos, giraron la cabeza al mismo tiempo y me miraron con expresión ladina. Yo era un único perro; ellos, una manada.

Me acerqué al árbol y hasta mí llegó el olor de Gatita Grande. Sabía que tenía miedo, pero yo no lo tenía. Yo quería luchar.

Los tres machos se acercaron a mí, cortándome el paso, hasta que estuvieron tan cerca que hubiera podido tocarlos dando tan solo unos cuantos saltos, pero entonces retrocedieron. La hembra se había quedado al pie del árbol y observaba a Gatita Grande.

Los machos parecían intimidados, pero me estaban dando caza: sabía que esa cobardía era fingida, diseñada para atraerme hacia ellos y poder, así, atacarme por los cuatro costados.

Me encontré atrapado contra la pared de roca. Mis gruñidos se hicieron ladridos llenos de rabia. Me lancé contra ellos y salieron corriendo, pero uno de ellos volvió por un lado. Me giré para enfrentarme a él; otro se acercó por otro lado mientras otro más se acercaba por delante para retroceder de inmediato.

No comprendía qué estaban haciendo, por qué se acercaban por distintos lados en lugar de atacarme de frente; lo que yo quería era ir a por el que estuviera más cerca. Pero sentía que debía proteger a Gatita Grande. No quería dejarla sola en el árbol, del cual debería bajar en algún momento. Lucas hubiera querido que la salvara.

Hubiera podido acabar primero con los machos y, luego, ir a por la hembra.

Los coyotes permanecían en silencio, pero yo ladraba con ferocidad enseñando los dientes y haciéndolos chasquear cada vez que notaba uno de sus movimientos. Los coyotes parecían frustrados por la pared de roca que había a mis espaldas.

Entonces uno de ellos se lanzó contra mí desde uno de los lados; me giré de inmediato y lancé una dentellada al aire. Al instante, un pequeño macho saltó desde la derecha y me dio un mordisco en la cola, pero reaccioné a tiempo: saboreé la sangre en la boca. El depredador chilló y se alejó.

Permanecí con actitud desafiante, todavía ladrando furiosamente, mientras los tres coyotes daban vueltas delante de mí.

177

Entonces percibí una cosa que podía cambiar la situación: personas. Parecía que los coyotes no se habían dado cuenta, pero yo notaba el olor de unas personas que se acercaban.

El coyote al que había mordido se había alejado y se había dejado caer en el suelo con las orejas gachas, pero los otros dos continuaban la caza. Cargaron contra mí. Le di un mordisco a uno de ellos y le arranqué un trozo de pelaje obligándolo a retroceder, pero el otro me saltó encima y me clavó los dientes en la oreja.

De repente, los cuatro coyotes se quedaron inmóviles y giraron la cabeza. Era evidente que ahora sí notaban el olor de los seres humanos y que oían sus voces.

—¡Eh! —gritó un hombre.

Varios hombres salieron de entre los árboles y corrieron hacia nosotros por el terreno llano. Los coyotes dieron media vuelta y huyeron, olvidando por completo su sed de sangre. La hembra fue la última en marcharse; corrí tras ella un corto trecho. Pero todavía tenía la sensación de que no podía abandonar a Gatita Grande, así que regresé junto al árbol.

Los hombres se aproximaron, resoplando. Llevaban unos sacos grandes a la espalda como el de Lucas cuando íbamos de excursión.

—¿Está herida? —oí que preguntaba uno casi sin resuello y que caminaba más lentamente.

Llevaba una camisa de vivos colores con la cual se secaba el sudor de la cara.

—¡Eh! ¡Aquí, perra, aquí, perrita!

Tenía la cara peluda, lo cual me hizo pensar en mi amigo Ty.

Oí un ruido como de algo que rascaba por encima de mi cabeza y supe que Gatita Grande estaba agarrada con pavor en una de las ramas del árbol.

Los hombres casi habían llegado hasta mí y redujeron el ritmo. Dos de ellos habían apoyado las manos en la cintura y su respiración era audible. Los observé acercarse, desconfiada. Hasta ese momento me había esforzado mucho en evitar el contacto con los seres humanos, pero ahora todo un grupo de ellos caminaba en dirección a mí. Gatita Grande tendría miedo de ellos, incluso aunque tuvieran comida.

Sin embargo, eran personas y yo ya estaba moviendo la cola de forma involuntaria, anticipando la sensación de sus manos en mi pelaje.

—¡Mirad! ¡Mirad, en el árbol, en el árbol! —gritó el hombre de la camisa de colores, excitado y alargando un dedo de la mano en el aire.

—¿Es un lince? —preguntó el hombre de la cara peluda.

—¡No, es un puma, un puma joven!

Uno de los hombres sacó un teléfono y lo mantuvo sujeto delante de su nariz. Oí que Gatita Grande se movía y miré hacia arriba. Estaba observando a los hombres con los ojos muy abiertos y las orejas pegadas a la cabeza.

Sabía reconocer cuándo un gato estaba asustado. Algunos gatos tenían miedo de los humanos e intentaban escapar si estos se acercaban a ellos. Y los que habían llegado se encontraban tan cerca que si uno de ellos hubiera tenido una pelota, me la hubiera podido lanzar.

—¿Lo estás consiguiendo? —preguntó el hombre de la camisa de colores.

—¡Lo estoy consiguiendo! —contestó el hombre que tenía el teléfono delante de la nariz.

No comprendía qué era lo que estaban haciendo, pero continuaban acercándose. Ahora lo hacían mucho más despacio. Y todos miraban a Gatita Grande.

—Dios, es hermoso —exclamó el hombre de la cara peluda.

—Nunca había visto ninguno. ¿Habías visto uno alguna vez? Nunca los había visto en el bosque.

—Está asustado.

179

El terror de Gatita Grande era tan evidente que todo el ambiente se volvió tenso. Se le notaba la tensión de los músculos por debajo de la piel. Y, de repente, dio un salto tan grande que pareció que volara. Aterrizó en la cima de la pared de roca casi sin hacer ruido, salió corriendo colina arriba y desapareció entre las rocas.

¡Gatita Grande! Corrí hasta las rocas, pero no podía trepar por la pared: era demasiado vertical. Lo que acababa de suceder me recordó las veces en que Mamá Gato había huido de Lucas. Supuse que Gatita Grande se habría ido a buscar un lugar donde esconderse.

—¡Tío! ¡Eso ha sido increíble! —gritó el hombre de la camisa de colores.

—Ven, chica, ¿estás herida? ¿Estás bien? —preguntó otro de los hombres que llevaba una gorra en la cabeza. Era el que estaba más cerca de mí; alargó la mano con actitud amistosa.

Por un momento, me sentí indecisa. La vida con Gatita

Grande me había hecho sentir un tanto salvaje; su olor me impulsaba a salir corriendo para intentar alcanzarla. Pero notaba la amabilidad del tono de voz de aquel hombre. Cuando su mano llegó a estar a mi alcance se la lamí y noté un sabor de aceite de pescado y de polvo.

—Es tranquila.

El hombre me dio unas golosinas: unos pequeños trozos de carne que sacó de un paquete. Hice «siéntate» para que no dejara de dármelos.

—¿Qué estás haciendo aquí, chica? —preguntó el hombre de la cara peluda como Ty mientras me rascaba detrás de las orejas.

Me apoyé en él y cerré los ojos.

—Supongo que alguien estaría intentando cazar al puma y que este era uno de sus perros.

—¿Eso es legal?

180 —Diablos, no, no es legal. Están en peligro de extinción. Pero algunos psicópatas están dispuestos a pagar mucho dinero. Los disecan y los cuelgan en las bibliotecas y fanfarronean diciendo que los han cazado, o a veces solo quieren las patas o los dientes o lo que sea.

—¿Y la perra ha perseguido al puma? ¿Ella sola?

—Parecía un puma bastante joven.

—Y entonces aparecieron los coyotes.

—Exacto.

—Habrían matado a esta pobre perra.

—Lo sé. Me alegro de que dijeras que debíamos ir a averiguar qué eran esos ladridos.

—Por cómo sonaban, era evidente que estaba angustiada.

—¿Cómo te llamas, eh, chica?

Meneé la cola y el hombre de la camisa de colores me acarició la cabeza.

—¿Queréis esperaros a ver si aparece el dueño para reclamarla?

Los hombres se miraron un momento. Me llegaba el olor de más golosinas dentro de los sacos: ojalá estuvieran decidiendo que me iban a dar más.

—No sé. No me imagino que un cazador furtivo se alegre mucho de vernos, aunque hayamos salvado a su perra.

—Si estaba cazando un puma, debe de ir armado.

—Y eso tampoco es legal, ¿no?

—No lo creo. Aquí no.

—Algo me dice que a ese tío eso no le importa.

—Genial. ¿Y si algún imbécil con rifle se mosquea con nosotros por haber asustado a su presa?

Me acerqué y olisqueé educadamente uno de los sacos que había en el suelo para recordarles a esos hombres que allí dentro había unas golosinas que podían compartir con una perra buena. Volvía a hacer «siéntate» como una buena perra, para ayudarlos a tomar la decisión.

—¿Y qué hacemos con la perra? ¿La soltamos?

—¿Quieres venir con nosotros, chica?

El hombre de la gorra introdujo la mano en su bolsa y sacó otra golosina.

—Quizá deberíamos dar este tema por terminado.

—¿Quieres que regresemos al puerto de San Luis? Allí había esa pareja acampada. Mejor si somos más.

—La verdad es que no.

—Vamos.

—A ver si la perra nos sigue.

—¿Y si no lo hace?

—Pues entonces se irá a buscar a su dueño.

—Creo que deberíamos denunciar a ese tío.

—Sí, claro, en cuanto lo veamos lo podemos arrestar.

—Esta perra parece hambrienta.

—¿Le damos uno de esos paquetes de atún?

—Sí.

El hombre de la camisa de colores se arrodilló delante de

su saco y yo dirigí toda mi atención hacia él. Sacó un pequeño paquete, lo abrió y el aire se llenó de una deliciosa fragancia de aceite de pescado, el mismo olor que había notado en los dedos del hombre de la gorra. Dejó unos trozos de pescado encima de una roca para mí: me los zampé rápidamente. Al terminar, me lamí los restos de aceite de los labios.

—¿A cuánto crees que estamos de la autopista ciento cuarenta y nueve? —preguntó el hombre de la cara peluda.

—Quizá todavía a dieciséis kilómetros.

—Pues será mejor que nos pongamos en marcha.

Los hombres cogieron los sacos y se los cargaron a la espalda: eso me hizo pensar que ya no habría más pescado. Los humanos son fantásticos y siempre consiguen encontrar comida, pero a veces interrumpen las comidas antes de que los perros hayamos terminado.

No me pusieron una correa, ni me llamaron, pero por la manera en que me miraron supuse que querían que los siguiera. Me puse detrás de ellos y pronto estuvimos en marcha por el camino. Pero esos hombres caminaban en dirección contraria, se alejaban de a donde yo necesitaba ir. Se alejaban de Lucas.

Me sentía dividida. Necesitaba hacer «a casa». Pero ese pescado era sorprendentemente delicioso.

Cruzamos un estrecho riachuelo y, mientras lo hacíamos, la brisa que soplaba por encima del agua me trajo el olor de Gatita Grande. Los hombres no reaccionaron, pero las personas casi nunca parecen darse cuenta cuándo hay algo oloroso cerca: son capaces de dejar atrás los aromas más increíbles. Por tal razón, todo el mundo debería tener un perro, para no perderse ese tipo de cosas; cuando nos llevan con la correa, poder detenerse para disfrutar de lo que sea que merezca nuestra atención.

En ese momento supe que Gatita Grande había abandonado la huida y nos seguía por la parte de arriba de la loma que se levantaba en uno de los laterales del camino. También supe que no se acercaría más.

—Creo que, quizá, lo que deberíamos hacer es llevarnos a la perra cuando vayamos a Durango —dijo uno de los hombres.

—¿Y entregarla a Control de Animales?

—Probablemente.

—Pero ¿no la sacrificarán?

—No lo sé. Es una perra muy bonita. Una mezcla de pastora y rottweiler, quizá.

Levanté la vista al oír la palabra «perra», pero continuaban caminando y ninguno de ellos metió la mano en su saco para sacar una golosina.

—¿De verdad? ¿Te parece una rottweiler? Yo pensaba más en un bull terrier. No por la cara, pero sí por el cuerpo.

—Puede dormir en tu tienda, Mitch —dijo el hombre de la gorra, riendo.

Cuando el día empezó a oscurecer, levantaron unas pequeñas casas de tela, sacaron una cajita con fuego y prepararon comida que compartieron conmigo. Lo que más me gustó fue la salsa de queso, pero me lo comí todo, incluso unas verduras húmedas que no me gustaron, para animarlos a seguir dándome comida.

—¿Las judías verdes la harán soltar gases? —preguntó uno de los hombres.

—Ya te lo he dicho…, en tu tienda.

Mientras estábamos allí sentados, la tarde se hizo más oscura. El olor de Gatita Grande me llegaba con mayor fuerza y supe que estaba cerca. ¿Qué debía de pensar de ese cambio, ahora que yo estaba con tantos humanos? Ese era el momento del día en que ella se mostraba más inquieta: yo siempre quería dormir y ella quería saltarme encima y jugar conmigo. Si yo estaba demasiado cansada, ella desaparecía en la noche tan silenciosamente que solo sabía en qué dirección se había marchado gracias al olfato.

Me encontraba adormilada, oyendo hablar a los hombres con la esperanza de comprender alguna de las palabras que decían y que tuviera que ver con la comida, cuando, de repente, detecté olor de sangre. Al momento me di cuenta de que Gatita Grande había conseguido cazar algo, a pesar de que yo no estaba con ella para ayudarla. Me imaginé que sería uno de los pequeños roedores que ya había cazado otras veces. Por lo menos, olía igual.

Gatita Grande debía de querer compartir la presa conmigo, pero yo no estaba allí.

Me puse en pie. Meneé la cola y me acerqué a cada uno de los hombres. Los saludé y dejé que me acariciaran la cabeza. Eso era lo que hacía siempre que hacía «ir a trabajar». Las personas siempre se sentían mejor con un perro. Y esos hombres no eran una excepción: todos se animaban cuando recibían atención individualizada.

Eran amables y me habían dado de comer, pero pertenecían a la clase de personas que me podían ayudar, pero que me alejaban de Lucas. Yo había estado con ellos porque había sentido un poderoso impulso de hacerlo, de estar con personas, de comer, pero ahora debía marcharme. Debía hacer «a casa».

—Buena perra —me dijo el hombre de la gorra mientras me rascaba el pecho.

Le lamí la cara.

Mientras los hombres estaban ocupados sacando cosas de sus sacos, me di la vuelta y me interné en la noche para ir a buscar a Gatita Grande.

15

*D*urante los días siguientes, Gatita Grande y yo no encontramos a ningún ser humano que nos diera comida, aunque sí cruzamos riachuelos y charcos y pudimos beber agua. El hambre se convirtió en un dolor constante; a menudo, inspiraba con la vana esperanza de percibir el olor de la carne asada, a pesar de que allí no había personas y, por tanto, no había carne asada.

Gatita Grande me seguía, pero muchas veces quería detenerse y echar una cabezada a la sombra. Y yo cada vez dormía más cuando ella lo hacía, pues el estómago vacío me estaba dejando sin fuerzas y no podía continuar sin dormir.

Cazábamos, pero Gatita Grande lo hacía muy mal. Parecía incapaz de percibir el evidente olor de cualquier animal pequeño, pero sí aprendió a darse cuenta de cuándo yo seguía el rastro de una presa y a seguirme de cerca. Pero cuando conseguía que algún animal saliera de su escondite, Gatita Grande no me ayudaba a perseguirlo. Solía limitarse a agacharse, invisible entre las rocas, y a observarme mientras yo me agotaba. Ese comportamiento resultaba irritante y no era propio de una manada. Teníamos que trabajar juntos para conseguir comida, pero ella no lo comprendía.

Gatita Grande tenía miedo del agua. A las dos nos parecía

prometedor encontrarnos con algún riachuelo poco hondo en el cual los peces nadaban justo por debajo de la superficie. Pero después de lanzarnos a ellos repetidamente, lo único que conseguíamos era mojarnos. Y estaba claro que eso no le gustaba. Cuando se alejaba demasiado y se sumergía un poco más de la cuenta, salía corriendo presa del pánico. Allí acababa la cacería.

Notaba el olor de ciudades, pero me parecía que estaban muy lejos, demasiado lejos para que nos sirvieran de algo. No era capaz de pensar más que en contenedores llenos de carne y en puertas traseras que se abrían para que la gente nos pudiera dar panceta, golosinas y cuencos de comida. Y mucho más lejos se encontraba mi casa. Incluso en los momentos en que su característico olor no estaba presente, yo había memorizado de tal manera su posición que sabía cuándo íbamos en su dirección y cuándo el camino nos desviaba de ella.

186

Me sentía cada vez más débil. Solía echar cabezadas durante el día (y dormía toda la noche) sin saber si Gatita Grande iba o venía.

Un día, me sentía tan agotada que casi ni siquiera reaccioné al ver saltar a un conejo. Al final, me lancé hacia él: el conejo corrió, giró, me esquivó y se dirigió en línea recta hacia Gatita Grande, quien dio un salto y lo atrapó con la pata delantera.

Comimos con voracidad la una al lado de la otra.

El conejo me dio fuerzas, pero había sido una comida tan escasa que pareció que el hambre fuera incluso a más y se hiciera más doloroso. A primera hora de la mañana siguiente, me desperté con cierta energía y me sorprendió notar olor de sangre en la brisa. Era un olor de sangre mezclado con el olor de Gatita Grande.

Cuando regresó, Gatita Grande traía consigo un extraño animal, un roedor grande que yo no había visto nunca. A la otra mañana hizo lo mismo. Y unos cuantos días después trajo otro conejo.

No sabía dónde encontraba esas presas, ni cómo conseguía atraparlas. Pero me sentía agradecido por su ayuda. Estaba segura de que Lucas hubiera querido que yo consiguiera comida para Gatita Grande, igual que él había dado comida a los gatitos del cubil. Pero sin personas, yo no podía hacerlo.

A veces Gatita Grande quería jugar a luchar conmigo, pero ahora ya era más grande y pesaba más que yo. A pesar de ello, todavía se sometía a mí. Era tan rápida y ágil, tan escurridiza y rápida con las patas que, a veces, me irritaba con ella y le rodeaba la garganta con los dientes mientras ella se quedaba tumbada de espaldas. No la mordía, pero le hacía saber que, aunque fuera más grande, yo era la perra de la manada. Ella permanecía quieta y sumisa hasta que yo la soltaba; luego era ella quien se tumbaba de espaldas a mí.

Según mi experiencia, los gatitos no saben jugar bien.

A pesar de que conseguíamos algún animal pequeño de vez en cuando, el hambre era constante y me debilitaba. Algunos días tenía que luchar para ponerme en pie. Una de esas mañanas, el aire era frío, seco y estaba quieto. Gatita Grande me seguía, pegada a mí, pero de repente se detuvo en un espacio entre dos árboles caídos. Me di la vuelta, pero no con intención de animarla a continuar sino de tumbarme a su lado. Me tumbé con un gruñido, dispuesta a dormir durante el resto del día.

De repente me despertó el olor de la sangre, que distinguí al instante en el aire. Algo estaba sangrando cerca de allí. Miré a Gatita Grande, que percibió mi agitación y me miró con expresión adormilada. Me puse en pie y levanté el hocico al viento. Fuera lo que fuera lo que oliera de esa forma, se estaba acercando. Gatita Grande también levantó la cabeza, alerta.

Seguimos el rastro de la sangre hasta una zona de árboles

y de hierba. Al cabo de poco encontramos un gran ciervo tumbado en el suelo, a los pies de un árbol. Tenía un largo palo clavado en el cuello que desprendía un fuerte olor humano. El ciervo había perdido sangre desde el lugar en que tenía clavado el palo, pero ya no se movía ni respiraba. Estaba muerto. No hacía mucho que lo estaba. Había huido hasta ahí, pero había sido incapaz de continuar.

La reacción de Gatita Grande fue totalmente inesperada: en lugar de alimentarse, que era lo que pensé que haría, cogió al ciervo por el cuello y empezó a arrastrarlo. ¿En qué consistía esa especie de juego? La seguí, totalmente atónita ante su comportamiento.

Gatita Grande no se detuvo hasta que llegó a una zona arenosa que había al lado de una gran roca. Allí, dejó caer el ciervo y, finalmente, comimos. Pero su extraño comportamiento no acabó allí: cuando acabamos de comer, se puso a rascar el suelo y acabó cubriendo al ciervo con arena, hojas y hierbas.

Aparentemente satisfecha con su trabajo, Gatita Grande se acercó a otra roca y se tumbó detrás de ella, oculta entre la hierba. Yo me sentía saciada y con sueño, así que me tumbé a su lado y me quedé dormida oyéndola ronronear.

Nos quedamos con ese ciervo durante unos cuantos días. Nos alimentamos, dormimos, hicimos breves excursiones hasta un pequeño riachuelo para beber y no hicimos nada más. Yo me sentía inquieta y deseaba ponerme en marcha y hacer «a casa», pero el lujo de tener comida suficiente me resultaba muy atractivo.

Finalmente, nos marchamos. Gatita Grande permanecía alejada del camino, pero notaba su olor con tanta claridad como el de los humanos que lo habían recorrido, a pesar de que los olores de los humanos ya tenían varios días. Me daba cuenta de en qué momento se detenía; cuando salía del camino, me la encontraba tumbada y medio adormilada en algún lugar a cubierto. Los días en que no habíamos comido, yo también me tumbaba a su lado.

Medíamos el paso del tiempo por el hambre. De vez en cuando, mi compañera felina traía a casa un animal suficientemente grande para saciarnos a las dos. Entonces, durante el día o los dos días siguientes todo iba bien, pero el hambre volvía a resultarnos doloroso y se convertía en una obsesión. Entonces dejaba que Gatita Grande me alejara mucho de nuestra ruta (a veces, incluso, retrocediendo) para que pudiera cazar. Luego volvíamos a retomar el camino.

Cada vez que yo notaba el olor de un zorro nos desviábamos para investigar, pero nunca encontramos a ninguno al cual le pudiéramos volver a robar el conejo. Y cada vez que notaba el olor de los coyotes, me llevaba a Gatita Grande lejos para permanecer a salvo.

Y entonces, un día, sucedió una cosa que lo cambió todo. Nevó.

189

Me desperté justo cuando el cielo empezaba a teñirse ligeramente de luz. Al momento, noté que el espacio que Gatita Grande había ocupado cuando nos dormimos estaba vacío. Intenté seguir su rastro con el olfato: que su olor me llegara solo tenuemente me hizo saber que ya hacía rato que se había ido y que no estaba cerca.

Lo que sí olí fue la transformación del paisaje. El suelo estaba cubierto por una gruesa capa de nieve, más gruesa que el lecho de un perro. Los copos de nieve caían del cielo con un ruido sordo. Los potentes olores de la tierra, los bichos y los animales habían sido borrados por la limpia presencia del invierno. Y ahora, cuando la multitud de aromas presentes durante el verano se había desvanecido, sentí que emergía en mí, con claridad y fuerza, la certeza de dónde estaba mi casa.

Intenté dar unos pasos en este nuevo mundo, pero las patas se me hundían, desapareciendo de mi vista. Si quería avanzar, debía abrirme paso con las patas delanteras. Recordé las veces en que me había revolcado en la nieve con Lucas, persiguiendo la pelota que me había lanzado. Sin embargo, si antes la nieve había sido fuente de alegría, ahora era más bien un obstáculo. Avanzar por la nieve virgen era una empresa lenta y aburrida. Frustrada, miré a lo lejos, donde las colinas se borraban ante mi vista detrás de la cortina de nieve. Lucas estaba en esa dirección, pero ¿cómo llegaría hasta él si tenía que atravesar todo eso?

Cuando el sol ya se había levantado por completo y la luz inundaba el paisaje sentí la presencia de Gatita Grande acercándose a mí. Sus movimientos eran ahora incluso más silenciosos, atenuados por el manto de nieve. Yo me había retirado al sitio en que habíamos pasado la noche y su súbita aparición por detrás de una loma me sobresaltó. La observé acercarse hacia mí. Las patas casi no se le hundían en la nieve. Pero sus movimientos eran extraños: sus patas traseras se posaban en el lugar exacto en que sus patas delanteras habían dejado una marca en la nieve. Nunca había visto caminar así a un gato.

Me olió detenidamente, como si percibiera mi frustración, antes de saludarme con el habitual empujón de su cabeza contra mi cuello. Aunque ella no supiera que nos dirigíamos en busca de Lucas ni que algún día ella tendría que vivir, o bien con nosotros, o bien con Mamá Gato en el cubil del otro lado de la calle, me había seguido hasta ahí por voluntad propia y debía de saber que, o bien yo estaba haciendo «a casa», o bien tenía algún motivo para ir en esa dirección.

Ese día, con toda la nieve que nos caía encima, no me resistí al deseo de Gatita Grande de dormir hasta el anochecer. Nos dimos calor la una a la otra mientras los copos caían y nos cubrían con un grueso manto.

La luz empezaba a hacerse más tenue en el cielo lleno de nubes cuando Gatita Grande bostezó, se sacudió la nieve del pelaje y se alejó del lugar en que habíamos dormido. La seguí durante un corto lapso de tiempo. No podía llevar su ritmo, a pesar de que intentaba caminar por el sendero que ella dejaba sobre la nieve. Me hundía en la nieve hasta el pecho cuando pasaba por donde ella no se había hundido casi nada.

Me sentí atrapada.

Gatita Grande regresó más tarde, esa noche; por el olor supe que había conseguido cazar algún animal, aunque no había traído nada para mí. Se dio la vuelta y se alejó con una actitud que dejaba claro que quería que la siguiera. Con gran esfuerzo me obligué a hacerlo y conseguí abrirme paso con torpeza hasta un joven alce que estaba enterrado en la nieve. Era increíble, pero Gatita Grande había traído a un animal que era más grande que nosotras dos. Yo no era capaz de imaginar cómo lo había hecho.

Comimos con voracidad, y luego regresamos a nuestro cubil temporal. Hubiera preferido quedarme con el alce, pero Gatita Grande me indicó que nos alejáramos de allí y yo la seguí porque no sabía qué otra cosa hacer. Era como si la llegada de la nieve hubiera cambiado la relación de la manada y ahora fuera ella quien la dirigiera.

Este extraño cambio en la estructura continuó. De alguna manera, Gatita Grande conseguía cazar por la noche. No cada noche, pero sí con la asiduidad suficiente para que no pasáramos hambre. Comíamos ciervos y alces que ella enterraba en la nieve, o conejos y otros pequeños mamíferos que traía al cubil.

Mi olfato me decía que Gatita Grande no cazaba en terreno descubierto, sino en recodos del bosque en los que el sol y el viento barrían la nieve. Cuando llegué a esas zonas me sentí tan libre como si Lucas me hubiera quitado la correa de repente. Entre los árboles, la capa de nieve tenía diferentes grosores, y aprendía a encontrar sitios en los que era más fina y donde podía moverme sin problema. Gatita Grande pasaba por esos sitios saltando con agilidad por encima de los árboles caídos, cosa que a mí me era imposible. Y, por supuesto, no quería caminar mucho durante el día. Yo no comprendía por qué quería gastar toda su energía durante la noche, cuando era imposible ver nada.

Nuestro progreso hacia Lucas era casi nulo. La cacería de Gatita Grande nos llevaba en cualquier dirección en la que ella pudiera oler una presa; normalmente no era en la dirección que yo quería. Muchas veces seguíamos el potente rastro de un ciervo por lugares en que la nieve era más compacta y fácil de pisar, pero que también se alejaban mucho de nuestro camino. Echaba de menos a Lucas, quería estar con él. Deseaba desesperadamente sentir el contacto de su mano en mi pelaje. Quería oírle decir «buena perra». Quería «trocito de queso». El deseo de estar con mi persona era tan fuerte que no me dejaba dormir.

192   El terreno por el que íbamos solía ser inclinado. Desde abajo me llegaban los olores de personas y de máquinas, de humo y de comida. A veces olía que había una ciudad; otras, un grupo de personas al lado de una hoguera. Ir hacia abajo significaba encontrar seres humanos. Ir hacia arriba implicaba estar con el puro y salvaje olor de las rocas y el hielo. Gatita Grande siempre elegía hacia arriba. Y yo siempre la seguía.

Lo que resultaba más frustrante era notar nuestro propio olor: era señal de que nos acabábamos de cruzar con nuestro propio rastro. No hacíamos «a casa». Solo estábamos buscando presas, aunque eso significara pasar por el mismo terreno.

Las tormentas parecían hacerle más fácil la cacería. Con la barriga llena, observé dónde nos encontrábamos. Era un punto de la montaña tan alto que los árboles eran escasos y el terreno descendía en una cuesta muy pronunciada y se perdía de mi vista. Gatita Grande había regresado al sitio en que dormíamos para pasar el día, pero yo recorría el terreno nevado pegándome a los árboles, decidida a demostrar que podía ser una cazadora tan buena como ella cuando la situación era favorable.

Y, de repente, noté un débil olor en el aire y me quedé inmóvil.

Olor de perro.

Sin dudar, me di la vuelta y me dirigí hacia él, a pesar de que eso significaba subir por la ladera. Al principio, el rastro era difícil de seguir; mientras lo buscaba encontré otra cosa: humanos.

Me detuve. Hacía mucho tiempo que no veía a una persona, desde que empezaron las nieves. La desconfianza que mostraba Gatita Grande ante el más mínimo rastro de ellas me había hecho sentir que no debía acercarme. Y la sensación se había visto reforzada por la tendencia que habían mostrado las personas (aunque fueran amables y me dieran comida) a llevarme lejos de Lucas.

Pero para encontrar al perro debía acercarme más a ese ser humano, pues los olores de ambos llegaban hasta mí completamente mezclados. También percibí el olor de otros dos seres humanos, varones también, un poco hacia un lado.

Me separé de los árboles y miré hacia arriba. Vi una pared blanca y lisa que se elevaba hacia el cielo. Allí arriba, un perro y un hombre caminaban con dificultad sobre la nieve, justo en la cresta de la loma. Una pared de nieve reposaba sobre la cresta y caía sobre la cuesta. El hombre llevaba unos zapatos muy largos y sujetaba unos palos con las manos. Por el olor supe que el perro, cuya cabeza sobresalía por encima de la cadera del hombre, era un macho. No sabía por qué alguien habría querido llevar a ese perro hasta tan arriba de la montaña, pero los humanos se encargan de los perros, así que estaba segura de que ese perro estaba feliz. De hecho, percibí cierto gesto de felicidad en la manera en que saltaba al avanzar por la nieve.

193

—¡Detente! ¡Eh! —gritó alguien.

Sobresaltada, giré la cabeza para mirar hacia el otro lado de la cuesta, donde no había ninguna cresta, sino una ondulada cumbre. Los otros dos hombres, que estaban tan lejos que se veían muy pequeños, se habían llevado las manos a la boca.

—¡Sal de ahí! —gritó uno de ellos.

—¡Es peligroso! —gritó el otro.

—¡Zona de avalanchas!

—¡Detente!

Los hombres parecían asustados y enfadados. El tipo que iba por la cresta de la loma continuaba caminando, pero el perro se detuvo y se giró. Supe que había oído las voces. Luego miró en mi dirección porque también había percibido mi olor.

Aunque estaba muy lejos de mí, ese contacto canino me hizo menear la cola. Yo jugaba cada día con Gatita Grande, pero en ese momento deseaba jugar a luchar con un perro.

—¡Sal de ahí! —gritaron los dos hombres a la vez.

El perro ladró y bajó unos metros en mi dirección. Casi de forma involuntaria, me abrí paso por la nieve un poco en su dirección meneando la cola con mayor energía.

—¡Dutch! —gritó el hombre que iba con el perro—. Vuelve aquí.

El perro miró a su persona y dio un salto hacia delante otra vez. La cuesta era tan pronunciada que recorría un gran trecho dando solamente unos pocos saltos. Él también meneaba la cola. El hombre levantó uno de sus largos zapatos y golpeó la nieve con él.

—¡Dutch! ¡Vuelve aquí! —ordenó.

—¡Cuidado!

Se oyó un ruido extraño y grave, como cuando Lucas me tiraba un cojín y este golpeaba la pared. La pared de nieve que había en la cresta de la loma se fragmentó y cayó. El hombre, que estaba encima, giró la cabeza en el mismo momento en que se oyó un fuerte estruendo. Cayó con la nieve que se desmoronaba a sus pies casi como el agua de un riachuelo. Chocó contra el perro y ambos se precipitaron en mi dirección a una velocidad que ni siquiera le había visto a Gatita Grande.

El potente rugido y la extraña visión de la tierra desmoronándose me aterrorizó. Debía alejarme. Me di la vuelta y corrí hacia los árboles dando grandes saltos. El estruendo a mis espaldas se iba haciendo más y más fuerte; de repente, algo me golpeó y me lanzó por los aires. Perdí la noción de arriba y abajo. Me sentía rodar y caer. No podía ver nada. No podía encontrar el suelo con las patas y en mi cabeza no tenía más que un pensamiento.

Lucas.

195

$\mathcal{M}$e detuve. Mi cuerpo era totalmente insensible e incapaz de oler. No sentía nada. Me quedé sin respiración. Y entonces, de repente, el ruido cesó. Sacudí la cabeza para aclarármela e intenté comprender lo que acababa de ocurrir, pero no pude. Ahora me encontraba entre los árboles, pero no sabía cómo había llegado hasta allí.

Las patas traseras me habían quedado enterradas bajo un montón de nieve que pesaba tanto que parecía que Lucas estuviera ahí, tumbado encima de ella. Si él hubiera estado allí, si Lucas hubiera estado allí, habría sabido qué hacer. Jadeando, luché por salir. Recordé la vez en que Lucas me había levantado por encima de la valla. Eso era lo que necesitaba: que mi persona me cogiera en sus brazos y me sacara de allí. Gemí. Era incapaz de mover la parte del cuerpo que tenía enterrada, así que utilicé las patas delanteras para intentar arrastrarme hacia delante. Conseguí moverme, pero muy poco. Empujando, conseguí mover ligeramente una pata; con un último esfuerzo, logré soltarme de lo que me retenía prisionera. Agotada, me sacudí la nieve de encima.

Si unos momentos antes se había oído un sonido tan poderoso que lo había engullido todo, incluso mis pensamientos, ahora no había más que un extraño silencio. Miré a mi alrededor, intentando comprender lo que había pasado.

El perro. Estaba más arriba y lloriqueaba. Noté un profundo miedo en él. A pesar de que no éramos una manada, se me despertó el instinto de ayudarlo. Sin dudar, corrí hacia él. Ahora el suelo parecía extrañamente firme, como si ese ruido hubiera hecho que la nieve se compactara.

El perro estaba en el lindero del grupo de árboles y excavaba en el suelo. La nieve salía volando hacia sus espaldas. Era un perro enorme, más grande que yo, y tenía un pelaje tupido y oscuro. Me acerqué, pero él ni siquiera me miró, no reaccionó ante mi presencia. Sus gemidos de ansiedad mientras cavaba en la nieve no eran difíciles de interpretar. Algo iba muy mal. Pero ¿qué era? ¿Por qué estaba atacando a la nieve de manera tan frenética?

No sabía por qué lo hacía, pero al cabo de un momento me encontré cavando a su lado con movimientos tan frenéticos como los suyos. Algo iba mal y ambos estábamos cavando. Eso era lo único que sabía.

No llevábamos mucho rato haciéndolo cuando noté el olor de los humanos, de los dos hombres que me habían parecido tan enfadados.

—¡Ahí! ¡Ahí! —gritó uno de ellos—. ¿Ves? ¡Están cavando!

Continué con mi tarea y empecé a sacar trozos de hielo. El olfato me dijo que allí había enterrado un hombre, el mismo cuyo olor se desprendía del perro. Estábamos cavando para salvarlo.

Entregada a mi misión, solo eché un vistazo a los hombres, que se acercaban deslizándose sobre la nieve con sus largos zapatos. Uno de ellos era más alto y de piel más oscura que el otro. Al llegar, se quitaron esos extraños zapatos.

—¡Deben de ser sus perros!

Los hombres se arrodillaron a nuestro lado: entonces fuimos dos perros y dos hombres cavando. Ellos introducían las manos enguantadas en la nieve y gracias a la longitud de sus brazos conseguían sacar grandes cantidades de nieve.

—¡Tengo su camisa!

Ambos hombres se acercaron al lugar en que el perro había estado cavando. El perro se apartó un poco, pero no dejó de cavar.

—Tenía la boca cubierta. Dios.

—¿Está vivo?

Uno de los hombres se quitó un guante.

—¡Todavía tiene pulso!

—¡No respira!

Apartaron grandes cantidades de nieve de encima de la cara del hombre. Su miedo resultaba evidente. Pronto consiguieron desenterrarle los hombros. Entonces se pusieron en pie. Cogiendo un brazo cada uno, tiraron de él.

—¡Dios!

—¡Continúa tirando!

Cayeron al suelo. El hombre enterrado estaba casi ya fuera del agujero. El perro se puso a lamerle la cara, lloriqueando.

El tipo más alto sacó un teléfono.

—No da señal. Voy a regresar a la cabaña y pediré ayuda. ¿Puedes hacerle el boca a boca? ¿Gavin?

—¡Sí!

El hombre más bajo le dio un beso a la persona del perro.

El otro se puso los zapatos largos con gestos rápidos y torpes.

—¡Volveré en cuanto pueda!

El que estaba dando los besos asintió con la cabeza, pero continuó inhalando profundamente y poniendo los labios sobre los del hombre inconsciente.

—¡Todavía tiene pulso!

El hombre alto con los zapatos largos cogió los palos y se

empezó a empujar con ellos, deslizándose rápidamente sobre la nieve con una agilidad que no había visto nunca.

El perro pareció no darse cuenta de mi presencia durante un rato; solo me había mirado una vez. Tenía la lengua fuera y le temblaba el cuerpo; seguía con los ojos muy abiertos. No levantó la pata ni me olió debajo de la cola: se había colocado casi encima del hombre medio enterrado y lloraba.

El hombre inspiró varias veces y continuó con los besos; de repente, el hombre tumbado sobre la arena empezó a gemir.

—Oh, gracias a Dios, gracias a Dios —dijo el hombre, que estaba de rodillas. Se giró y me miró—. Creo que se pondrá bien. Ahora ya respira solo.

El otro hombre no abrió los ojos, pero tosió y estornudó. El perro no paraba de lamerle la cara.

Me quedé con el hombre medio enterrado, que se quejaba, el perro y el otro hombre, que tuvo la amabilidad de darnos un trozo de pan a los perros. Al final, oí que se acercaban unas máquinas desde abajo, pero me quedé donde estaba: no solo por el pan, sino porque sentía que debía quedarme allí. Era igual que cuando ayudaba a Ty y a algunos de mis amigos que a veces estaban tristes y necesitaban un perro. Ese era mi trabajo. El hombre del pan estaba inquieto y nervioso, mientras que el que se quejaba parecía no darse cuenta de lo que estaba sucediendo.

—Dutch, ¿te llamas así? —preguntó el hombre del pan mirando el collar del perro—. ¡Hola, Dutch!

Por la reacción del perro me di cuenta de que así era como le llamaban.

El hombre del pan alargó la mano y me tocó el collar. Le olisqueé la mano. Percibí el olor de Dutch, de pan y de poco más.

—¿Cómo te llamas? ¿Por qué no tienes una chapa en el collar?

Meneé la cola. Sí, me encantaría un poco más de pan.

Entre un gran estruendo, llegaron las máquinas. En cada una iban dos personas y arrastraban unos trineos planos. Había tres mujeres y un hombre. Con cuidado, pusieron a la persona del perro en uno de los trineos y lo ataron. El hombre gimió cuando lo movieron, pero no se despertó.

—¿Se va a poner bien? —le preguntó el hombre del pan a una de las mujeres.

—Depende de cuánto tiempo haya estado su cerebro sin oxígeno. Pero es una buena señal que el corazón no le haya dejado de latir en ningún momento. Ha hecho usted lo correcto.

—No lo había hecho nunca. Me refiero a la reanimación —respondió—. Vaya.

—¿Está bien? —dijo ella con amabilidad.

—¿La verdad? No, todavía estoy temblando.

—Ha salvado usted la vida de una persona. Debería sentirse bien.

—Voy a tomarme un martini. Entonces estaré bien.

La mujer se rio. Meneé la cola al oír que se reía, pero Dutch miraba con ansiedad a la gente que estaba atando a su persona en el trineo. Lo olisqueé. Me di cuenta de que su ansiedad casi se hubiera podido masticar.

—¿Qué hacemos con los perros? —quiso saber el hombre del pan.

—Oh —respondió la mujer.

—¿Enviarán a alguien para que se los lleve?

—Eso no... No estamos equipados para cuidar de los perros.

—Ah. —El hombre alargó una mano enguantada para acariciarme y yo froté la cabeza contra ella igual que hacía Gatita Grande para saludarme—. Bueno, son del hombre al que llevan al hospital.

—Pues es un problema. Nosotros hacemos rescates, nunca

nos hemos encontrado en una situación en que la víctima tuviera un perro.

—Comprendo. —Me volvió a acariciar la cabeza—. Entonces ¿qué les va a pasar?

La mujer dio una palmada para quitarse la nieve de los guantes y se sacudió la nieve del abrigo.

—Supongo que eso depende de ustedes.

Observamos a las personas subirse a sus máquinas, que empezaron a hacer un fuerte ruido. Luego se pusieron en marcha arrastrando al hombre sobre el trineo. Dutch soltó un ladrido y se lanzó a seguirlo, corriendo torpemente sobre la nieve, presa del pánico.

—¡Dutch! ¡Ven aquí, chico! —gritó el hombre del pan.

Las máquinas se pararon y el hombre se puso los zapatos largos y se deslizó hacia ellos. Dutch, ansioso, dio unas cuantas vueltas alrededor de las máquinas y puso una pata encima del trineo en que iba su persona.

Observé todo eso sin moverme. El hombre del pan no me había llamado Bella. No me conocía. Pero sí conocía a Dutch. Dutch estaría bien con él. Inhalé con fuerza, pero no noté el olor de Gatita Grande. Sabía que debía de estar cerca, en alguna parte. Nos encontraríamos. Y, lo más importante, percibía el olor de mi casa y sentía la necesidad de ir con Lucas.

Era el momento de hacer «a casa».

El hombre del pan me estaba mirando. Se llevó una mano a la boca y silbó. Fue un silbido agudo, exactamente igual al que hacía Lucas. Me sobresalté: ¿cómo sabía hacer eso?

—¡Vamos, chica!

Dudé un momento. El hombre del pan se daba palmadas en la pierna con un gesto que significaba «ven». Y reconocí la palabra «chica» porque Lucas me la decía muchas veces. ¿Debía ir con él?

En el fondo, sabía que podía ser una de esas personas que me mantendrían alejada de mi persona. Pero notaba su amabilidad; además, hacía tanto tiempo que no oía una voz humana y que nadie me decía que era una buena perra que también sentí un fuerte impulso de ir hacia él.

El hombre del pan se quitó el saco que llevaba a la espalda y me pregunté si me iba a dar otro trozo de pan. ¡Y lo hizo! Me senté, obediente, mientras él me lanzaba un trozo; luego, no quité la vista de las migas que le habían quedado en la mano. Dutch seguía totalmente ocupado con el hombre que estaba en el trineo, así que yo tendría toda la comida para mí sola.

El hombre del pan volvió a alargar la mano hacia mí, pero ahora tenía una cosa distinta. Me tragué al instante la golosina que me daba; él enganchó una cosa a mi collar. De repente, me di cuenta, con pesadumbre, de que era una cuerda. Me habían puesto una correa.

Yo no quería llevar correa.

La mujer cogió a Dutch por el collar mientras el hombre sacaba otra correa de su saco. El hombre del pan le puso la correa a Dutch mientras le daba una de mis golosinas; Dutch se la tragó casi sin prestarle atención. Era un desperdicio darle comida a un perro apático cuando ahí mismo estaba yo, tan atenta.

—Gracias —dijo el hombre del pan.

—¡Buena suerte! —repuso la mujer.

Y entonces las máquinas se pusieron en marcha.

Dutch se puso frenético de inmediato: había pegado las orejas a la cabeza, babeaba un poco y tenía los contornos de los ojos de color blanco. Se lanzó hacia delante dando un tirón a la correa y el hombre del pan estuvo a punto de caer al suelo.

—¡Para! ¡Quieto! ¡Dutch! ¡Siéntate! ¡Quieto!

Me senté e hice «quieta», porque yo era una buena perra que sabía que todavía había golosinas de pan dentro del saco.

Dutch se puso a lloriquear, retorciéndose y tirando de la correa, mientras el hombre del pan le susurraba.

—No pasa nada, Dutch. Todo va bien, Dutch.

Al final, Dutch miró al hombre. Tenía la mirada vacía y desesperanzada.

—Vale, vamos, chica —dijo el hombre.

Todavía se oía el ruido de las máquinas, que ahora estaban dando la vuelta por una curva y desaparecían de la vista.

El hombre del pan tenía unos palos en las manos que eran tan largos que llegaban al suelo. Y también llevaba puestos, todavía, los zapatos largos. El hombre estaba haciendo algo con las correas de su saco. Miré a Dutch, cuya correa estaba tensa para que él quedara exactamente a mi lado. Yo no sabía qué era lo que estábamos haciendo; Dutch tampoco lo sabía: ahora intentaba comportarse como un buen perro, pero estaba temblando de tanto esfuerzo que le costaba. Sabía que lo que él deseaba era correr tras el trineo.

—Vale, vamos a probarlo, pero despacio. ¿Preparado? Vale. ¡Vamos!

Me sobresalté al notar un tirón en la correa y un sonido parecido a un susurro. El hombre del pan pasó por nuestro lado deslizándose sobre sus zapatos largos. Dutch y yo nos pusimos en marcha. Yo intentaba mantenerme suficientemente cerca del hombre del pan para que la correa no tirara de mí, pero Dutch se lanzó a la carrera.

—¡Eh! —gritó el hombre del pan, que cayó al suelo.

Me acerqué a él meneando la cola, pensando que, si íbamos a parar, quizás era hora de comer un poco más de pan. Dutch se puso a dar tirones a la correa.

—¡Dutch! ¡No! ¡Para!

El hombre del pan enterró las manos en la nieve y se es-

203

forzó por ponerse en pie. Nos miró. Yo meneé la cola. Dutch lloriqueó.

—Esto va a ser más difícil de lo que pensaba. No tires tanto, ¿vale? No hace tanto tiempo que esquío. En marcha. ¡Vamos!

Sin saber muy bien qué hacer, seguí adelante. ¿Íbamos a dar un paseo? En esa zona la nieve era extrañamente compacta, lo cual hacía fácil avanzar. Dutch se puso a correr otra vez.

—¡Dutch! ¡Despacio! —gritó el hombre.

Dutch bajó la cabeza y me di cuenta de que se sentía un perro malo.

—¡Eh! —dijo el hombre del pan al cabo de un momento—. ¡Esto funciona!

Llegamos a una cuesta en la que la nieve volvía a ser profunda, lo cual hacía que a los tres se nos hiciera difícil avanzar. Mi correa y la de Dutch estaban muy tensas. Y el hombre utilizaba los palos para clavarlos en el suelo y respiraba con fuerza.

Pronto noté el olor del amigo del hombre del pan, que se acercaba.

—¡Gavin! —lo llamó su amigo, oculto tras una pequeña loma.

El hombre del pan levantó la cabeza.

—¡Taylor! ¡Aquí!

El hombre del pan se detuvo y se agachó, jadeando. El otro hombre, el más alto, llegó a la cima de la loma y se deslizó cuesta abajo hasta nosotros. Él también respiraba con fuerza.

—¿Qué ha sucedido? —preguntó el hombre alto después de estar unos momentos inhalando y exhalando.

—Salvamento lo ha llevado montaña abajo —respondió el hombre del pan.

—¿Crees que se pondrá bien?

—Ni idea. No recuperó la conciencia en ningún momento.

Dijeron que era buena señal que el corazón no se le hubiera parado. Le hemos salvado la vida, Taylor.

El hombre alto negó con la cabeza.

—¿En qué estaría pensando? ¡Hay avisos de avalancha en todas partes!

—Lo sé. Tuvo que haber pasado con las raquetas por encima de la cuerda que marca el límite.

—Quizás hayamos interrumpido un importante proceso darwiniano —dijo el hombre alto con aire interrogativo.

Sonrió. Sus dientes brillaron en contraste con la piel, que era muy oscura. Luego bajó la cabeza y me miró. Meneé la cola.

—Bueno. Supongo que no puedo ignorar que tienes a dos perros enormes contigo.

—Sí, dijeron que llamara a Control de Animales.

—¿Y por qué no lo hicieron ellos mismos…?

—Tenían que llevarse al hombre ahí abajo para que lo puedan trasladar al hospital en avioneta.

El hombre del pan se encogió de hombros.

—Y lo que no me quieres decir es…

—Todavía me queda comida de perro de cuando vino Nick de visita.

—Ajá. —El hombre alto asintió con la cabeza—. Así que les damos un poco de comida, ¿y luego qué?

—Vamos. Los llevaremos a Grand Junction mañana. Ya pensaremos qué hacemos.

—¿Por qué «ya pensaremos qué hacemos» me suena a «cuidaremos de estos perros en casa»? —preguntó el hombre alto.

—Bueno, ¿qué pasa si ese hombre muere? No quiero dejarlos en la perrera si no sé que van a estar bien.

El hombre alto se frotó la cara con una mano enguantada.

—Juntos son como dos toneladas de perro.

El hombre del pan se rio.

205

El hombre alto se quitó el guante y se agachó para acariciar a Dutch, que le lamió la mano con gesto ansioso.

—Así que este es un bernés de montaña y qué… ¿Un oso? ¿Un oso grizzli?

—Se llama Dutch.

—Ajá. —El hombre alto alargó la mano hacia mí y percibí el olor de Dutch en sus dedos, en el que noté toda su angustia. Sabía que lo que más deseaba Dutch en el mundo era que le quitaran la correa y salir corriendo tras su persona. Eso es lo que necesita hacer un perro que se ha perdido—. Y este es un cruce de bullmastiff y…, no sé, una vaca. Tiene el tamaño de una vaca, Gavin.

—Pero mírale las costillas. No ha comido mucho últimamente.

—Su hermano está bien alimentado. Necesita que lo pongan a dieta.

—Vale, eso es lo que haremos.

—Lo que haremos —repitió el hombre alto—. Nosotros. Pondremos a este perro, que no es nuestro, a dieta.

—El tío de la avalancha le daba toda la comida al hermano, pero no a la hermana. Mira, llévate al macho: tú eres mejor esquiador y él tiene la fuerza de una lancha.

Dutch y yo pronto aprendimos que el hombre del pan se llamaba Gavin; el tipo alto de piel oscura era Taylor. Bueno, yo lo aprendí: a Dutch no parecía importarle nada más que regresar con su persona. Los dos hombres nos llevaron a una pequeña casa que tenía un agujero en la pared en el cual había un fuego y que llenaba el lugar de un olor acre. Gavin puso comida en dos cuencos. Yo me la comí, pero Dutch no. Así pues, me zampé también la suya.

Les agradecía la comida, pero yo sabía algo que era evidente que esos humanos no sabían: tenían a dos perros en su casa… y ninguno de los dos queríamos estar ahí. Supe que me marcharía a la primera oportunidad que se me presentara.

Dutch se sentó delante de la puerta, mirándola con expectación. Estaba claro que albergaba la esperanza de que se abriera en cualquier momento y su persona entrara en la casa. Pero yo sabía que la vida nunca era tan sencilla. Sabía que las puertas no se te abrían para que pudieras ir a cualquier parte. Sabía que debías saltar vallas.

17

$\mathcal{A}$l día siguiente por la tarde, Taylor nos llevó a dar un largo paseo en coche. Reconocí la palabra «casa», pero me daba cuenta de que no íbamos en la dirección adecuada, de que casa quedaba, en realidad, en la otra dirección.

El olor de Gatita Grande no se notaba por ninguna parte. Si hubiera sabido que el hecho de ir a investigar el olor de Dutch implicaría que me alejarían de ella, hubiera dejado pasar la oportunidad por tentadora que fuera. Echaba de menos a Gatita Grande y me preocupaba no estar con ella para cuidarla.

—¿Vais bien ahí atrás? —preguntó Gavin girando la cabeza rápidamente por encima del hombro.

Dutch y yo compartíamos con incomodidad el asiento trasero, que no era suficientemente grande para los dos.

—Dios, Taylor, mírala. Se le pueden contar las costillas. ¿Cómo es posible que alguien haga algo así? Dutch está obeso. Y ella está desnutrida.

—Quizás le gusten más los chicos. Puedo identificarme con eso —rio Taylor.

—Hablo en serio. Eso es maltrato animal.

Dutch y yo, al final, nos pusimos de acuerdo en un arreglo que consistía en que uno de nosotros permanecía sentado, y el otro, tumbado; cuando empezábamos a estar incómodos, cambiábamos. Después de un largo trayecto, llegamos a una casa grande de suelos duros y varias habitaciones. En una de ellas había un enorme agujero en la pared que estaba lleno de trozos de madera que olisqueé atentamente, pero que Dutch ignoró. También había un gran patio trasero con una valla metálica en el cual no encontré ni nieve ni trineos, tan solo hierba y plantas. También noté olor de perros y de un gato que estaba lejos, pero de ningún otro animal.

Taylor puso unos cojines y unas mantas en el suelo. Me di cuenta de que se suponía que Dutch y yo debíamos dormir allí. Se suponía que debíamos quedarnos con Taylor y Gavin, igual que cuando yo había estado con José y Loretta.

Pero no entendía por qué la gente no me dejaba, simplemente, encontrar el camino de mi casa.

La primera vez que llegamos a la casa grande, Taylor y Gavin se sentaron conmigo y se pusieron a jugar a un juego que no entendí.

—¿Molly? ¿Carly? ¿Missy? —me preguntaron.

No sabía qué se suponía que debía hacer. Meneé la cola, pensando que después de toda esa atención quizá recibiría una golosina.

—¿Daisy? ¿Chloe? ¿Bailey? ¿Blanche? —preguntó Gavin.

—¡Blanche! ¡Oh, Dios mío! —Taylor se dejó caer de espaldas sobre el sofá y se puso un cojín en la cara.

—¿Qué?

Los dos hombres se reían.

—¿Quién le pondría Blanche a una perra? —preguntó Taylor.

—La perra de mi madre se llamaba Blanche —replico Gavin a la defensiva.

—Bueno, eso lo explica todo.

—¡Eh!

Los dos hombres se pusieron a jugar a luchar. Tropecé un

209

momento con la mirada de Dutch. Era evidente que se habían olvidado de nuestras golosinas.

Pero al cabo de un rato, volvieron a jugar.

—Aquí hay una lista de los nombres más comunes —dijo Taylor.

Estaba sentado ante una mesa y hacía unos ruiditos metálicos con los dedos en un juguete, pero no conseguía nada con ello. Lucas y Mamá hacían lo mismo a menudo. Recordar eso hizo que deseara dolorosamente estar en casa con ellos.

—¿Está Dutch? —preguntó Gavin.

—Eh…, no parece —respondió Taylor.

—Así pues, quizás ese tío no consultara la lista cuando les puso los nombres a los perros —observó Gavin—. Tal vez sea una pérdida de tiempo.

—Estos son los nombres más habituales. Eso significa que cuando la gente busca nombres, acaba poniendo uno de estos. No hace falta que los lean de una lista. La gente encuentra nombres comunes de forma aleatoria —dijo Taylor.

—Vale, empieza.

—Vale. —Taylor me dirigió una mirada penetrante—. Número uno. ¿Lucy?

Lo miré. ¿Sería «Lucy» alguna especie de golosina?

—Siguiente —dijo Gavin.

—¿Max?

—Max no es un nombre de hembra.

—¿Y Maxine?

—Oh, por favor —se burló Gavin—. Esto no tiene sentido.

—Dice el hombre cuya madre le puso «Blanche» a una perra —repuso Taylor en tono seco.

—Es a ti a quien le gustan los nombres aleatorios.

—¿Bailey?

—Ya lo intentamos con Bailey.

—¿Bella?

Ladeé la cabeza. Era la primera vez que pronunciaban mi nombre.

—¿Maggie?

—Un momento —dijo Gavin—. Ve atrás. Ha hecho algo.

—¿Bella?

¿Por qué pronunciaba mi nombre? Bostecé.

—¿Bella? —me llamó Gavin.

Me giré y lo miré.

—¡Sí! —exclamó, poniéndose en pie de un salto—. ¡Vaya! ¡Es Bella! ¡Bella!

No pude evitarlo. Me puse en pie de un salto y me puse a ladrar y perseguir a Gavin, que daba vueltas alrededor de la mesa gritando mi nombre. Dutch nos miraba desde su lecho con una expresión de profundo desagrado.

Al día siguiente, Taylor estuvo jugando con mi collar. Cuando me lo volvió a poner, el collar tintineó.

—Ahora los dos lleváis una chapa con el nombre —nos dijo.

A partir de ese momento fuimos Bella y Dutch, dos perros que vivían con Gavin y Taylor, dos perros ansiosos por regresar con nuestras personas de verdad.

Cada noche, cuando me enroscaba para dormir, pensaba en Gatita Grande. Me preguntaba qué estaría haciendo y si me echaría de menos. Ojalá ningún coyote le estuviera dando caza. Ojalá no estuviera pasando frío.

Esperaba con paciencia que se presentara la oportunidad de hacer «a casa», pensando que quizá me volvería a encontrar con Gatita Grande por el camino. Me llevaban a dar muchos paseos, habitualmente por la noche, y siempre con la correa. Al principio siempre olisqueaba con educación los sitios que Dutch marcaba, pero él lo hacía tan a menudo que al final me concentraba en otros olores. Un día, estábamos dando uno de esos paseos. Gavin llevaba la correa de Dutch; Taylor, la mía. Gavin pronunció mi nombre.

—Bella ha ganado un poco de peso. Tiene buen aspecto.

Lo miré al reconocer el tono de aprobación en su voz.

—Bueno, ¿y qué tal va con la nueva editora?

—Creo que bastante bien. Le gusta el manuscrito. Pero eso no significa que no me envíe un montón de notas —respondió Gavin.

—No puedo creer que no te molestes. Yo me enfado cada vez que quieren que cambie cosas. ¡Tú eres un escritor de éxito!

Estuvieron callados un rato. Detecté un olor que dejaba claro que había habido una ardilla en esa zona, así que me puse en alerta por si aparecía.

—¿Cuánto tiempo? —preguntó Gavin en voz baja, al fin.

—¿Perdón?

—Me he dado cuenta de que siempre me preguntas por mis libros cuando vas a irte de viaje. Es como si me recordaras que no eres el único que viaja.

Taylor suspiró.

—Probablemente dos semanas. Los sistemas son menos compatibles de lo que creíamos. Una parte del código debe reescribirse. Tengo un buen equipo, pero me necesitan ahí.

· —Sea lo que sea lo que eso signifique, he oído que decías dos semanas. Eso casi siempre significa cuatro.

—Te echaré de menos —dijo Taylor.

Se detuvieron debajo de un árbol y se dieron un abrazo. Dutch y yo, confundidos, dimos vueltas a su alrededor hasta que las correas se acortaron tanto que nos quedamos con los hocicos pegados el uno al otro.

Al cabo de unos días me enseñaron la palabra «maleta», que era una caja con asa y con las ropas de Taylor dentro. Estaba abierta en el suelo. Dutch y yo la olisqueamos. Tenía un montón de olores de la calle. Supe que Dutch estaba decidiendo si levantar la pata o no encima de ella. Al final decidió marcarla solo ligeramente, tan ligeramente que nadie lo notó.

Gavin y Taylor se fueron, pero Gavin regresó solo al cabo de no mucho tiempo. Entonces algunas de las reglas cambiaron. ¡Se nos dejaba dormir en la cama! Yo lo hacía al lado de Gavin. Dutch solo subía a la cama si Gavin insistía, pero no estaba cómodo y, al final, en algún momento de la noche, volvía a bajar.

Dutch estaba triste. Se pasaba mucho rato con el hocico pegado a la rendija de la puerta, olisqueando y lloriqueando. No quería jugar conmigo. A veces Gavin se sentaba en el suelo a su lado y lo rodeaba con los brazos.

—¿Estás bien, grandullón? ¿Estás bien? —le preguntaba Gavin en voz baja.

Cada vez que hacía eso, notaba que el nudo de dolor que Dutch tenía en su interior se aflojaba un poco. Gavin lo estaba consolando.

También nos dio juguetes: unos juguetes que emitían un ruido agudo, otros blandos, así como unos juguetes de hueso y pelotas. Todo lo que Gavin nos daba y que Dutch y yo destrozábamos (desde las golosinas de pollo hasta los juguetes blandos) me recordaba a Lucas. Gavin era un hombre amable, pero no era mi persona.

213

Luego Taylor regresó a casa ¡y nos trajo golosinas!

—¡Vaya, Bella, has ganado peso de verdad! —dijo en tono alegre y dándome un sabroso trozo de carne—. Tienes un aspecto fantástico. Dutch, tú todavía estás un poco... rotundo.

—No puedo darle de comer a Bella y no a Dutch. No sería justo —dijo Gavin a la defensiva.

Ahora que los dos hombres volvían a estar juntos, salíamos más a pasear.

—¿Sabes qué? Creo que deberíamos ir a la cabaña por última vez antes de irnos a China —dijo Taylor durante uno de los paseos.

—Todavía está nevando allí. La verdad es que prefiero el verano —repuso Gavin.

—Le pillarás el gusto al esquí nórdico, solo necesitas practicar.

—No quiero pillarle el gusto.

—¿Qué te pasa? —preguntó Taylor.

—¿Cuándo vas a decirme que has estado en contacto con los de salvamento acerca de su dueño? Había un mensaje de voz.

Los dos hombres se quedaron callados. Dutch y yo miramos hacia un punto en que se oía ladrar un perro, pero muy lejos. Dutch respondió levantando la pata ante un poste.

—¿Dejaron algún nombre? —preguntó Taylor al fin.

—No, solo dijeron que comprendían que quisieras su información de contacto y que querían saber por qué. Y yo, Taylor, también quisiera saber por qué.

—¡Porque estos perros no son nuestros! Debemos devolverlos.

214

—Si los quisiera recuperar, ¿no habría llamado ya? —preguntó Gavin.

—No sé por qué no ha llamado. Eso es lo que le quiero preguntar. Tú niegas todo el asunto. No podemos quedarnos con los perros.

Gavin dio media vuelta con gesto brusco. Dutch caminó al trote para seguir su paso, mirando hacia atrás, hacia Taylor y hacia mí. Parecía no entender qué sucedía. Nosotros estábamos quietos. Me senté: yo tampoco entendía lo que pasaba.

—¡Gavin! —llamó Taylor.

Gavin continuó caminando.

Poco después, los hombres pusieron las cosas en el coche y fuimos a la «cabaña». Supe de inmediato dónde nos encontrábamos: era el mismo sitio pequeño al que nos habían llevado para darnos la primera comida después de desenterrar al hombre de la nieve. Al llegar, Dutch estaba tan emocionado que temblaba. Se puso a correr por el patio, pero después de un rato se detuvo bruscamente. Por supuesto, marcó varios puntos, pero lo hizo sin mucho entusiasmo. Sabía que su persona no estaba allí.

En la cabaña estábamos mucho más cerca de Lucas: lo percibía. Olisqueé los alrededores de la valla buscando una salida, pero no había ninguna. Además, la valla era demasiado alta para saltarla.

La primera noche que pasamos allí, nos dejaron a Dutch y a mí en el patio para hacer «haz tus necesidades» justo antes de que los hombres se fueran a dormir. Dutch levantó la pata varias veces, pero yo solo agaché el trasero una vez y me fui a una esquina de la valla. Allí, levanté el hocico al viento, excitada al notar un olor familiar.

Gatita Grande estaba cerca.

Esperé, expectante, pero no se acercó. Al final recordé que Mamá Gato se acercaba siempre a Lucas, de manera que él no pudiera tocarla. Me di cuenta de que Gatita Grande no vendría a saludarme mientras hubiera seres humanos tan cerca de mí. Incluso los gatos tan grandes como ella tenían miedo de las personas. Así eran los gatos.

Ya habíamos regresado a la casa cuando sucedió algo que hizo que la ansiedad de Gavin aumentara. Tanto Dutch como yo lo notamos. Preocupado, Dutch se acercó a Gavin, pero este se limitó a acariciarle detrás de las orejas.

—No pasa nada, Dutch —murmuró—. Taylor está hablando con tu propietario.

Taylor tenía el teléfono en la mano. Cuando terminó de hablar, se acercó y le dio a Gavin un vaso que contenía un líquido de un olor muy fuerte.

—¿Y? —peguntó Gavin.

—Kurch no se pudo poner al teléfono. He hablado con su hermana —respondió Taylor.

—Un momento. ¿Kurch?

—Supongo que es su nombre.

—¿Y rima con «church», como iglesia en inglés?

—Sí.

—¿Y lo pronuncia igual? —preguntó Gavin—. ¿«C-h-u-r-c-h»?

—Vale, entiendo tu rabia como especialista en lengua inglesa, pero no es culpa mía. Es su nombre. Y no, lo pronuncia con K.

—Kurch.

—Ya lo sé, Gavin.

—No puedo creer que vayamos a dar nuestros perros a un tipo que se llama Kurch.

—¿Nuestros perros? Sí, debe de ser el nombre más tonto de la historia.

—Bueno, ¿qué ha dicho la hermana de Kurch? Ah, y ¿cómo se llama? ¿Muck? Ya sabes, «estiércol» en inglés. O se llama Corpuscle? Como Corpúsculo.

—No. ¿Preparado? Susan.

—¿Les pusieron Kurch al hijo y Susan a la hija?

—Bueno, el tipo recibió un buen golpe —continuó Taylor—. Supongo que se habrá roto todos los huesos del cuerpo. Lo tienen con calmantes. La hermana se sorprendió al enterarse de por qué la había llamado. Ni siquiera sabía que tenía perros.

—Una familia unida.

—Tuve la sensación de que Kurch es más bien una carga para ella.

—Quizá se escriba «K-i-r-s-c-h» —comentó Gavin con optimismo.

—No, me lo deletreó cuando no lo entendí.

—Quizá no lo sepa escribir bien.

—Puede ser —repuso Taylor.

—Bueno, ¿cuándo se los vamos a llevar?

—Le dije que se los llevaríamos la semana que viene.

—Los voy a echar de menos, Taylor. Esto será lo más difícil que he hecho en mi vida.

—Lo sé. Pero estos perros no son nuestros.

—Quizá nos los venda.

—Esa es una idea especialmente mala —dijo Taylor en tono amable—. ¿Qué haríamos con ellos cuando nos fuéramos a China?

Dutch soltó un gemido que solo un perro muy aburrido sería capaz de emitir. Eso me recordó lo cansada que estaba, así que me enrosqué en mi lecho.

—Podríamos buscar un lugar donde dejarlos —afirmó Gavin.

—¿Durante seis meses? ¿De verdad que les harías eso?

—No, tienes razón. Es solo que… Dutch empieza a aceptarnos por fin, se nota. Deberías haber visto hasta qué punto te ha echado de menos mientras estabas de viaje.

—Pero no lo dejaste subir a la cama, ¿verdad? —preguntó Taylor.

—Por supuesto que no. Dejé que subiera a la cama el otro perro —dijo Gavin, suspirando—. Bueno, vale. Supongo que es la única manera. ¿El próximo martes?

—El martes, sí.

—¡El martes, Bella —dijo Gavin en un tono que era tanto alegre como triste—, te llevaremos con tu dueño!

18

*A*lgo había cambiado. Las normas no eran las mismas.

Taylor no quería perros en el sofá. A Gavin le gustaba. Habíamos aprendido que podíamos tumbarnos sobre los cojines cuando Gavin estaba solo en casa, pero cuando Taylor rondaba por allí, daba una palmada y gritaba «¡fuera!». Yo sabía que eso significaba que debía bajar de inmediato, pero Dutch debía de creer que Taylor no lo decía en serio porque siempre se quedaba allí hasta que Taylor lo hacía bajar. Entonces Dutch se acercaba hasta donde estaba yo, tumbada sobre mi lecho, y me olisqueaba con pesadumbre antes de tumbarse soltando un exagerado gemido.

Si estábamos encima del sofá en el momento que Taylor regresaba a casa, de donde fuera que hubiera ido, siempre me llevaba un sobresalto y sentía una punzada de culpa; sin embargo, a pesar de ello, no era capaz de reunir la energía suficiente para bajar del sofá hasta que él no nos ordenaba que bajásemos.

Pero ese día fue diferente. Taylor y Gavin estaban en el sofá, juntos. Taylor llamó a Dutch mientras daba unas palmadas en el cojín que tenía al lado. Sin darse cuenta de que eso implicaba un enorme cambio en la normativa, Dutch se acercó a él y subió al sofá sin dudar ni un momento. Se tumbó y apoyó la cabeza en el regazo de Gavin.

—Vamos, Bella, tú también —dijo Gavin—. ¡Ven! ¡Bella, ven!

¿En serio?

Me enrosqué encima del sofá, al lado de Taylor, aunque había poco espacio. Me pregunté qué íbamos a hacer a partir de aquel momento.

Los dos hombres estaban tristes: lo notaba por cómo me acariciaban el pelaje.

—Esto será la cosa más difícil que haya hecho en mi vida —murmuró Gavin con un suspiro.

—Ya sabíamos que era algo temporal.

—Supongo que no quería admitirlo.

—Echan de menos a su amo —dijo Taylor en tono amable—. Se les nota. Especialmente a Dutch. Solo quieren estar con Kurch.

Los ojos de Dutch brillaron un momento, como si hubiera comprendido lo que estaban diciendo. Pero eso era imposible.

—Lo sé —dijo Gavin.

—Puedo posponer el viaje un par de días.

—Es muy considerado por tu parte, pero sabes que debes ir a Seattle. Estaré bien.

—Será extraño regresar a casa y no recibir la bienvenida de dos perros gigantes —comentó Taylor.

—Es casi como si una parte de mí se estuviera muriendo. Me alegro de que pronto nos vayamos a China: un entorno diferente. Allí no los echaré tanto de menos.

Después también sucedió algo totalmente diferente. Esa noche, Taylor nos llamó para que subiéramos a la cama con los dos. Intentamos dormir, pero teníamos demasiado calor, así que bajé al poco rato de que me hubieran invitado a subir.

Es difícil comprender a las personas: establecen reglas, pero luego las cambian. Me alegré de poder dormir en el sofá a partir de ese momento, pero también quería que Gavin y Taylor no se pusieran tan tristes cuando lo hacía.

Taylor se marchó al día siguiente con su maleta. ¡Gavin nos dio el desayuno y puso un poco de panceta en él! Luego nos llevó a dar un largo largo paseo con las correas. Dutch estuvo dejando su marca por todas partes. Gavin esperaba cada vez, sin dar signo alguno de impaciencia. Fue el paseo más relajado que habíamos dado desde que estábamos juntos.

Gavin parecía muy triste, así que pensé que sería bueno que se tumbara para que yo pudiera hacer mi trabajo y ofrecerle todo el consuelo que fuera posible. Pero, en lugar de eso, se acercó a cada uno de nosotros (Dutch estaba en el sofá; yo, en mi lecho) y nos dio un gran abrazo.

—Te echaré mucho de menos —me susurró.

Meneé la cola y le lamí la cara, que estaba húmeda y tenía un sabor salado. No comprendía qué significaban todos esos cambios en el comportamiento de esas personas. Tenía la desagradable sensación de que iba a suceder algo malo.

220 —Vale, chicos, ha llegado la hora de irse —dijo Gavin con un suspiro.

¡Un paseo en coche! Dutch se sentó en el asiento de delante; yo, en el de detrás. Gavin dejó las ventanillas un poco abiertas para que pudiéramos sacar el hocico fuera, al viento. Dutch y yo estuvimos estornudando todo el rato. Gavin no paró de acariciar a Dutch con una mano.

Y, de repente, Dutch se puso tenso. Lo miré: cada vez estaba más excitado. No estaba segura de por qué. Bostezó, jadeó un poco y le lamió los dedos a Gavin. Se puso a dar vueltas sobre el asiento sin dejar de mirar por la ventanilla, como si viera una ardilla. Pero yo no veía nada ahí fuera; me mantuve atenta por si había alguna.

—Muy bien, chicos, ya casi hemos llegado —nos dijo Gavin con tristeza.

En cuanto el coche se detuvo, Dutch se puso a arañar la puerta mientras lloriqueaba con excitación. Estaba claro que ocurría algo, pero no tenía ni idea de qué era. Gavin alargó el brazo y abrió la puerta de Dutch, que salió corriendo hacia la puerta de una pequeña casa. Gavin dio la vuelta al coche para sacarme; salté del coche, me desperecé y me sacudí.

Era un lugar extraño. Había unas cuantas máquinas en un patio, encima de una zona de barro seco cubierto con papeles y unos contenedores de plástico que olisqueé con interés. En algunos de ellos noté que había cosas interesantes. Gavin me esperó un momento mientras yo hacía mis necesidades. Dutch estaba delante de la puerta, meneando la cola y girando en círculos.

—Vaya cuchitril —murmuró Gavin.

Seguí a Gavin hasta la puerta. Dutch esperaba, muy emocionado. ¿Dónde estábamos? ¿Qué habíamos ido a hacer allí? Gavin llamó a la puerta y esperó. Dutch puso una pata sobre la rodilla de Gavin.

—No pasa nada, Dutch —dijo Gavin para tranquilizarlo. Volvió a llamar—. ¿Hola? —gritó. Empujó un poco la puerta—. ¿Kurch? ¿Hola?

—¡Aquí detrás! —oímos que gritaba un hombre desde algún lugar de la casa.

Dutch empujó la puerta con el hocico y entró corriendo.

—Estás en casa, Bella —me dijo Gavin.

—¡Oh, Dios! ¡Abajo, Dutch! —gritó un hombre desde el final de un pasillo.

La casa estaba oscura. Había calcetines, camisas, papeles y cajas con restos de comida por el suelo y por encima de los muebles. Lo examiné todo con curiosidad. Gavin se fue por donde se había ido Dutch, así que hice lo mismo.

—¿Kurch? ¿Estás ahí? —preguntó Gavin.

—¿Puedes quitarme a este maldito perro de encima?

En una habitación del fondo, un hombre estaba tumbado en una cama. Dutch estaba encima de él, meneando la cola y lamiéndole. El hombre llevaba puesto un pantalón blanco pesado y rígido; tenía un brazo y parte del pecho envuelto con el mismo material rígido. Tenía una de las manos envuelta con una tela blanca. Desprendía un olor de sudor rancio. Tuve la certeza de que ya lo había visto antes.

—¡Dutch! ¡Abajo! —ordenó Gavin.

Dutch bajó a regañadientes. Parecía pensar que las reglas de Taylor cambiaban según la cama con la que nos encontráramos.

—¡Dios, qué perro tan estúpido! —dijo el hombre—. ¿Intentaba enviarme de nuevo al hospital?

Dutch hizo «siéntate» y miró al hombre que olía a sudor con una atención extasiada.

Gavin observó a su alrededor.

—Soy Gavin —dijo finalmente.

Me acerqué hasta una silla en la que había un plato que contenía los restos de un bocadillo y los olisqueé. Me pregunté si la normativa de ese lugar me permitiría darle un pequeño mordisco.

—Hablé con su hermana.

—Sí, me dijo que vendría —respondió el hombre con un gruñido.

—Fuimos mi esposo y yo quienes… Bueno…, quienes le sacamos de la nieve.

—No recuerdo nada —dijo el hombre haciendo un gesto con la mano vendada.

—Ah, bueno. Me alegro de verle. No estábamos seguros de si viviría.

—Sí, claro, estuve a punto de no conseguirlo. Tengo once malditas fracturas. Y encima mi hermana anoche se fue. Dice que «necesita un descanso». ¿Qué clase de familia es esa? ¡Como si yo pudiera valerme por mí mismo ahora!

Dutch continuaba sentado y totalmente concentrado en el hombre de la cama. Yo miraba el bocadillo con la misma atención.

—Lamento saber que está teniendo dificultades —dijo Gavin al cabo de un momento.

—Solo piensa en sí misma.

—Ah.

Se quedaron en silencio un momento. Finalmente, desistí del bocadillo y me tumbé en el suelo soltando un suspiro.

—Bueno, le he traído sus perros.

—Sí. Eh, Dutch. —El hombre bajó una mano, la que llevaba envuelta en una venda, y la puso sobre la cabeza de Dutch. Este entrecerró los ojos al sentir el contacto; eché de menos a Lucas, más que nunca. Volví a ponerme en pie, con ganas de salir de allí y regresar a las montañas, al camino. De hacer «a casa»—. Un momento —dijo el hombre, de repente—. Ha dicho «perros». ¿Perros?

—Sí. Dije que le he traído a sus perros —asintió Gavin. Noté cierta impaciencia en el tono de su voz.

—Ese no es mío.

Gavin me miró y yo le devolví la mirada. Luego, miró al hombre.

—¿No es suyo? —preguntó, sorprendido.

—No, no lo he visto nunca —dijo el hombre con desdén.

—Pero... Bella estaba con Dutch cuando le encontramos. Ambos estaban cavando en la nieve para sacarlo. Así es cómo le localizamos.

—Ajá. Bueno, debió de ser una coincidencia —El hombre hizo un gesto como de encogerse de hombros. Acto seguido, hizo una mueca.

—¿Una qué? ¿Una coincidencia? ¿Así que Bella no es suya?

Meneé la cola un momento al oír que pronunciaban mi nombre tantas veces. Miré el bocadillo con cierta esperanza.

—No.

Se hizo un largo silencio.

—No lo comprendo —dijo Gavin al fin—. Pensé que le dejaría los perros, los dos. Nunca se me ocurrió pensar que no tenía usted dos perros.

223

—¿Dejármelos? ¿Qué quiere decir con «dejármelos»? —preguntó el hombre.

Gavin parpadeó.

—Bueno…, nosotros… ¿Me está diciendo que no quiere recuperar a su perro?

—¿Tengo aspecto de poder cuidar de un perro de cuarenta kilos ahora mismo? Si ni siquiera puedo comer solo. Tardo una hora en llegar al baño para orinar.

—¿Qué quiere decir?

—Quiero decir que no puedo quedarme con Dutch ahora mismo. Lo siento.

—¿Lo siente? ¿Que lo siente? Dutch es su perro.

—¿Qué es lo que no comprende de todo lo que le he dicho? Fue una maldita avalancha.

—¡Porque iba usted por una zona prohibida! ¡Había señales por todas partes!

224 Gavin se había puesto a gritar; me acerqué a él para darle un golpe en la mano con el hocico.

—Bien hecho. Culpar a la víctima. A nadie le importo un comino. Voy a tener que irme a vivir con mi hermano y su remilgada mujer el mes que viene. No tiene usted ni idea de cómo es. Viven en Oklahoma. Van a la iglesia cada maldito domingo. Y si les digo «diablos, no, no voy a ir, ¿no veis que tengo resaca?», mi hermano me responde que debo marcharme. Es un jodido reprimido.

—¿Me está diciendo —preguntó Gavin con tono bajo pero enojado— que se niega a aceptar su responsabilidad?

—Eh, es usted quien intenta dejarme dos perros gigantes.

—Mi esposo y yo nos vamos a China seis meses. No podemos cuidar a Dutch. Es su perro. Ya pensaré qué haré con Bella, por supuesto, pero Dutch debe quedarse aquí con usted.

El hombre suspiró. Dutch se rascó la oreja y, de repente, vio el bocadillo. Me miró rápidamente; luego miró al hombre de la cama y a Gavin. Por su cara, supe que se sentía un mal perro por desear el bocadillo. Pero, aparte de eso, no tenía ni idea de qué otras cosas pensaba ni de qué estaba ocurriendo. Solo sabía que Gavin y ese hombre se estaban enfadando el uno con el otro: el tono de su voz era cada vez más tenso y ambos empezaban a sudar.

—Acaba de decirme que no puede quedarse con el perro porque se va a China. ¿No le parece que está siendo un poco injusto conmigo? Pueden hacer con los dos perros lo que les venga en gana, usted y su esposo —dijo el hombre con tono burlón.

Gavin se quedó muy quieto.

—Antes dije que no le comprendía, pero me equivocaba. Le comprendo muy bien, Kurch. Vamos, Bella. Dutch, vamos.

Dutch miró a Gavin. Había olvidado el bocadillo por completo. Luego miró al hombre de la cama.

—Vete, Dutch. Lárgate de aquí. Me estás haciendo sentir culpable. Y no es culpa mía. ¡Fuera! —exclamó el hombre.

Seguí a Gavin por el pasillo hasta la puerta de salida. Dutch nos seguía a distancia; miraba hacia atrás todo el rato: quería quedarse en ese lugar extraño y oscuro. El hombre de la cama era la persona de Dutch. Pero estaba loco y ya no quería a su perro.

Dutch estaba consternado. Cuando llegamos al coche, Gavin le dio un abrazo. Notaba el olor de las lágrimas de las mejillas de Gavin, pero no podía ofrecerle ningún consuelo desde el asiento de atrás.

—Lo siento mucho, Dutch. Ha sido horrible. Pero te prometo que te quiero, que Taylor y yo seremos tus papás, nosotros te cuidaremos. —Gavin se secó la cara con un pañuelo que sacó de un bolsillo. Luego alargó la mano por encima del asiento y se la lamí—. A ti también, Bella. Os queremos. Seremos una familia.

Dutch no sacó el hocico por la ventanilla ni una vez en todo el viaje de regreso.

ϓ

Esa noche, Dutch y yo estábamos en el sofá con Gavin mientras él sujetaba el teléfono contra su mejilla. Desde que habíamos regresado de ese extraño lugar, Dutch había estado dándole golpes con el hocico en la mano todo el tiempo. Gavin lo había estado acariciando mientras le hablaba con tono consolador.

—Fue horroroso. Ese tipo es un auténtico imbécil —dijo Gavin. Parecía enfadado otra vez—. No le importó nada Dutch. Trató a su propio perro como si fuera una mierda. Se mostró incómodo por el hecho de que le hubiéramos sacado de debajo de la nieve. Cosa de la que, debo confesar, empiezo a arrepentirme. La humanidad entera se hubiera beneficiado si hubiéramos esperado a la primavera. —Gavin le rascó la cabeza a Dutch—. Y lo más extraño es que no tenía ni idea de qué estaba haciendo Bella allí. Si fue Dios quien la envió, fue un milagro desperdiciado.

Al oír mi nombre, lo miré con pereza.

—Por supuesto que iremos a China. No, no sé qué vamos a hacer con los perros. Evidentemente, todavía lo estoy procesando.

Gavin se quedó callado un rato largo.

—Gracias —dijo con tono seco—. Te agradezco mucho lo que dices, Taylor. Sé que esta situación es más difícil para ti que, seguramente, para mí. Que estés dispuesto a hacer lo que yo quiera… es muy importante para mí. Te quiero.

Al cabo de un rato, Gavin dejó el teléfono. Se secó los ojos con el mismo pañuelo de antes.

—Muy bien, chicos. Tenemos un buen problema —nos dijo.

A la mañana siguiente, Dutch saltó de la cama y fue directo a la puerta con un entusiasmo poco habitual. Esperó con gran excitación a que Gavin nos pusiera los collares. Luego salimos fuera y nos llevó hasta el coche.

—No, Dutch. Vamos a dar un paseo. No vamos en coche. No vamos a regresar a ese lugar.

Caminamos por la acera. Dutch iba marcando cuidadosamente todos los olores de los otros machos. Al cabo de poco capté el olor de un gato. Estaba cruzando uno de los patios: era una hembra negra y grande. Quise ir a saludarla, así que tiré de la correa. A Dutch, eso le llamó la atención.

La gata y Dutch se vieron el uno al otro exactamente en el mismo momento. Gavin estaba agachado porque Dutch había hecho «haz tus necesidades» y lo estaba recogiendo con una bolsa de plástico. Dutch se lanzó hacia delante y yo lo seguí con intención de ir a ver a la gata.

—¡Eh! —gritó Gavin, que tropezó—. ¡Parad! ¡No!

Conocía esa palabra. Me detuve y miré a Gavin para saber qué era lo que había hecho mal. Pero Dutch estaba tan obsesionado con la gata que no oyó la orden. Gavin cayó al suelo dando un fuerte tirón de mi correa y perdiendo la de Dutch.

Dutch se lanzó hacia el gato. Yo hice «siéntate» como una perra buena.

—¡Dutch! ¡No! —gritó Gavin.

La gata se quedó inmóvil mirando a Dutch, que corría hacia ella. Pensé que arquearía la espalda y que le arañaría el hocico, pero, de repente, salió disparada hacia un árbol, saltó al tronco y trepó hasta las ramas como si fuera una ardilla.

Creía que Gatita Grande era el único gato capaz de trepar a los árboles porque era a la única a la que se lo había visto hacer. Dutch estaba todavía más fascinado: apoyó las patas en el tronco del árbol y miró hacia arriba, ladrando.

Como yo era una buena perra, hice «no ladres».

—Vamos, Bella, buena perra —dijo Gavin. Pero no me dio ninguna golosina, a pesar de que llevaba una bolsa llena en el bolsillo.

Dutch miraba a la gata; ella lo miraba a él.

—¡Dutch! ¡Ven aquí! —gritó Gavin.

Dutch nos miró. Tenía la mirada perdida, como si se hubiera olvidado de todo, excepto de dar caza a la gata.

—¡Ven aquí, Dutch!

Entonces vi que la actitud de Dutch cambiaba. Pegó las orejas a la cabeza, entrecerró los ojos y su cara adoptó una expresión calculadora.

—¡Dutch! —repitió Gavin en tono de advertencia.

El perro dio media vuelta y empezó a alejarse de nosotros. ¡Se comportaba como un perro malo!

—Ven aquí. ¡Dutch! ¡Ven aquí! —gritó Gavin.

Dutch se alejó corriendo.

19

Gavin me llevó de regreso a casa a buen paso. Al llegar, subimos al coche y yo me puse en el asiento delantero. Gavin bajó la ventanilla de mi lado; saqué la cabeza para captar todos los olores.

Gavin también llevaba su ventanilla abierta.

—¡Dutch! ¡Dutch! —llamaba.

Recorrimos las calles arriba y abajo. No comprendía en absoluto en qué consistía ese juego. A veces seguíamos claramente el rastro de Dutch, pero a veces su olor se encontraba exactamente en dirección contraria. Gavin estaba preocupado.

—Sé que tú nunca te escaparías de esta manera, Bella —me dijo.

Meneé la cola.

Estaba haciendo «no ladres», pero Gavin parecía tan ansioso y Dutch estaba siendo tan malo que cuando estuvimos justo encima de su olor me puse a ladrar con la cabeza en la ventanilla. Gavin detuvo el coche y ¡allí estaba Dutch, corriendo entre las casas!

—Te tengo —exclamó Gavin en tono de triunfo.

El coche giró por una esquina y me caí contra el respaldo del asiento.

Dutch corría por delante de nosotros arrastrando la correa. Mantenía la cabeza y la cola gachas; de inmediato, supe de qué iba todo eso: Dutch estaba haciendo su propio «a casa». Regresaba al lugar del bocadillo y del hombre con el pantalón rígido.

Llegamos al lado de Dutch; él giró la cabeza al notar mi olor.

—¡Dutch! —dijo Gavin con insistencia.

El coche se detuvo. Dutch se agachó contra el suelo con la punta de la cola erguida y parpadeando rápidamente. Gavin bajó del coche.

—Ven aquí, Dutch —le ordenó en voz baja.

Dutch casi se arrastró, como si se sintiera el peor de todos los perros del mundo.

—Yo soy tu papá ahora, Dutch. ¿Comprendes? —Gavin se puso de rodillas y abrazó a Dutch—. Esa ya no es tu casa. Tu casa es la nuestra. Tú y yo, y Taylor y Bella, somos una familia.

Gavin estuvo abrazando a Dutch un rato y me di cuenta de qué era lo que hacía.

Lo estaba consolando.

Durante los siguientes días, Gavin nos prestó una atención especial y nos dio muchas golosinas y muchos abrazos. Poco a poco, la tristeza de Dutch fue desapareciendo.

—Creo que se está acostumbrando a la idea —dijo Gavin un día, con el teléfono pegado a la cara—. Es casi como si, cuando regresó al coche conmigo, supiera que estaba tomando una decisión. Ahora son nuestros perros, Taylor, para bien o para mal. —Gavin se calló y luego se rio—. Vale, pero míralo así: si estropean el sofá, podrás comprar otro, y seguramente también querrás sillas nuevas y otra mesita de café. ¡No finjas que no te parece una propuesta atractiva! —Se quedó en silencio un rato mientras acariciaba con el pie a

Dutch, que estaba tumbado en el otro extremo del sofá y soltó un gemido de placer.

—Sí. China. He estado pensando en eso y creo que tengo una idea. Así que, antes de decírtela, prométeme que me escucharás con la mente abierta, ¿vale? —Gavin inspiró profundamente—. ¿Qué te parecería Sylvia?

Gavin estuvo callado mucho rato antes de volver a hablar conmigo.

—Sí, estoy de acuerdo con todo eso. Pero ¿qué otra opción tenemos? No me imagino dejarlos en una jaula durante seis meses. —Estuvo callado un momento más—. Un momento, un momento, ¿en serio que no quieres dejar a los perros con mi madre porque no te gusta la decoración de su casa? —Gavin se rio—. Oh, pues era peor lo de ese tipo, Kurch. Tenía una máquina de nieve y una segadora, y Dios sabe qué más cosas había en el patio. Era un lugar cochambroso… Claro. Bueno, no crueldad animal, pero casi… Vale, lo pillo, intentaré dejarlo. ¿Y? ¿Qué piensas?… No, no es perfecto, pero quizás en este caso sea mejor algo práctico que algo perfecto. Gracias, Taylor. Llamaré a mamá mañana… Yo también te quiero.

Gavin dejó el teléfono y yo bostecé.

—Vale, chicos —nos dijo—. La vida se va a poner interesante.

Unos cuantos días más tarde, Taylor llegó a casa con la maleta en la mano. Él y Gavin nos llevaron a dar un largo paseo en coche. Estuvimos tanto tiempo en el coche que Dutch y yo acabamos aburriéndonos de olisquear por la ventanilla, así que subieron las ventanillas al ver que nos habíamos tumbado en el asiento de atrás.

Sin embargo, al cabo de poco me incorporé. Había notado un cambio repentino. Desde que la gente había empezado a llevarme lejos de Lucas, siempre había tenido la sensación de que él estaba allí y siempre había notado el olor del sitio en que vivíamos, el olor de casa. Siempre había llegado hasta mí como uno más de los otros olores que traía el viento, los olores de otras ciudades. Pero ahora íbamos hacia un lugar que se alejaba mucho de la presencia de Lucas y ya era indetectable.

Había perdido el olor de casa.

El aire era seco y estaba cargado de polvo. Se percibían los olores de animales grandes y de agua, pero eso era todo. No sabía si sería capaz de hacer «a casa» desde allí.

Nos detuvimos para hacer «haz tus necesidades». Taylor sujetaba mi correa; Gavin, la de Dutch.

—Este lugar no es precisamente uno de mis favoritos —le dijo Taylor a Gavin.

—¿Estamos ante el mal humor previo al mal humor que vas a tener todo el rato? —preguntó Gavin.

—¿Qué industria hay aquí en Farmington? ¿Estiércol?

—Carbón y gas, principalmente. Y tiene su encanto. A ti te gustan los ríos —dijo Gavin.

—Encanto. Esa era precisamente la palabra que estaba buscando.

Subimos al coche. A pesar de que me gustaba dar paseos, en ese momento deseaba regresar pronto a la casa o a la cabaña.

—Vale —dijo Taylor con pesadumbre—. Vayamos a ver a Sylvia.

A medida que avanzábamos, Gavin y Taylor estaban cada vez más ansiosos y se tocaban para darse confianza. Su estado de ánimo nos afectaba a Dutch y a mí, así que empezamos a dar vueltas en el asiento trasero y a pegar el hocico a la ventanilla.

Al final, el coche se detuvo y bajamos a un patio que era casi todo de cemento. Dutch dejó su marca en las pocas plantas que pudo encontrar. La puerta de la casa se abrió y apareció una mujer.

—Hola, mamá —saludó Gavin.

Lo miré, preguntándome por qué habría pronunciado el nombre de Mamá. Pero los seres humanos siempre hacen eso, mencionan a otras personas. Es algo incomprensible para los perros. Gavin y Taylor también hablaban a veces de Tío, ese chico que me dio carne salada para comer y que me llevó a dar un paseo en coche. Gavin se acercó a la puerta y le dio un beso a la mujer. Dutch y yo lo seguimos.

—Hola, Sylvia —la saludó Taylor desde la parte de detrás del coche. Estaba sacando una maleta. No había duda de que le gustaba llevar esa cosa siempre con él.

—Ha pasado mucho tiempo, chicos —dijo la mujer, y tosió.

Se llamaba Sylvia y vivía con una gata que se llamaba Chloe. Del interior de la casa llegaba un seco olor a humo; las ventanas estaban casi todas cubiertas con mantas, así que dentro estaba oscuro. Dutch olisqueó la zona, emocionado por la presencia de la gata, cuyo nombre no descubrí de inmediato.

Una valla alta y de tablones rodeaba el patio. Allí no crecía gran cosa: solo en la valla del fondo había unas cuantas plantas y unos arbustos secos. Casi todo el espacio estaba ocupado por una piscina, que era la palabra que las personas utilizaban para referirse a un pequeño charco lleno de agua que tenía un olor y un sabor muy fuertes. Fue en el patio trasero donde nos encontramos con la gata por primera vez.

Dutch mostró un gran interés en Chloe. Al verla se puso a correr dando un tirón a la correa, pero Gavin y Taylor gritaron «¡no!». Dutch se achicó al notar su enfado y meneó la cola con las orejas gachas.

—No molestes a Chloe —dijo Gavin con seriedad—. No, Dutch.

Noté que Dutch estaba atónito por que lo regañaran habiendo un gato allí al que era necesario dar caza.

Chloe había arqueado el lomo y su cola se había puesto muy gruesa; miraba a Dutch enseñando los dientes.

233

Hay gatos que juegan y gatos que no. Y Chloe no jugaba. Decidí ignorarla.

—Chloe sabe cuidar de sí misma, no es como Mike. Pero cuando tenga a los gatitos, será mejor que vuestros perros se porten bien —dijo Sylvia, malhumorada.

A Sylvia le salía humo de la boca cuando hablaba. Al final aprendí que esa cosa que tenía entre los dedos se llamaba «cigarrillo».

Las personas se sentaron en unas sillas fuera, al lado de la piscina. Sylvia bebía de un gran vaso lleno de hielo. Taylor y Gavin tenían unos vasos llenos de un líquido negro. Todos desprendían un olor parecido.

—Un momento, ¿has dicho «no es como Mike»? —preguntó Taylor—. ¿Mike?

—Siempre se escondía debajo de la cama cuando yo pasaba el aspirador —dijo Sylvia.

234 —Creo que me he perdido algo —dijo Taylor—. ¿Mike no es tu novio?

—No, Mike el gato. Otro Mike. Mike es historia —afirmó Sylvia con determinación y haciendo un gesto con el cigarrillo—. Por suerte.

—¿Ah? ¿Qué pasó con Mike, mamá? —preguntó Gavin.

—Lo atropelló un coche.

—¿Qué? —exclamó Taylor, inquieto.

—No, ya sé lo que le pasó al gato. —Gavin se rio—. Me refiero a Mike, el hombre. Creí que teníais intención de casaros.

—Es un alcohólico —dijo Sylvia, que dio un largo sorbo del vaso. Taylor y Gavin se miraron—. No tenía un buen beber. Se ponía agresivo.

Dutch se tumbó con un gemido, inquieto al ver que Chloe estaba delante de nosotros lamiéndose una pata.

—Te agradecemos mucho que cuides de Bella y de Dutch, Sylvia —dijo Taylor después de un largo silencio.

Ambos levantamos la cabeza al oír nuestros nombres. Chloe, después de haber dejado muy clara su posición, se alejó con aire altivo.

—No me importa. Podría ser peor. ¿Recuerdas a ese motero de banda que trajo tu hermana? —le preguntó Sylvia a Gavin.

—Lo cierto es que no creo que perteneciera a ninguna banda —comentó Gavin.

—Bueno, pues su novio se instaló aquí —le dijo Sylvia a Taylor—. Temporalmente. Su camión había explotado, lo cual era bueno porque eso borró todas las pruebas. Y luego tenía un primo y no sé quién más. Y un millón de tatuajes. Mike estuvo aterrorizado todo el tiempo, debajo de la cama. En un momento dado, tuve que decirles que si volvía a suceder llamaría a la poli. Así pues, se marcharon y tu hermana estuvo sin hablarme seis meses hasta que me llamó desde no sé dónde de Canadá y me preguntó si era adoptada.

Taylor se puso en pie.

—¿Alguien más quiere un refresco?

—Mamá, creo que para ser un motero de banda…, bueno alguno de ellos debería tener, al menos, una moto —dijo Gavin, que levantó el vaso.

—Lo que sea —dijo Sylvia, encogiéndose de hombros—. No hablo español.

A la mañana siguiente, Taylor y Gavin se levantaron antes del amanecer y cargaron la maleta en el coche, así que supe que nos marchábamos. Pero no fue eso lo que sucedió. Se sentaron con nosotros al lado de la piscina.

—Chicos, esto va a ser duro, pero vamos a estar fuera un tiempo. Solo medio año. Os echaremos mucho mucho de menos —nos dijo Taylor—. Regresaremos en otoño.

—Os quiero a los dos —susurró Gavin.

Rodeó a Dutch con los brazos y Dutch se apoyó en él, dejándose abrazar.

235

No comprendí las palabras, pero el tono de su voz me recordó a la última vez que había visto a Lucas. Me pareció que ya sabía lo que estaba pasando. Los dos hombres me dieron un beso y me acariciaron. Gavin lloraba, pero cuando se fueron a la puerta del patio no dejaron que Dutch los acompañara.

No intenté seguirlos. Sabía que no habría ningún paseo en coche para nosotros.

Cuando el auto se alejó y su sonido dejó de escucharse, Dutch se puso a lloriquear y a rascar la puerta de la valla con una pata. Percibía su angustia, pero había aprendido que no se podía confiar tanto en las personas como a los perros nos gustaría. Las personas se marchaban a sitios. A veces lo hacían por mucho tiempo, o dejaban a sus perros al cuidado de otras personas. Dutch podía llorar y rascar todo lo que quisiera, pero eso no haría regresar a Gavin y a Taylor. Si quería estar con ellos, debería ir a buscarlos, igual que yo estaba recorriendo mi camino para regresar con mi Lucas.

Pensé en la vez en que Dutch vio a un gato y estuvo a punto de tirar a Gavin al suelo antes de que este perdiera la correa. Sylvia era mucho más pequeña que Gavin: había intentado empujar la cabeza de Dutch para alejarlo del plato de comida que dejaba a su lado, en la silla, y casi no pudo moverlo. Sabía que, cuando fuéramos a dar un paseo con ella, podría liberarme dando solo un tirón de la correa.

No captaba el olor de Lucas, pero sabía la dirección que Gavin y Taylor habían seguido. Iría en esa dirección hasta que volviera a percibir el grupo de olores de mi ciudad. A partir de allí seguiría mi olfato.

En el siguiente paseo.

Haría «a casa» la próxima vez que Sylvia nos sacara a pasear.

20

Sylvia no nos llevaba a dar paseos. Hacíamos «haz tus necesidades» en el triste grupo de plantas que había al pie de la valla del fondo. Nunca nos permitía salir del patio. A Dutch eso no parecía importarle: se pasaba mucho tiempo sentado en la puerta de la valla, esperando. Cuando no estaba montando guardia allí, se tumbaba en la sombra de debajo de la mesa de madera dejando que las moscas diminutas se apiñaran en su boca.

Sin paseos y sin tobogán, yo no sabía qué hacer. Me sentía como una perra mala. Necesitaba hacer «a casa» y ya no estaba segura de cómo conseguirlo.

A Sylvia le gustaba tumbarse al lado de la piscina cada día y descansar al sol. Chupaba cigarrillos, hablaba por teléfono y bebía. Yo tenía mi sitio en una sombra, debajo del toldo. Chloe, la gata, aparecía pocas veces a pleno sol, pero cuando lo hacía se esforzaba por ignorar a Dutch. Yo la dejaba en paz, pero noté que cuando pasaba por el borde de la piscina se fijaba cada vez más en mí. No me sorprendió que, al final, se acercara a olisquearme la cara. Cuando lo hizo, meneé la cola, pero no intenté jugar con ella. Dutch la miró fijamente e intentó atraparla debajo de una silla, pero ella le dio un zarpazo en el hocico, cosa que lo sorprendió mucho. Era evidente que Dutch no comprendía que, a pesar de que estaba claro que nosotros éramos superiores a los gatos, era más inteligente dejarlos en paz.

Cuando el sol se marchaba del cielo, Sylvia nos despertaba y nos hacía entrar en casa. Pero no a Chloe, que (a diferencia de un buen perro) iba y venía a su antojo. Y se ponía a maullar con osadía para que la dejaran entrar.

Sylvia pocas veces tenía compañía. La primera persona a quien vimos fue un hombre grueso y bajo que olía a comida y a un humo más fuerte del que emanaba de Sylvia. Dutch y yo corrimos a la puerta cuando Sylvia la abrió.

—Hola, cariño —murmuró el hombre, que más tarde supimos que se llamaba Mike.

Llevaba flores. Las pusieron en un jarrón, encima de la mesa. La casa se llenó de su fragancia. Los dos humanos se fueron a la cama antes de que se pusiera el sol. Sylvia se olvidó de darnos de comer. Dutch estuvo dando vueltas por la cocina mientras olisqueaba el suelo e iba a comprobar una y otra vez que no hubiera comida en su cuenco. Yo me tumbé a dormir. Ya había pasado hambre otras veces. Dutch me dio un golpe con el hocico y yo meneé la cola, pero no tenía manera de decirle que todo iría bien.

Dutch era parte de mi manada y yo sabía que estaba inquieto. Echaba de menos a Gavin y a Taylor. Estaba hambriento y no comprendía por qué estábamos viviendo con Sylvia. Le molestaba compartir el patio de detrás con un gato.

A Mike y a Sylvia les gustaba tener conversaciones a gritos. El enojo evidente en sus voces nos atemorizaba a Dutch y a mí. Mientras eso sucedía, nos olisqueábamos mutuamente, bostezábamos y dábamos vueltas.

Tuvimos mucho miedo una vez que Sylvia cogió su vaso y lo lanzó contra la pared. El vaso se estrelló con un gran estruendo, dejando la pared impregnada de un olor penetrante y químico. Dutch y yo bajamos la cabeza, como si fuéramos perros malos. Chloe se alejó por el pasillo.

—¡Me dijiste que lo habías pagado! —gritó Sylvia.

—No puedo pagar si no tengo dinero, vaca estúpida.

—¡Me mentiste!

—¡Para que cerraras el pico! Siempre estás hablando, ya lo sabes, Sylvia, nunca dejas de darle a la lengua.

—¿Y ahora qué? ¿Enviarán a un taller el coche? —Sylvia se había puesto las manos en la cintura.

—No van a reparar esa chatarra —respondió Mike con desprecio.

Recordé la vez en que un hombre había venido a ver a Mamá y ella se enojó y le golpeó, y él tuvo que arrastrarse hasta la puerta de salida. Pero en esta pelea había más gritos. Me pregunté si Sylvia le haría daño a Mike y lo obligaría a marcharse. Pero, en lugar de eso, vi que él cruzaba la habitación con el puño levantado. Se oyó un golpe sordo y Sylvia soltó una exclamación. Mike la empujó contra la mesa y ella gritó. El jarrón de flores, ya muertas, cayó al suelo y el agua empapó la mesa y la alfombra.

239

Pensé que para ser una buena perra debía hacer «no ladres», pero todo eso era demasiado para Dutch, que se puso a gruñir y a ladrar. Mike sujetó a Sylvia por los brazos exactamente igual que el hombre había agarrado a Mamá.

—¡Para! —gritó ella.

La angustia de Sylvia y la furia de Mike me puso en acción: empecé a ladrar yo también. Dutch dio una dentellada en el aire justo delante de las piernas de Mike. Este soltó a Sylvia y cayó hacia atrás, dándose un golpe contra una silla. Ambos continuamos ladrando.

—¡Dios! ¡Sácame a estos malditos perros de encima!

—Inténtalo. Intenta pegarme —replicó Sylvia, provocadora.

—¿Sabes qué? No necesito esto. No te necesito a ti.

Dutch y yo no sabíamos qué hacer. Esa situación nos era desconocida, esa manera de tratar a un humano. Dejamos de

ladrar, pero Dutch continuaba estando tenso y gruñía enseñando los dientes. Tal vez acabaría por morder a ese hombre.

—Te voy a denunciar y te quitaré todo lo que tienes —dijo
Mike.

—¿Ah, sí? ¡Bueno, buena suerte si consigues algo, porque
te llevaste todo mi dinero!

—Te mataré, Bella —dijo en voz baja.

Y se acercó a la puerta cojeando un poco.

—Ese es Dutch, idiota.

Al oír nuestros nombres, Dutch y yo miramos a Sylvia,
confundidos. Mike abrió la puerta y salió al patio.

—Buenos perros —dijo Sylvia.

Meneamos la cola, aliviados y contentos al ver que nos
daba un poco de comida de la nevera. Luego Sylvia se puso a
caminar por la casa recogiendo piezas de ropa y otras cosas
que olían a Mike. Abrió la puerta y las tiró fuera de la casa. Se
acordó de darnos de comer, pero esa noche se cayó y durmió
en el suelo, delante de una silla, en el salón. Me pareció que
desprendía un olor de enfermedad, así que me tumbé contra
su cuerpo con la esperanza de ofrecerle algún consuelo. Mientras estaba allí tumbada, pensé en la manera en que había
aprendido a hacer «a casa» y «haz tus necesidades». Lucas había hecho y repetido lo mismo una y otra vez. Se suponía que
un perro aprendía cuando una cosa se repetía. Ese día, aprendí
que cuando los hombres son malos con las mujeres, el hombre
debe marcharse. También comprendí que, por inquietante que
fuera, un buen perro debía gruñir y morder cuando un hombre malo pegaba a una mujer.

Chloe había huido a la habitación de Sylvia y no salió. Al
cabo de unos días descubrí por qué: la encontré tumbada en
la cama con unos gatitos pequeños. El olor de la leche llenaba
la habitación. Naturalmente, Dutch quiso investigar y se
coló en la habitación y se acercó a la cama con la cola tiesa y
las orejas erectas. Al verlo, Chloe le bufó con tal fiereza que

se lo pensó mejor. Pero cuando yo me acerqué con cautela, ella se limitó a mirarme sin pestañear. Los gatitos eran muy chiquitos y emitían unos sonidos que eran casi inaudibles mientras se apretujaban contra Chloe.

Su olor, así como el que detecté en las mamas de Chloe, me resultaba muy familiar. Al instante regresé al cubil, donde tenía hermanos gatos y a Mamá Gato. Luego, Lucas me encontró y fui a vivir con él; dormí en su cama y él daba de comer a los gatos.

En ese momento eché tanto de menos a Lucas que fui al patio de detrás y me senté ante la puerta de la valla. Necesitaba que Lucas viniera a buscarme, pero ya no notaba su presencia ni el olor de la ciudad que era mi casa. Al cabo de un rato, Dutch pareció saber lo que estaba haciendo y vino a sentarse a mi lado. Nos olisqueamos, pero no nos pudimos ofrecer ningún consuelo porque ambos teníamos un vacío que solamente una persona podía llenar. Hicimos «siéntate» para ser buenos perros.

241

Los dos esperábamos a unas personas que no llegaban.

Cuando los gatitos empezaron a moverse por ahí, Dutch, por supuesto, quería perseguirlos. Eso molestaba a Sylvia, que le gritaba y le ponía la correa, no para llevarlo de paseo, sino para que estuviera atado todo el rato. Ataba la correa a cosas del patio para que él no pudiera moverse. Los gatitos aprendieron que cuando Dutch estaba atado a una silla al lado de la mesa, en el patio de detrás, podían jugar. Pero sabían que la correa era larga, así que no se aventuraban a acercarse demasiado. Dutch se quedaba tumbado en la sombra de debajo de la mesa y los observaba jugar con expresión triste.

A mí no me pusieron correa.

—Sé amable, Bella —me decía Sylvia cada vez que uno de los gatitos se lanzaba al ataque contra mí.

No sabía qué significaban esas palabras, pero supuse que pronunciaba mi nombre porque yo estaba jugando con los gatitos. Eran tan pequeños que casi no pesaban nada. Tenía mucho cuidado de no darles un golpe demasiado fuerte con la pata y de no cerrar la boca alrededor de sus diminutos y frágiles cuerpos. Jugar con ellos me traía buenos recuerdos de Gatita Grande en el camino: la echaba de menos; ojalá estuviera bien. Gatita Grande era el gato más grande que había conocido; estos eran los más pequeños.

Cuando no estaban saltando encima de mí, se perseguían y luchaban entre sí. Se movían con súbitos impulsos de energía y, de repente, se quedaban quietos. Trepaban por todas partes, en un juego constante que no tenía ningún sentido para un perro.

Los días eran calurosos. Sylvia se iba a menudo a la piscina; en algunas ocasiones, se quedaba en casa con todas las puertas cerradas y nosotros dejábamos de sentir su olor y no podíamos saber si ella todavía estaba allí. Había una máquina grande colgada de su ventana que emitía un fuerte ruido y de la que caían gotas de agua fría.

Parecía que a los gatitos no les afectaba el calor, pero a mí me agotaba. Lamentaba no haber sido más firme con ellos, porque cada vez que me ponía a echar una cabezada, ellos decidían que era el momento perfecto para trepar sobre mí agarrándose con sus diminutas uñas.

Ahora ya eran más grandes, pero continuaban siendo pequeños. Chloe había dejado de darles leche. Y ellos iban con mucho más cuidado alrededor de Dutch. Estaba claro que querían comprender a ese perro que estaba atado con la correa, y Chloe había dejado de corregirlos cada vez que se acercaban a él. Me recordó a cuando mi madre no permitía que ninguna de sus crías saliera del cubil y cuando, al crecer, mis hermanos gatos ya no se mostraban tan dispuestos a respetar esos límites.

Sylvia había recibido una caja que le había dado un hombre en la puerta. La llevó al patio para poder continuar bebiendo mientras la abría. Se llevó el contenido de la caja al interior de la casa, pero dejó la caja tumbada de lado encima de un banco, al lado de la piscina. Los gatitos se mostraron absolutamente emocionados con la caja y se lanzaban contra ella y desaparecían en su interior. Todos los gatitos estaban allí, pero había uno (al que yo llamaba Gatito Valiente, un macho negro más grande que los demás) que estaba buscando los límites de la correa de Dutch.

Y Dutch le prestaba atención. Ya no estaba tumbado en el suelo: se había espabilado y estaba sentado, observando a Gatito Valiente, que se acercaba a él. El gatito, de repente, salió disparado hacia un lado, pero luego dio la vuelta y se acercó lentamente a Dutch. Luego se sentó y se puso a lamerse.

Dutch se lanzó contra él, gruñendo y meneando la cola. Llegó al final de la correa y la silla a la que esta estaba atada cayó al suelo y él la arrastró. ¡Se estaba portando como un perro malo! Gatito Valiente salió corriendo por el patio, aterrorizado. Dutch lo persiguió arrastrando la silla tras él, directamente hacia la caja llena de gatitos que estaba encima del banco. Gatito Valiente hizo un giro y Dutch quiso hacer lo mismo, pero resbaló y fue a chocar contra el banco provocando que la caja cayera dentro de la piscina.

Enredado con la correa, la silla y el banco, Dutch se detuvo y se puso a ladrar. Gatito Valiente desapareció por una esquina de la casa.

La caja de los gatitos flotaba, abierta, en medio de la piscina.

Los gatitos aullaban, angustiados. Se los oía a pesar de que estaban dentro de la caja, que se bamboleaba en el agua: estaba claro que intentaban trepar los unos encima de los otros. Sus

243

maullidos atrajeron de inmediato a Chloe, que corrió al oír sus lamentos. Dutch estaba medio colgado en el borde de la piscina con la cabeza hacia abajo, pero se puso en pie en cuanto Chloe pasó por su lado. La gata dio la vuelta corriendo a la piscina hasta que llegó a la silla, el banco y la correa. Dio media vuelta y corrió en sentido contrario. Chloe emitía un sonido terrible: un lamento débil y angustiado. Sus gatitos estaban en peligro, pero no se atrevía a ir a rescatarlos.

Una cabecita sobresalió por el borde de la caja y volvió a desaparecer dentro. Los gatitos estaban intentando salir, pero no era eso lo que debían hacer porque estaban en medio del agua. Los gatos no debían ir a la piscina. ¡Incluso Gatita Grande tenía miedo de nadar!

Yo era una buena perra y había aprendido a hacer «no ladres», pero ladré alarmada. ¡Necesitábamos a una persona!

Después de que yo ladrara, Dutch y yo miramos hacia las grandes puertas de cristal, pero Sylvia no salía. La máquina continuaba zumbando y goteando, los gatitos maullaban; la caja se bamboleaba cuando ellos se revolvían en su interior.

Entonces una pequeña gatita gris apareció por la parte superior de la caja y se agarró al borde con aspecto de estar aterrorizada. La caja se inclinó mucho por culpa de sus movimientos y la gatita cayó al agua. Desapareció bajo la superficie y volvió a salir, escupiendo e intentando nadar moviendo las patas delanteras. Chloe emitió otro aullido.

Me zambullí, salpicando la cabeza de la pequeña gatita, pero nadé con fuerza y llegué hasta ella en un momento. La cogí con suavidad por la nuca con los dientes y, sosteniéndola por encima del agua, regresé al borde de la piscina, donde Chloe esperaba con ansiedad. Dejé a la gatita en el suelo y Chloe empezó a lamerla.

Cuidar gatos era lo que Lucas y yo hacíamos.

Me di la vuelta y vi que la caja ahora flotaba tumbada de lado. Presos del pánico, dos gatitos más habían caído al agua.

Uno de ellos nadaba con fuerza, pero el otro se había sumergido por completo. Nadé hacia ellos y metí la cabeza bajo el agua con la boca abierta, agarré al gatito y lo levanté en el aire. Nadé hasta el borde de la piscina con el gatito, que estaba inerte entre mis dientes, pero que se recuperó en cuanto lo dejé al lado de su madre. El gatito se puso a maullar con desolación y Chloe lo llevó a un lugar seguro.

El miembro más pequeño de la familia casi no podía mantener el hocico fuera del agua mientras luchaba por sobrevivir. La cogí y la llevé hasta su madre; luego fui a por otro.

La caja estaba vacía, pero había dos bolitas de pelo empapadas de agua en una esquina de la piscina que luchaban por trepar al borde sin conseguirlo mientras emitían unos chillidos casi inaudibles. Cuando fui a por ellos, se alejaron de mí tanto como pudieron, pero los agarré con suavidad y los dejé en el suelo. De inmediato, salieron corriendo hacia Chloe.

Esos fueron los últimos. Los gatitos estaban mojados, pero a salvo. Chloe estaba cuidando de ellos. Dutch había recuperado su expresión de tristeza.

Nadé hasta el borde de la piscina, me sujeté a él con las patas delanteras e intenté izarme. Pero al hacerlo, me noté un dolor en la espalda y no pude sujetarme a nada con las patas traseras. Temblando, me quedé ahí agarrada un momento con todas mis fuerzas, pero volví a caer.

Nadé de un extremo a otro de la piscina, intentando salir, pero no podía: el borde de la piscina era demasiado alto. Hice otro intento, pero no pude levantar mi cuerpo del agua. Me encontraba en la misma situación que los gatitos: nadando por el borde de la piscina, pero incapaz de ponerme a salvo.

El tiempo pasaba y empecé a cansarme, pero no podía dejar de nadar: si lo hacía, el cuerpo se me hundía en el agua. Dutch me observaba, jadeando un poco. Me pregunté si se daría cuenta de que yo empezaba a tener miedo. Nadé y nadé de un lado a otro, de un lado a otro. No sabía qué hacer.

Nadé hasta la caja e intenté trepar encima, pero la caja se hundió bajo mi peso.

Chloe estaba debajo de un árbol y lamía a los gatitos. Dutch estaba tumbado al lado de la piscina y me miraba mientras emitía un aullido de ansiedad que apenas era audible. Nadé y nadé. Me dolían las patas. El agua se me metía por la nariz y resoplaba.

Si mi Lucas estuviera allí, me sacaría de la piscina. Me rodearía con los brazos y me sacaría del agua. Cuidaría de mí. Pero Lucas no estaba allí. No había conseguido hacer «a casa». Y ahora no lograba mantener la cabeza fuera del agua. Mis músculos estaban ya muy débiles.

Me sentí como una perra mala.

21

Ya casi ni me movía y sentía el agua en la nariz y en las orejas cuando oí que se abría la puerta de cristal.

—¡Dutch! ¿Qué has hecho? —exclamó Sylvia con tono de reproche.

Salió de la casa y se quedó mirando a Dutch con las manos en la cintura. Él bajó la cabeza. Entonces se acercó a la zona en que yo estaba nadando.

—¿Bella? ¿Por qué estás en la piscina? ¡Ven aquí!

Oí «ven aquí», así que intenté trepar de nuevo al borde de la piscina con las patas delanteras, pero volvía a caer al agua, completamente agotada. Miré a Sylvia con expresión suplicante.

—Oh, cariño, por aquí no. Ven aquí, ven aquí —me llamó Sylvia, dando palmadas mientras se dirigía al otro extremo de la piscina.

Empleé mis últimas fuerzas en nadar en esa dirección. Sylvia se quitó los zapatos y se metió en la piscina solo hasta los tobillos.

—Aquí hay escalones, Bella. Debes utilizar los escalones.

Oí mi nombre y me pregunté qué significaba. El cuerpo se me hundía. Y, de repente, toqué suelo con las patas traseras y, al cabo de un momento, también con las patas delanteras. ¡Ya no necesitaba nadar para mantener la cabeza fuera del agua!

—Muy bien, buena chica, buena perra.

Yo era una buena perra, pero me temblaban las patas y no conseguía subir más. Me pesaba el pelaje, del que caía una gran cortina de agua a la piscina. Casi no tenía fuerzas para mantenerme en pie encima de esos escalones debajo del agua.

—¿Qué sucede, Bella? ¿Te encuentras mal? —Sylvia se inclinó hacia mí y yo golpeé el agua con la cola—. Ven, ahora.

Solo quería quedarme allí y recuperar fuerzas, pero Sylvia se dio una palmada en los muslos, así que la obedecí. Obligándome a mover las patas, salí del agua, me sacudí y me tumbé al sol allí mismo, sintiendo el calor del cemento. Sylvia fue a desenredar a Dutch.

Sabía que me dormiría al cabo de un momento, pero antes de hacerlo noté que algo me tocaba suavemente. Abrí los ojos y vi a los gatitos, que me olisqueaban apretando sus pequeños hocicos contra mi costado. Estaba tan fatigada que ni siquiera pude menear la cola.

Cuando los gatitos fueron un poco mayores, se fueron de uno en uno. Sylvia salía al patio y cogía a uno; luego ya no lo veíamos más. No sabía cómo se sentía Chloe al ver que su familia se iba reduciendo, aunque sí me di cuenta de que se mostraba más vigilante con las crías que le quedaban.

Pensé en Gatita Grande, que probablemente no sabía que yo estaba viviendo con Sylvia, Dutch y la familia de Chloe. ¿Qué pensaría ella de esos gatos tan pequeños? Me pregunté si Gatita Grande me echaba de menos. Y eso hizo que fuera yo quien la extrañara.

Dutch parecía haber llegado a mi misma conclusión: ni

Gavin ni Taylor regresarían. Apreciaba a esos dos hombres, pero, en realidad, su ausencia lo único que conseguía era que mi nostalgia de Lucas fuera mayor. Hasta que consiguiera hacer «a casa», las personas que pasaran por mi vida cambiarían todo el tiempo, entrarían y saldrían tal como hacen siempre las personas. Pero a Dutch la tristeza lo había dejado sin energías. A partir del momento en que todos los gatitos se hubieron marchado y ya solo quedaba Chloe, cada vez que la gata pasaba por delante de él manteniéndose a una distancia de seguridad, Dutch se limitaba a mirarla, pero ya no se ponía en pie. Solo quería quedarse tumbado, día tras día, debajo de la mesa en medio del calor. Y cuando el ambiente refrescaba un poco, iba a tumbarse a un trozo de sol que quedaba a cierta distancia de la mesa.

Aparte de los gatos y del tiempo, no había ningún cambio. Sylvia nunca nos dejaba salir por la puerta de la verja, jamás nos tiraba una pelota. Nos daba de comer y hablaba con nosotros, y nos dejaba dormir donde quisiéramos de la casa, por la noche. Por algún motivo, Dutch no quería que Sylvia fuera su persona, aunque meneaba la cola cuando ella nos hacía sentar para darnos una golosina.

Cierto día, me sorprendió ver que Dutch se ponía en pie de repente, mostrando más energía que en los últimos tiempos. Lo miré con curiosidad acercarse a la puerta de la valla. Cuando llegó allí, se sentó. No había hecho eso en mucho tiempo.

Bostecé, me puse en pie y me sacudí. Ese cambio súbito en él me había dejado atónita.

Dutch se puso a lloriquear. Me acerqué y lo olisqueé con curiosidad, pero él no reaccionó ante mi presencia: estaba completamente concentrado en la puerta.

Me senté y me rasqué tras la oreja. Esa mañana se había levantado mucho vapor de la piscina; pero, aparte de eso, no se me ocurría qué otra cosa había cambiado. Chloe, que pasaba la mayor parte del tiempo durmiendo debajo de su silla del salón, también estaba allí.

Dutch empezó a menear la cola. Oí que un coche se detenía, que se abría una puerta y la voz de una persona. En ese momento, también capté su olor.

—¡Dutch! ¡Bella!

Gavin. Gavin había regresado.

Gavin abrió la puerta de la verja y Dutch saltó hacia él lloriqueando y lamiéndole.

—¡Vaya! ¡Buen chico! ¡Baja! ¡Yo también te he echado de menos!

En ese momento comprendí que Gavin era la persona de Dutch, igual que Lucas era mi persona.

—¡Eh, Bella!

Me acerqué a Gavin meneando la cola; él me acarició y me dio un beso en el hocico.

—¡Oh, os he echado tanto de menos! —Se incorporó y añadió—: Hola, mamá.

Esta vez, me sorprendió menos oír a Gavin pronunciar el nombre de Mamá. Sylvia había salido de la casa. Estaba fumando y llevaba en la mano uno de esos vasos que tenían aquel olor tan penetrante.

—¿Dónde está tu novio?

—Esposo. Taylor es mi esposo, mamá.

—Claro.

—¿Estás…? ¿Qué sucede? —Gavin se había acercado a ella para darle un beso y había dado un paso hacia atrás—. Vaya, mamá, ni siquiera es mediodía.

—No empieces. No tienes ni idea de lo que ha pasado. Mike me volvió a robar el talonario y ahora tengo problemas con la NSF. No tiene sentido.

—¿Mike ha regresado?

—Dios, no. Le dije que pediría una orden de alejamiento otra vez. No sé cómo encontró el talonario. Debió de cogerlo del coche: cuando perdí las llaves, decidí dejarlo abierto.

—Vale.

Dutch estaba sentado con actitud paciente a los pies de Gavin, preparado para ir a dar un paseo en coche o caminando, quizás para echar una cabezada. Olisqueé el aire y noté el olor de Taylor débilmente, pero sabía que no estaba por allí cerca.

—Chicos, ¿listos para regresar a casa? —nos preguntó Gavin.

Levanté la cabeza y miré a Gavin. ¿A casa?

—Mañana a primera hora —dijo Gavin.

Sylvia se sentó en una silla y estuvo a punto de caer al suelo. Gavin la cogió de un brazo.

—¡Estoy bien! —exclamó ella, de mal humor.

—Sí, ya lo sé, perdona. Solo intentaba ayudar —dijo Gavin, disculpándose. También había un poco de tristeza en su voz.

Sylvia dio un trago del vaso.

—¿Tienes que irte mañana?

—Bueno, hay muchas cosas que hacer. Creímos que lo teníamos todo bien organizado antes de irnos, ya conoces a Taylor, lo planifica todo. Pero hay muchas cosas de las que debemos ocuparnos. ¿Cómo han estado los perros?

—Ha sido agradable tenerlos por aquí. Echaron a Mike —respondió Sylvia.

—Quizá deberías tener un perro —comentó Gavin.

Dutch y yo nos miramos al oír la palabra «perro».

—La verdad es que preferiría a Bella. No ladra. Dutch no para de perseguir a Chloe.

Hubo un largo silencio.

—¿Mamá? No sé… ¿Quieres decir que te gustaría quedarte con Bella?

—De los dos, sí.

—Oh. Ah. No se me había ocurrido —contestó Gavin.

251

Υ

Esa noche, Dutch y yo dormimos con Gavin al final del pasillo que daba a la habitación de Sylvia. Dutch no paraba de darle golpes con el hocico a Gavin, en la mano, buscando más caricias. Yo me enrosqué a sus pies y me dediqué a escucharle mientras nos hablaba con el teléfono pegado a la cara.

—Yo también lo detesto, pero le debemos un favor —dijo—. Y yo estaría más tranquilo sabiendo que Bella está aquí para protegerla.

Levanté la cabeza al oír mi nombre. Gavin escuchó un momento.

—No —se rio—, no es una estrategia, aunque te dará algo en lo que pensar cuando vengamos de visita. —Bajé la cabeza—. Creo que los dos están bien, de verdad. Bella es Bella, siempre está contenta esté donde esté.

Cerré los ojos, ignorando el hecho de que hubiera repetido mi nombre. A casa. Eso era lo único en que podía pensar. Estaba harta de estar allí y solo quería hacer «a casa» por fin. Ese deseo era como sentir dolor y sentir hambre. Pensé que el regreso de Gavin era una suerte de señal de que pronto estaría de camino hacia Lucas.

A la mañana siguiente, Gavin empezó a poner cosas en su coche. Dutch lo seguía, pegado a sus talones. Cada vez que él entraba en casa, Dutch lo esperaba, sentado, ante la puerta de entrada.

—No te preocupes, Dutch, vas a venir a casa conmigo —le dijo Gavin en tono cariñoso mientras le acariciaba la cabeza.

Sylvia salió de su habitación y soltó una nube de humo en el aire.

—¿Ya hay nieve en la montaña?

—Todavía no. Las carreteras estarán despejadas todo el camino. Mamá, no puedo agradecerte lo suficiente el haber cuidado de los perros mientras estábamos fuera. Te lo agradezco mucho mucho.

Sylvia lo miró con atención.

—No soy una madre fantástica.

—Oh, mamá…

—Quiero decir, ya sabía que no lo sería. No quería tener niños, pero no dejaba de quedarme embarazada. Pero intento hacerlo lo mejor que puedo. Cada vez mejor. Siento mucho… algunas cosas.

Gavin se acercó a Sylvia y le dio un abrazo. Mientras se abrazaban, ella se llevó el cigarrillo a los labios levantándolo por encima del hombro de Gavin.

—Debería haber ido a tu boda, Gavin. Sé que tenía esa citación y que debía presentarme y bla, bla, bla, pero en realidad no fue más que una excusa para sacármelo de encima. Fue un error. Somos familia, tú y yo… y Taylor. Y, a veces, tu hermana.

—Sé que era difícil para ti, mamá. No pasa nada.

—No comprendo esta cosa *gay*, pero he estado viendo la televisión y me he dado cuenta de que lo que me enseñaron de niña no está bien. Tú eres mi hijo. ¿Sabes?, estoy orgullosa de ti.

Se dieron otro abrazo. Ella dio una calada al cigarro, que se encendió y soltó más humo al aire.

—Bueno. —Gavin inspiró con fuerza—. Sobre lo que dijiste de Bella, he hablado con Taylor y está de acuerdo en que es una buena idea.

—¿El qué?

—Bella.

—¿Bella?

Oí que pronunciaban mi nombre y me pregunté qué significaría eso.

253

—Puede quedarse.

—Quedarse —repitió Sylvia.

—Exacto. No nos gusta separarlos y la echaremos de menos, pero, tal como te dije, Dutch y Bella nunca estuvieron juntos antes de que nosotros los encontráramos. No son una familia de perros.

—¿Qué quieres decir? —preguntó Sylvia, sin comprender.

—¿Perdón?

—¿Quieres que Bella se quede aquí?

Oí la palabra «Bella» y «aquí». Me acerqué y me senté.

—Exacto. Eso era lo que querías, ¿no?

—No. Por supuesto que no. —Sylvia soltó una nube de humo.

—Mamá, ayer me preguntaste si podías quedarte con Bella.

—No dije nada de eso. Dije que era una buena perra. Juega con Chloe. He estado aquí sin moverme durante medio año por estos perros. Me gustaría viajar, quizás ir a Bloomfield.

—Vale.

—Si no quieres a Bella, tendremos que buscarle una casa que no sea la mía.

—No, nosotros queremos a Bella. Es solo… No importa. Está bien.

Fuimos a dar un paseo en coche durante mucho rato, pero la mejor parte fue cuando llegamos a la cima de una colina y capté el olor: casa, el lugar en que Lucas y yo vivíamos. El aire me traía los aromas únicos de mi casa. Y ahora estaba orientada. Sabía hacia dónde debía ir.

Taylor se alegró de vernos. Nos pusieron las correas y

nos llevaron a dar el primer paseo en mucho mucho tiempo. Dutch parecía exultante e iba marcando todo lo que encontraba.

—Se han puesto muy gordos los dos —comentó Taylor, disgustado.

—Los pondremos pronto a dieta, pero démosles un tiempo para adaptarse. Probablemente estén confundidos y echen de menos a Sylvia —dijo Gavin.

—Resulta difícil refutar una afirmación tan absolutamente demencial como esa. —Taylor se rio—. Bueno, ¿vamos a la cabaña este fin de semana? Me encantaría ir de excursión antes de que nieve.

La siguiente vez que fuimos a pasear en coche, el olfato me dijo adónde íbamos antes de que llegáramos: a la cabaña. Dutch levantó la pata ante todas las plantas muertas que había en el patio trasero, molesto por el hecho de que su olor se hubiera disipado. Por mi parte, mantuve el hocico erguido buscando a Gatita Grande. Notaba el olor de muchos animales, pero no el suyo.

A la mañana siguiente, Taylor preguntó:

—¿Quieres que vayamos de excursión?

Reconocí las palabras, pero no comprendía su significado ahora que estaba sin Lucas.

—Vamos, Dutch.

Nos engancharon las correas al collar y nos sacaron fuera. Durante un rato, el camino me resultó familiar, pero pronto empezamos a subir y nos dirigimos a una zona en la que no había estado nunca. Dutch marcaba cada vez que le dejaban hacerlo; y es que casi siempre que iba a levantar la pata, tiraban de su correa.

—¿Crees que aquí está bien? —preguntó Gavin.

—Claro. Quiero decir…, si nos encontramos con algún guarda forestal, tendremos que pagar una multa por llevarlos sueltos.

255

—¿Has visto alguna vez a un guarda forestal? Más allá de tu imaginación, quiero decir.

—Muy gracioso.

Taylor se arrodilló y me desenganchó la correa; se la guardó en la bolsa que llevaba a la espalda. Gavin hizo lo mismo con la de Dutch.

Durante un rato, la sensación de ir de paseo sin correa se me hizo tan extraña que me mantuve cerca de los dos hombres, que iban charlando y riendo. Pero al final, Dutch se alejó un poco atraído por un olor que yo no detectaba; troté tras él.

—¡No os alejéis! —dijo Gavin.

Libres y corriendo juntos. Teníamos el cuerpo lleno de energía. Nos alejamos corriendo por el camino. Capté el olor de un conejo y me pregunté si Dutch habría visto alguno. Entonces recordé que Gatita Grande traía carne de conejo. Recordé haber estado en un largo camino como ese. Recordé «a casa».

Recordé a Lucas.

El uno contagiado por la energía del otro, Dutch y yo corríamos por el camino. Pero nos detuvimos al oír a Taylor.

—¡Dutch! ¡Bella!

Nos tocamos el hocico, jadeando por la carrera. Él miró hacia atrás, hacia donde procedía el olor de los dos hombres; luego me miró a mí. Me di cuenta de que él había notado un cambio en mis intenciones, pero no comprendía cuál.

Meneé la cola. Me gustaba Dutch. Había sido un miembro de mi manada. Dutch quería a Gavin y a Taylor. Y ellos lo querían a él. Pero su casa no era la mía: había llegado el momento de ponerme en marcha.

Cuando Taylor nos llamó otra vez, Dutch me dedicó una última mirada y se fue por dónde habíamos venido. Dio unos cuantos pasos, se detuvo y me miró, expectante. Yo no me moví. Oíamos nuestros nombres. Esta vez era la voz de Gavin. Me pareció que Dutch lo comprendió. Me observó, quizá porque no entendía por qué yo abandonaba una vida maravillosa con esos dos hombres, o porque era consciente de que no nos volveríamos a ver nunca más.

Pero no podía ignorar a Gavin. Con una expresión de pena y de confusión en la mirada, se alejó de mí y regresó con su familia.

Yo continué en sentido contrario.

22

*D*urante mucho rato percibí el olor de Dutch mientras seguía el camino. Yo sabía que él sería feliz con Gavin y Taylor:
especialmente con Gavin, que era el Lucas de Dutch. De no
haber sido por Dutch, quizá no hubiera podido dejar a los dos
hombres. Ahora me sentía bien sabiendo que tenían un perro.

No había ido a dar un paseo tan largo desde que nos quedamos con Sylvia, pero la sensación me resultaba familiar: seguir un camino de tierra apisonada por el paso de gente y animales, seguir sus subidas y bajadas, pisar las partes de piedras
y de hierbas y de polvo.

Sentí cansancio y sed mucho antes de lo que hubiera pensado. Noté que necesitaba descansar los músculos de las patas.
Encontré un lugar resguardado y me tumbé, bostezando y
agotada. No fue fácil conciliar el sueño: había olvidado todos
los olores de animales que traía el aire de la noche; el chillido
de un zorro me sobresaltó unas cuantas veces. Quería pensar
en Lucas, pero mi mente me traía recuerdos de Dutch y de Gavin y de Taylor, y de Gatita Grande y de Chloe. Los echaba de
menos a todos. Me sentía sola. Muy muy sola.

El aire era seco y fresco. El camino iba directamente en la
dirección en que yo captaba el olor de casa, pero sabía que necesitaba agua, por lo que me desvié del camino y me dirigí ha-

cia donde el olfato me indicaba que encontraría un riachuelo.

También noté el olor de otra cosa: de madera quemada. No era como el humo que salía de la boca de Sylvia, ni del que salía del fuego que Gavin y Taylor hacían en el agujero de la pared de la cabaña. Era el olor inconfundible que dejan los restos de madera cuando las llamas ya se han extinguido. Siguiendo el curso del agua no tardé en llegar a una enorme zona de hierba en la que todos los árboles que se levantaban hacia el cielo tenían el tronco cubierto de ese olor. La mayoría era de un color negro y no tenían hojas; otros estaban tumbados en el suelo. Olisqueé uno de ellos con curiosidad, sin comprender qué podía haber ocurrido para que hubiera tantos troncos quemados.

Pero también noté un fuerte olor de coyote procedente del bosque de árboles quemados, así que me alejé de allí.

Al cabo de dos días de progreso constante, me sentía hambrienta. Había seguido mi olfato para buscar agua y había encontrado un lago bastante grande, pero tuve que cruzar una carretera para llegar hasta él. Y cada vez que los coches pasaban por allí me sentía una perra mala. No había árboles, solamente rocas y algunos matorrales, así que mientras bebía me encontraba totalmente expuesta.

Quería hacer «trocito de queso». Pero no era la golosina lo que deseaba, sino el amor y la atención de mi persona.

Me sentía perdida.

En los coches de la carretera había personas; notaba el olor de una ciudad allí cerca. Ir me alejaría del camino directo a casa, pero necesitaba comer, y donde había personas había comida. Me mantuve tan lejos como pude de la carretera, cosa que fue bastante fácil durante un tiempo, porque la tierra de al lado de la carretera era plana y había un arroyo poco profundo que corría paralelo a la carretera. Luego el terreno pareció volverse más húmedo y los matorrales se hicieron más espesos. Empecé a encontrar granjas, que evité ignorando a los perros que me ladraban con tono ofendido o incrédulo.

Ya estaba oscuro cuando llegué a unas calles en las que había casas y tiendas. Un olor a comida cocinada llegó hasta mí. Era tentador, pero no vi ninguna manada de perros sentados delante de ninguna casa. Encontré unas cuantas papeleras grandes con unos olorosos y deliciosos trozos de carne dentro, pero eran demasiado altas para que pudiera trepar.

Pronto me sentí atraída por un gran edifico delante del cual había muchos coches aparcados. La parte delantera del edificio tenía unas ventanas muy grandes e iluminadas. Había personas que empujaban unos carritos llenos de comida; a veces, de uno o dos niños; personas que descargaban bolsas en los coches y luego apartaban los carritos y los abandonaban. Al acercarme vi que había gente que entraba y salía del edificio. Me pareció que las puertas se abrían sin que nadie las tocara. Cada vez que esas enormes puertas se abrían, unos seductores aromas llegaban hasta mí.

El olor más apetitoso de todos era el de pollo. Allí dentro estaban cocinando pollos.

La gente me miraba, pero nadie me llamó cuando me acerqué a las grandes puertas, atraído por aquellas exquisitas fragancias. Nadie quiso ponerme una correa ni alejarme de Lucas. En general, me ignoraron. Un niño pequeño dijo «perrito» y alargó la mano hacia mí; sus dedos tenían un fuerte olor dulce, pero antes de que pudiera lamérselos su madre lo apartó de mí.

En ese momento ninguna de esas personas me importaba tanto como el hecho de que al otro lado de esas puertas había pollo.

Estuve un rato sentada, disfrutando de los deliciosos olores que llegaban hasta mí cada vez que las puertas se abrían. Pero nadie le dio nada a una buena perra que hacía «siéntate».

Cuando ya había pasado mucho rato y nadie había salido, empecé a sentirme impaciente y me acerqué más a las puertas de cristal para ver si podía localizar de dónde procedía ese olor de pollo.

Y entonces las puertas se abrieron.

Me quedé en la entrada sin saber qué hacer. Parecía que las puertas esperaban a que yo hiciera algo, igual que Lucas sujetaba la puerta para mí cuando llegábamos a casa después de dar un paseo. Era como si me invitaran a pasar. Y justo allí dentro, directamente delante de mí, había unos estantes metálicos. Unas luces que había debajo de ellos hacían que los maravillosos olores de pollo asado flotaran en el aire nocturno. Vi que había unas bolsas llenas. ¡Y estaban allí delante, justo allí!

Entré en ese edifico de luces brillantes con un sentimiento de culpa. Ya casi era capaz de saborear el pollo, me imaginaba masticándolo y tragándolo. Me relamí. Caminé con vacilación sobre el suelo resbaladizo y llegué hasta los estantes. Me erguí sobre las patas traseras, temblando; alargué el cuello hacia una bolsa. El calor procedente de las luces me hizo cerrar los ojos mientras cogía con delicadeza una de las bolsas.

—¡Eh! —gritó alguien.

Levanté la cabeza y vi a un hombre de blanco que venía hacia mí desde una esquina del local. Parecía enfadado.

Solté el pollo, que cayó al suelo.

La comida que está en el suelo siempre es para un perro, a no ser que alguien diga que no.

—¡Largo! —gritó el hombre, que no era el mismo, así que cogí la bolsa y di media vuelta.

Las puertas estaban cerradas.

Yo quería escapar de ese hombre que venía a por mí. Corrí mirando por la ventana con la esperanza de que viniera alguien de fuera y abriera las puertas.

—¡Quieto! ¡Perro! —gritaba el hombre.

Fui hasta las puertas con intención de rascarlas ¡y se abrieron! El aire de la noche se coló en el interior del edificio y salí corriendo con mi cena entre los dientes.

El instinto me empujaba a correr y correr, pero estaba demasiado hambrienta, así que fui hasta una zona oscura que había en un rincón del aparcamiento. Ahora esa comida era toda para mí, pues Gatita Grande no estaba conmigo. Rasgué la bolsa. El pollo estaba tan delicioso que lamí el plástico hasta dejarlo completamente limpio.

Qué bien sentir el estómago lleno, aunque no podía dejar de pensar en lo que había visto en esa estantería del edificio: más bolsas llenas de pollo. Ahora que sabía dónde estaban y cómo conseguirlas, lo único que quería era regresar a ese edificio.

Troté hasta las puertas. Ese hombre se había enfadado conmigo, pero los pollos continuaban estando allí. El hombre me había gritado, pero esos pollos parecían estar ahí para mí. ¿Era una perra mala por querer pollo?

Me acerqué a las puertas. En ese momento salía una mujer empujando un pequeño carro: no me hizo demasiado caso. Ella no pensaba que fuera una perra mala.

Las puertas se cerraron. Me acerqué más a ellas y se abrieron otra vez. Capté el olor del pollo y entré, como si Lucas me hubiera llamado. Fui directamente hasta los estantes metálicos con esas luces calientes y esos olores suculentos.

—¡Te tengo! —gritó un hombre.

Me giré. Era el mismo hombre de antes. Ahora me cortaba el camino hasta las puertas. Tenía los brazos extendidos como si quisiera darme un abrazo.

Cogí un pollo y eché a correr.

Mi miedo se debía a que estaba segura de que ese hombre de blanco era una de aquellas personas que me querían alejar de Lucas. Estaba enfadado: me recordó al hombre del sombrero del camión, con todas esas jaulas y los ladridos de tristeza y dolor de los perros en esa sala en que yo estuve haciendo «no ladres». Los hombres enfadados hacían daño a los perros. Ese hombre podía hacerme daño, podía llevarme otra vez a ese horrible lugar.

Corrí. Pero ¿adónde podía ir? Solo los humanos pueden encontrar la manera de entrar y salir de un edificio. El suelo era resbaladizo y me resultaba difícil avanzar. La gente me miraba mientras yo corría por los pasillos llenos de estantes.

Todavía tenía el pollo. Ahora era mi pollo. Lo único que quería era encontrar un sitio donde romper la bolsa y comérmelo, pero toda esa gente me gritaba, me gritaba a mí. ¡Debía escapar!

—¡Cogedlo! ¡Coged a ese perro! —gritaba el hombre de blanco.

Un chico que llevaba una escoba en la mano corrió hacia mí, así que di la vuelta resbalando en el suelo y corrí frenéticamente entre dos estanterías muy altas. Un hombre con un carrito gritó.

—¡Aquí, chico!

Parecía amable, pero pasé de largo. El único olor que llegaba hasta mí era el del pollo que colgaba de mi boca; lo único que sentía era pánico. Todo el mundo pensaba que era una perra mala que merecía un castigo.

—¡Aquí! —gritó otro hombre en cuanto llegué al final de un pasillo.

Hizo un gesto con los brazos y me detuve en seco. Estuve a punto de caer, pero recuperé el equilibrio y me alejé rápidamente de él.

—¡Te tengo!

Era el hombre de blanco, que estaba justo detrás de mí; corría muy deprisa. Me lancé hacia el hombre que hacía gestos con los brazos y, en el último momento, lo esquivé haciéndome a un lado. Una de sus manos me tocó el cuello. El hom-

263

bre de blanco intentó cambiar de dirección y chocó contra unos estantes de cartón y una lluvia de paquetes de plástico cayó al suelo. El hombre resbaló y se cayó.

El olfato me dijo dónde estaba la salida, así que me dirigí hacia allí. Sin embargo, al llegar, no había por dónde salir. Estaba en una parte del edificio que solamente tenía el olor de fuera: de tierra, de plantas y de flores. De frutas que yo conocía porque Lucas las comía. Reconocí el olor: naranjas y manzanas. Allí no había personas enfadadas, así que solté el pollo, rompí la bolsa y me zampé un buen trozo. ¡Los seres humanos eran criaturas tan maravillosas que podían cazar pollos, cocinarlos y guardarlos en bolsas calientes!

Oí los pasos de alguien que se acercaba corriendo. Esos hombres enojados, entre los que se encontraban el hombre de blanco y el chico de la escoba, venían hacia mí. Agarré mi comida y salí corriendo. El chico chocó contra una mesa llena de naranjas, que cayeron con un estruendo sordo y rodaron por el suelo como pelotas, pero no me detuve. Me fui hacia donde había peces y carnes. Un aire frío que salía de las paredes.

—¡Cogedlo! —gritó alguien.

Ahora había más personas persiguiéndome.

Pasé por delante de olorosos panes y quesos. ¡Allí había mucha comida! Era el lugar más maravilloso en el que había estado nunca, de no haber sido por la actitud de esas personas con los perros. Me hubiera encantado olisquear cada uno de esos estantes, pero esos hombres enfadados estaban cada vez más cerca.

De repente me encontré de nuevo ante los estantes de los deliciosos pollos, que estaban justo delante de mí. Pasé corriendo por delante de ellos. Una mujer que llevaba una bolsa entre los brazos se alejaba, oí el zumbido de las puertas y noté que la brisa nocturna entraba en el edificio.

—¡No! —gritó alguien.

Conocía esa palabra, pero me pareció que, en esas circunstancias, no tenía nada que ver conmigo. La mujer se detuvo y se dio la vuelta, así que ese «no» tenía que ver con su comportamiento. Pasé corriendo por su lado, rozándole las piernas.

—¡Vaya! —exclamó.

—Detened al perro —ordenó la ya familiar voz del hombre de blanco.

—Perrito —dijo la mujer, insegura, dirigiéndose a mí.

Yo todavía tenía miedo. Salí a la oscuridad, dejando deliberadamente ese maravilloso edificio lleno de comida a mis espaldas. Encontré una calle con muchas casas, pero continué corriendo. Por fin, al oír que un perro me desafiaba desde un patio trasero, supe que me encontraba en lugar seguro, un lugar donde a la gente le gustaban los perros. Me detuve, jadeando, me tumbé sobre la barriga y me dispuse a terminar el resto de la cena.

Al despertar vi que caía una fina cortina de nieve. Sentí un retortijón, así que hice «haz tus necesidades» de una manera dolorosa y violenta. Después me limpié el trasero en la nieve y me sentí bastante mejor.

Todavía estaba procesando el hecho de que, de alguna manera, había sido una mala perra. Cada vez que pensaba en el hombre de blanco volvía a sentir miedo. Me entraba ansiedad y me encontraba mal. Caminé en silencio sobre la nieve, desconfiando de las personas, con miedo de que alguien quisiera hacerme daño o cogerme y llevarme lejos.

Un atractivo olor de comida impregnaba el aire y me impulsaba a continuar caminando. Estuve un rato sentada ante una puerta, esperando a que alguien saliera con algo delicioso: captaba el olor de la panceta. Pensé que quizás hubiera un par de trozos para una perra buena que hacía «siéntate». Pero nadie se dio cuenta de que yo estaba allí. Tal vez necesitaba estar con una manada para recibir tales atenciones.

Pasé el día caminando con cuidado entre las casas, olisqueando bolsas de plástico que todavía conservaban olor de comida, pero no encontré nada que llevarme a la boca. El sol derritió la nieve: las calles quedaron mojadas y el agua goteaba de las casas llenando el ambiente con el olor del agua limpia y fría. Encontré algunos perros tras unas vallas; nos tocamos la nariz; otros se mostraron muy ofendidos por mi presencia.

Ese día no comí hasta muy tarde. Pasé por delante de la puerta de un garaje que estaba abierta solamente un poco, lo justo para que me pudiera colar dentro. En una esquina había una bolsa de comida casi vacía y metí la cabeza dentro sin hacer caso de los indignados ladridos de dos perros que había al otro lado de una puerta.

Cada vez que comía me acordaba de Lucas. Recordaba la emoción que sentía cuando me dejaba un plato en el suelo, delante de mí, o lo agradecida que me sentía, el amor por ese hombre que me daba de comer con la mano. La nostalgia me dolía tanto como los retortijones de la mañana: pronto abandonaría esa ciudad para regresar al camino.

Pero estaba aprendiendo que debía comer cada vez que se presentara la oportunidad de hacerlo. Quizá pasarían muchos días antes de que volviera a tener la oportunidad de hacerlo. Cuando se hizo de noche, fui a la calle en la que había más olores de comida. Con la noche vino el frío. Entonces recordé la época que pasé en el monte con Gatita Grande. Ahora debería cazar como ella si quería alimentarme. Haría todo lo que fuera necesario para ser una perra que hace «a casa».

En una acera, bajo el círculo de luz de una farola, vi a un hombre sentado encima de unas mantas.

—Eh, perro —me llamó al ver que pasaba intentando evitarlo.

Mi primer instinto fue huir. Pero me detuve al notar algo en su voz que parecía amistoso. Ese hombre olía a polvo, a ter-

266

nera y a sudor. El pelo de su cara era largo y estaba enredado. A un lado tenía unas bolsas de plástico; al otro, una maleta como la de Taylor. Llevaba puestos unos guantes sin dedos. Alargó una mano hacia mí.

—Aquí, cachorro —dijo con amabilidad.

Dudé un momento. Parecía agradable. Como estaba sentado con las piernas rectas y la espalda contra la pared, y no de pie con los brazos extendidos o sujetando una correa, no parecía el tipo de persona que me impediría hacer «a casa».

Introdujo una mano en una pequeña caja y sacó un trozo de ternera que alargó hacia mí. Me acerqué, meneando la cola. ¡Era una golosina de ternera con queso! Me la tragué inmediatamente e hice «siéntate».

—Buena perra —me dijo.

Era evidente que sabía lo que era hacer bien «siéntate». Las personas de aquel edificio de los pollos no me conocían: quizá por eso estaban tan enfadadas.

—¿Qué haces sola? ¿Te has perdido, Bella?

Noté el tono de interrogación en su voz y miré con insistencia la caja que tenía a su lado. Sí, me encantaría un poco más de ternera con queso.

—Me he perdido —dijo el hombre en voz baja al cabo de un momento.

Metió la mano en una de las bolsas y rebuscó algo. Lo miré con atención.

—Eh, ¿te gustaría esto?

Me dio un puñado de frutos secos; mientras los masticaba, se puso a juguetear con mi collar. Cuando terminé, me di cuenta de que tenía una cuerda atada al collar. Alarmada, intenté alejarme del hombre, pero la cuerda se tensó de inmediato.

El hombre y yo nos miramos. Se me escapó un gemido.

Había cometido una terrible equivocación.

267

23

*E*l hombre tenía un carrito como el que empujaban las personas en el aparcamiento para llevar comida y niños hasta sus coches. Pero él no tenía niños, y casi nada de lo que guardaba en sus bolsas de plástico era comida.

268

—Vamos a pasear —decía el hombre casi cada día, cargando todo lo de la acera en el carrito.

Yo quería caminar, irme al monte, pero raras veces íbamos lejos. Normalmente andábamos por la calle hasta un patio en el que había trozos de plástico y de metal por el suelo; yo me agachaba para hacer «haz tus necesidades» y luego me volvía a llevar a ese lugar ante la pared, donde extendía sus mantas. Al lado de la pared había una valla metálica; cuando se marchaba, me ataba allí. Casi siempre se iba a unos edificios que había al otro lado de la calle; uno de ellos olía a comida; el otro no olía a nada, solo a personas y cajas. Cuando salía de este segundo lugar, siempre llevaba una botella de cristal de la que, cuando la abría, emanaba un olor penetrante que me recordaba a Sylvia.

Casi siempre estábamos sentados. El hombre me hablaba casi todo el rato repitiendo mi nombre muy a menudo, pero la mayoría de las veces no comprendía nada de lo que decía.

—No soy idiota. Sé lo que me hiciste. Sé quién eres. ¡Pero estos son pensamientos míos! —decía muy a menudo—. Ellos no mandan. Yo mando. Corto la comunicación.

Cuando alguien se acercaba, el hombre se callaba.

—Solo necesito dinero para mi perro —decía en voz baja—. Necesito comprarle comida.

Muchas personas se detenían para acariciarme y hablarme, pero ninguna de ellas me desató. Muchas veces dejaban cosas en una pequeña lata y el hombre decía «gracias».

Varias personas pronunciaban la palabra «Axel»; al cabo de un tiempo, me di cuenta de que ese era su nombre.

No sabía por qué Axel dormía en la acera y no en su casa. Parecía estar muy solo: necesitaba un amigo, igual que Gavin tenía a Taylor. Pero ninguna de las personas que se detenían delante de nosotros se comportaba de tal forma, ni siquiera las que eran amables.

Al principio, solo pensaba en alejarme de Axel, en volver a hacer «a casa». Pero luego llegué a comprender que Axel necesitaba consuelo, igual que Mack y mis otros amigos de «ir a trabajar». Por la noche, se peleaba con personas a quienes yo no veía, les gritaba mientras se revolvía en su lecho. Captaba su miedo en su sudor. Y si le ponía la cabeza sobre el pecho, le oía latir el corazón. Y entonces, cuando me ponía la mano sobre el pelaje, se apaciguaba un poco y la respiración se le volvía más tranquila.

Me gustaba Axel. Me hablaba durante todo el día y me decía que era una buena perra. Después de haber vivido con Sylvia, era agradable recibir tanta atención. Estando con él me sentía muy importante.

Deseaba con todas mis fuerzas hacer «a casa», pero sabía que estaba haciendo lo que Lucas hubiera querido que hiciera, igual que cuando cuidé de Gatita Grande. Más que nada, más incluso que hacer «a casa», Lucas quería que fuera una buena perra. Y la mejor manera de ser una buena perra era ofrecer consuelo a las personas o a los gatitos que lo necesitaran. Ese era mi trabajo.

Las noches se hicieron más frías, así que otra cosa que podía hacer era mantener caliente a Axel apretándome contra él. También le avisé al ver que un coche se detenía en la calle y dos hombres bajaban de él. Ya me había encontrado con hombres así otras veces: llevaban unos objetos pesados y que olían raro en la cintura. Policías. Los asociaba con el camión con las jaulas que me apartó de Lucas. Al ver que se acercaban, me encogí. Axel se despertó.

—Eh, Axel —dijo uno de ellos, arrodillándose—. ¿Desde cuándo tienes perro?

El hombre alargó una mano hacia mí, pero no me acerqué porque no confiaba en él.

—La encontré. Abandonada —respondió Axel.

—Ajá. Bueno, ¿estás seguro de que está bien? No parece muy amigable.

—Bella. Saluda al agente Méndez.

—No pasa nada, Bella —dijo el hombre que alargaba la mano. Le olisqueé los dedos meneando la cola un poco, con miedo de que me cogiera por el collar—. Me llamo Tom.

—¿En qué puedo ayudarle hoy, agente? —preguntó Axel.

—No seas así, Axel. Sabes que me llamo Tom.

—Tom.

Parecía que el nombre del policía era Tom. El amigo de Tom se mantenía más lejos y estaba anotando algo.

—Bueno, Axel, se acerca el invierno. ¿Has pensado en lo que te dije de regresar a Denver? Todavía podemos llevarte. Creo que es una muy buena idea.

—¿Y qué hay de mi perro? —preguntó Axel.

—Podría ir, por supuesto —asintió Tom con tono amable.

—¿Y luego, qué?

Tom se encogió de hombros.

—Bueno, mira. Podrías volver al Departamento de Asuntos de los Veteranos…

—No pienso hacer eso —lo interrumpió Axel con calma—. La última vez que estuve allí intentaron quitarme sangre.

—Es un hospital, Axel.

—Hospital. Hospitalidad. Y a pesar de eso, ahí hay gente que nunca ha sido juzgada, nunca ha sido condenada, que no puede salir de allí. Están enganchados a amplificadores que interfieren con Internet vía protocolos TCP/IP. ¿Por qué crees que lo hacen? Un monitor electrofisiológico ofrece una transmisión de dos vías a Internet, ¿y eso no te parece sospechoso? ¿Internet?

Tom se quedó callado un momento.

—Aquí no tenemos forma de ayudarte. Nadie puede vivir fuera en invierno. No aquí: hace demasiado frío. Y en Gunnison no hay instalaciones. Y no permites que las organizaciones benéficas te ayuden.

—Todos quieren lo mismo de mí —afirmó Axel.

—Todos se preocupan por ti, Axel. Tú serviste a este país. Tú nos ayudaste. Ahora queremos ayudarte a ti.

Axel señaló al cielo.

—¿Sabes que en todo momento hay tres satélites que señalan tu posición? Pero sus algoritmos no funcionan conmigo porque no sigo una pauta de vida. Me salgo de la pauta. No estoy en la red. No pienso comer su comida modificada genéticamente.

—Vale… —empezó a decir Tom

—¿No te has preguntado nunca por qué cada vez que vas a una cafetería te piden tu nombre? ¿Por qué quieren saber tu nombre? ¿Para ponerte una taza de café? Y te ponen en un ordenador. Esa es solo una de las mil maneras que tienen de seguirte.

Axel hablaba deprisa. Enseguida noté su ansiedad. Le di un golpe con el hocico en la nariz para que supiera que yo estaba allí con él.

271

—¿Vuelves a consumir, Axel? —preguntó Tom.

Él apartó la mirada. Ahora estaba furioso. Volvía a darle un golpe con el hocico. Solo quería que estuviera feliz.

—Bueno. —El policía amable se puso en pie. Meneé la cola, pues por su actitud comprendía que no intentaría llevarme con él—. Recuerda lo que te he dicho, Axel. No puedo obligarte a aceptar ayuda, pero quiero que te des cuenta de que hay mucha gente que se preocupa por ti. Si intentas pasar el invierno en la calle, tú y tu perro moriréis. Te lo pido por favor: piensa en ello. —Se llevó una mano al bolsillo y dejó una cosa en la lata—. Tómatelo con calma, Axel.

Sin avisar, Axel cargó el carrito y bajamos lentamente por el parque. Nos trasladamos a su casa, pero era un lugar raro: no tenía techo ni paredes. Allí había varias mesas, pero nada de comida. El patio era enorme y había varios toboganes, pero no le mostré a Axel que sabía trepar por ellos porque siempre estaba atada con la correa.

A veces, otros perros venían al parque y yo gimoteaba, deseando irme a correr con ellos. A Axel no le molestaba que se acercaran a mí, pero no me dejaba ir con ellos cuando se iban corriendo tras sus pelotas o persiguiendo a los niños.

—Estás fichada, Bella. Todos ellos llevan chip —me dijo.

Por el tono de su voz, supe que no se me permitiría ir a jugar.

Otras personas vinieron a vernos. Todas traían sacos y bolsas; muchas veces bebían de botellas como la de Sylvia, se las pasaban entre ellas y charlaban y se reían. La chimenea era una caja metálica sobre un palo; me recordó a la vez en que encontré un gran trozo de carne que habían dejado para mí en un parque y un bebé me miró mientras lo cogía. Esas personas quemaban madera en la caja y se quedaban delante alargando las manos hacia el calor del fuego.

—Maldita sea, empieza a hacer frío —decía siempre un hombre que se llamaba Riley. Me caía bien, Riley. Tenía unas manos muy agradables y el aliento le olía como el de Mamá Gato—. Tengo que irme al sur antes de que el invierno me pille en el lugar equivocado.

Las personas (había tres hombres, además de Axel) asintieron con la cabeza y murmuraron algo afirmativamente.

—No me iré —dijo Axel.

Los hombres se miraron.

—No puedes quedarte aquí, Axel. A partir de diciembre, todo está helado. Muchos días se está bajo cero —dijo Riley.

—No me iré. Otra vez no. Aquí estoy bien.

—No, no lo estás —afirmó otro hombre con contundencia. Acababa de llegar y yo todavía no sabía cómo se llamaba, pero los hombres lo habían llamado No Te Lo Bebas Todo, Joder—. Tú y tu perro moriréis congelados.

Muchas veces, esos hombres se pasaban una cosa pequeña y delgada como un lápiz. Apuntaban la punta del lápiz a sus brazos. Luego todos se reían y se dormían. En momentos como ese percibía una gran paz en Axel, pero, por algún motivo, me inquietaba lo profundo que era su sueño fuera cual fuera la temperatura. Yo conseguía mantenerme caliente y esperaba a que se despertara.

Lucas también tenía lápices, pero no recordaba haberle visto apuntar ninguno a su brazo.

Los hombres se fueron, y lo hicieron en grupo, llevándose sus bolsas, como hacía Taylor cuando nos íbamos por varios días.

—No lo conseguirás, tío. Por favor, ven con nosotros —dijo Riley con tono apremiante.

Axel me acarició.

—Me quedo.

—Eres un idiota y mereces morir —No Te Lo Bebas Todo, Joder se rio.

Axel hizo un rápido gesto con las manos y el hombre volvió a reírse. Lo hizo de una forma tan desagradable que se me erizó todo el pelo de la nuca.

La casa sin paredes era muy solitaria con solo nosotros dos. Me alegraba cada vez que íbamos a la ciudad y nos sentábamos sobre las mantas, en la acera. Muchas personas se detenían a hablar con nosotros. Algunas me daban golosinas; a veces le daban a Axel bolsas con comida para perro.

Un hombre se sentó en las mantas y estuvo hablando con Axel durante mucho rato.

—Esta noche será fría, Axel. ¿No quieres venir a la iglesia? Podrías ducharte. Hazlo por el perro, por lo menos.

—No es una verdadera iglesia. La palabra no va más allá de sus puertas —replicó Axel.

—¿Qué puedo hacer por ti, pues?

—No necesito ayuda de alguien como tú —le dijo Axel con frialdad.

Se puso en pie y empezó a poner las cosas en el carrito; enseguida supe que nos íbamos al parque otra vez.

Cuando llegamos, había cuatro coches en el aparcamiento y unas personas en la casa sin paredes. Por el olor supe que ninguna de ellas era Riley. Una se apartó del grupo y se acercó a nosotros. Era el policía amable, Tom.

—Hola, Axel. Hola, Bella. —Me frotó el pecho y yo meneé la cola.

—No he hecho nada malo —dijo Axel.

—Lo sé. No pasa nada. ¿Puedes venir un momento a la tienda? No pasa nada, Axel, te lo prometo. No va a pasar nada malo.

Tenso, Axel siguió a Tom hasta donde estaban esas personas. Había una pequeña casa de tela debajo de la casa sin paredes, algunos cajones de plástico y una caja plana de metal. Tom hizo un gesto a las personas, que se apartaron para que solo estuvieran Axel y el policía allí dentro.

274

—Vale, mira, Axel. —Tom abrió la puerta de la casa de tela—. ¿Lo ves? Esta tienda está diseñada para el Ártico. Tienes un saco de dormir de montaña. En las neveras hay comida; la cocina se enciende eléctricamente.

Olisqueé con curiosidad el interior de la casa de tela.

—¿Qué significa todo esto? —preguntó Axel con mal tono.

Tom apretó los labios.

—Mira, cuando te fuiste a Afganistán, tu padre habló con nosotros y...

—¿Nosotros? —lo interrumpió Axel—. ¿Quién es «nosotros»?

Tom parpadeó.

—Solo algunas personas, Axel. Hace tiempo que tu familia está en Gunnison. Solo quería asegurarse de que cuando él muriera, tendrías personas que cuidaran de ti.

—Yo no tengo familia.

—Comprendo por qué dices eso, pero estás equivocado. Nosotros somos tu familia. Todos nosotros, Axel.

No sabía por qué Axel estaba tan enfadado, pero tenía la sensación de que las personas que estaban allí de pie y lo miraban eran parte del motivo. Las miré, pero ellas no hicieron nada que pareciera amenazador u hostil. Al final todo el mundo se fue. Nos quedamos solos.

—Vamos a echar un vistazo a esta tienda, Bella —dijo Axel.

Esa noche fue la noche más caliente para nosotros en mucho tiempo, puesto que dormimos dentro de (luego supe cómo se llamaba) la tienda. Axel se removió y gritó, soñando mucho. En ese sentido, me recordó a Mack. Le lamí la cara: él se despertó y se calmó poniéndome las manos en el pelaje.

—Quieren algo de mí, Bella —murmuró.

Meneé la cola al oír mi nombre.

Υ

De vez en cuando, Tom venía a vernos y nos traía comida en cajas de plástico. Axel se alegraba al verlo y hablaban un rato, pero a veces se enojaba. Entonces, Tom solo me daba una pequeña golosina y se marchaba.

A mí, Tom me caía bien, pero me daba cuenta de que Axel no siempre estaba contento de verlo.

Continuábamos yendo a la ciudad. A veces me sentaba un rato en la manta y la gente se paraba y nos dejaba cosas en la lata; luego Axel cruzaba la calle y regresaba con una botella que olía igual que la de Sylvia. Y a veces me dejaba atada a la valla durante una eternidad; luego, al volver, nos marchábamos de inmediato a la tienda. Entonces se ponía un lápiz de plástico en el brazo, se metía en la tienda y dormía durante mucho mucho rato.

El aire del invierno era tan frío que me escocía la garganta y me quemaba los pies. Solo quería estar al abrigo cálido de la tienda: me encantaba enroscarme con Axel ahí dentro. Sabía que algún día regresarían los días cálidos del verano; quizás entonces podría volver a hacer «a casa». Pero ahora no había nada que me animara a abandonar la seguridad y el calor de la tienda de Axel, a pesar de que hubiera sido sencillo hacerlo simplemente moviendo los picaportes de la caja metálica de la tienda.

Un día, mientras regresábamos de la ciudad al parque, cuando el sol ya estaba muy bajo en el cielo gris, detecté olor de humo, de madera que se quemaba; había gente cerca de nuestra casa. No era Riley: eran tres desconocidos; sus sombras bailaban en el enorme fuego que habían hecho dentro de la caja metálica. En cuanto entramos en el parque, caminando pesadamente sobre la nieve, se oyó la carcajada de uno de esos hombres. Axel levantó la cabeza de repente al percibir su presencia. Se puso tenso de inmediato. Noté que le entraba miedo y que se enfadaba, así que le di un golpe en la mano con el hocico.

Los hombres eran jóvenes. Estaban golpeando y tirando al suelo las cosas de Axel. Este tenía la respiración entrecortada, pero no se quedó quieto observando a esos hombres destrozar sus pertenencias.

Extrañamente, recordé la vez en que los coyotes nos habían perseguido a mí y a Gatita Grande por esa zona de rocas. Había algo en esa situación que me hacía sentir de la misma manera. Esos no eran perros malos: eran hombres malos. Hombres malos como el que había querido hacerle daño a Sylvia.

Esa vez, Dutch quiso morder a ese hombre, y los dos nos pusimos a gruñir hasta que se fue.

Ahora sabía lo que debía hacer.

24

Un gruñido de furia salía de mí. Axel me miró, sorprendido. Luego se irguió y noté que su miedo desaparecía, sustituido por la ira, una ira tan fuerte que parecía emanar de todo su cuerpo.

—Sí, Bella, tienes razón. Esto no puede ser.

Los dos echamos a correr. Nuestras pisadas eran silenciosas sobre la nieve. Era como si me enfrentara a los coyotes: me sentía impulsada por una furia terrible. No había mordido nunca a un ser humano, pero parecía que eso era lo que Axel deseaba y yo respondía como si me hubiera dado una orden.

Los tres hombres jóvenes se giraron hacia nosotros en cuanto Axel y yo penetramos el círculo de luz del fuego. Me puse a ladrar con toda mi furia y me lancé contra el hombre que tenía más cerca, que cayó al suelo. Di una dentellada a centímetros de su cara y, en ese momento, Axel me sujetó con la correa.

—¡Dios! —gritó uno de los hombres.

Los dos hombres que todavía estaban en pie huyeron, pero el hombre del suelo empezó a arrastrarse de espaldas. Axel avanzaba con él, de manera que yo me mantenía encima del tipo.

—¿Por qué habéis hecho esto? ¿Para quién trabajáis? —preguntó Axel.

—Por favor. No dejes que tu perro me haga daño.

Nos quedamos quietos un momento; al final Axel me hizo retroceder.

—No pasa nada, Bella. No pasa nada —me dijo en tono suave.

El hombre se puso en pie y desapareció en la noche, como sus compañeros. Al cabo de un momento se encendieron unos faros en el aparcamiento y oímos que un coche se alejaba.

Alex y yo regresamos a nuestra casa, destrozada. La tienda se había caído, las cajas de plástico estaban rotas, y la comida, esparcida por el suelo. La tristeza de Axel fue tan profunda que solté un gemido: deseé hacer algo para ofrecerle consuelo, pero no sabía qué.

Axel consiguió mantener vivo sobre el cemento el fuego de la caja metálica. Luego colocó las mantas y lo que quedaba de la tienda al lado; nos dispusimos a pasar la noche. Al principio, acurrucada junto a él, el ambiente era cálido; sin embargo, poco a poco, se me fue enfriando el cuerpo y me empezaron a doler la lengua y el hocico. Me enrosqué todo lo que pude y metí el hocico debajo de la cola. Axel me rodeó con los brazos, con fuerza, con todo el cuerpo temblando. No recordaba haber tenido nunca tanto frío. No podía dormir. Axel tampoco. Mientras me abrazaba, sentía su olor y deseaba que nos fuéramos a algún lugar donde hubiera calor.

Nos levantamos al amanecer. Axel excavó en la nieve y encontró un trozo de pollo que puso en la caja metálica. Mientras compartíamos la escasa comida, un coche se detuvo en el aparcamiento con un chirrido de los neumáticos sobre la nieve. Tom bajó del coche y se acercó a nosotros, que seguíamos cerca del pequeño fuego.

—¿Qué demonios ha pasado? —preguntó—. Axel, Dios mío.

—Unos chicos —respondió Axel—. Eran solo unos chicos.

—Dios. —Tom tocó algunas cosas del suelo con gesto triste—. ¿Los reconociste?

279

Axel levantó la mirada hacia Tom.

—Oh, sí. Sé exactamente quiénes son.

Ese mismo día, a última hora de la tarde, un grupo de coches llegó al aparcamiento. Axel se puso en pie y yo me giré para enfrentarme a una posible amenaza, pero enseguida me di cuenta de que una de las personas que habían llegado era Tom.

También capté otros olores que me resultaban conocidos: los de los tres hombres de la noche anterior. Se acercaron a nosotros con gesto reticente. Detrás de ellos, otros tres hombres, a quienes yo no conocía, caminaban con gesto decidido y grave.

Tom encabezaba el grupo. Todos ellos llegaron a la casa con techo y sin paredes, pero los tres hombres más jóvenes no levantaban la vista del suelo.

—Eh, Axel —saludó Tom.

—Hola, Tom.

Axel mostraba una tranquilidad que no le había visto desde hacía mucho tiempo.

—Seguramente conoces a estos tres —dijo Tom.

—Estuvieron de visita anoche —dijo Axel en tono seco.

Uno de los hombres jóvenes soltó un bufido de burla y miró hacia un lado; el hombre que estaba a su espalda dio un paso hacia delante y le propinó un fuerte empujón en la espalda.

—¡Presta atención! —le gritó.

—Sentimos mucho lo que han hecho nuestros hijos, Axel —dijo otro de los hombres de detrás.

—No —dijo Axel, con seriedad—. Quiero que hablen ellos.

Tom miraba a Axel con una expresión como de sorpresa.

—Estábamos borrachos —dijo uno de los jóvenes, no muy convencido.

—Eso no es una excusa —replicó Axel.

Los tres hombres parecieron incómodos.

—¿Qué le decís al sargento Rothman? —preguntó uno de los hombres mayores.

—Lo sentimos —farfullaron los jóvenes uno después de otro.

—Van a limpiar todo esto mientras sus padres y yo vamos a la ciudad a buscar un equipo de sustitución —le dijo Tom a Axel—. Los chicos lo pagarán todo. Lo hemos acordado. Digamos que van a tener un verano muy ocupado trabajando como basureros.

—Yo me quedaré y me aseguraré de que lo hagan todo —dijo uno de los hombres mayores.

—Oh, no se preocupe por eso —repuso Axel—. Yo puedo encargarme de ello.

Los tres jóvenes se miraron, inquietos. Tom sonrió.

Hay cosas que un perro no podrá comprender nunca. Me desconcertó ver que Tom y sus amigos se iban y que los jóvenes se quedaban y empezaban a recoger las cosas y a amontonarlas mientras Axel los observaba con los brazos cruzados. Y me sorprendí luego, al ver que los hombres mayores regresaban e instalaban otra tienda y nos daban otras cajas de plástico.

Al cabo de poco, todos los hombres se marcharon, excepto Tom.

—Supongo que acabo de conocer al soldado que se ganó esa medalla de plata —dijo.

Axel lo miró con frialdad.

—Eso no es algo que se gana, Tom.

—Lo siento, sargento —dijo Tom, sonriendo, pero su sonrisa desapareció rápidamente—. Me gustaría que permitieras que la gente te ayude, Axel.

—Es la gente quien me ha hecho esto, Tom —contestó él.

Y

Había muchas noches en que Axel se removía con inquietud, hablando y gritando en sueños. Y había días en que teníamos un frío increíble y nos apretábamos el uno contra el otro en busca de calor. También había veces —más y más frecuentes— en que Axel se caía y se quedaba tumbado, sin responder ; cuando se despertaba, estaba medio dormido y lo hacía todo muy despacio. Parecía enfermo. Le daba golpes con el hocico, ansiosa. Deseaba que Lucas viniera. Él sabría qué hacer.

Poco a poco, el sol empezó a calentar más y el aire se llenó de insectos y de pájaros que llenaban el ambiente con sus cantos. ¡Y en el parque había ardillas! Yo quería darles caza, pero Axel siempre me mantenía atada con la correa. Vinieron perros, los niños empezaron a jugar con los trineos; la hierba comenzó a crecer y a dejarse mecer por el viento.

Un día, Tom vino y me dio una golosina.

—Con el buen tiempo, empiezan a venir familias al parque. Tendrás que trasladarte: técnicamente, no se permite que nadie esté en el parque por la noche —le dijo a Axel—. Y la gente quiere utilizar el refugio, pero se sienten… intimidados —añadió con tristeza.

—No le hago daño a nadie —dio Axel.

—Bueno…, hemos recibido quejas. Puedes esperar a que no necesites calefacción, si quieres.

—Me marcharé. Al infierno con todos vosotros —dijo Axel con mal tono.

—No, no seas así —repuso Tom con tono triste.

No comprendía las palabras, pero no pronunciaron mi nombre. Axel puso todas sus cosas en el carro y salimos del parque. Estuvimos caminando mucho rato por la carretera, al lado del río; luego giramos por un camino donde la ribera del río era plana y arenosa. Axel volvió a montar la tienda allí y se acomodó en ella de una forma que me indicó que no nos iríamos de allí.

Con el tiempo, el sufrimiento de Axel se hizo mayor. Cada

vez gritaba más en sueños. Incluso había empezado a levantarme la voz durante el día mientras hacía gestos hacia el cielo. A veces se ponía a jadear y a retorcerse con ansiedad; luego se iba hacia la ciudad y me dejaba atada. Cuando regresaba, sacaba uno de sus lápices y parecía feliz, pero solo por un rato. Luego se caía y dormía profundamente. Yo estaba atada a él: solo podía desplazarme hasta donde la correa me permitía para hacer «haz tus necesidades».

Una de esas noches, percibí un olor familiar y vi que un coyote me estaba observando desde el otro lado del río. Gruñí, pero sabía que el coyote no cruzaría el agua. Axel no reaccionó al olor ni al sonido de mis gruñidos. Al final, aquel perro pequeño y malvado se alejó.

Al día siguiente me alarmé al ver que Axel se ponía a gritar y a caminar por la orilla del río. Desmontó la tienda y la lanzó al suelo con un gesto brusco. Se olvidó de darme de comer una vez... y luego otra. Después tiró toda la bolsa de comida al suelo delante de mí y me dejó atada a un tronco mientras él se alejaba dando patadas a las piedras que encontraba en su camino.

Estuvo fuera dos días. Me comí toda la comida y bebí del río. Me sentía triste y ansiosa. ¿Había sido una perra mala? Cuando regresó, caminaba tambaleándose y hablando solo. No me saludó, a pesar de lo feliz que me mostré al verlo. El olor de su aliento me recordó al de Sylvia.

Se sentó en una roca al lado del río. Por sus gestos supe que estaba haciendo algo con su brazo. Me di cuenta de lo que iba a suceder a continuación. Se quedó muy relajado. Luego se echó a reír y a decirme que era una buena perra. La expresión de rabia y de miedo desapareció de su rostro. Al cabo de poco rato, empezó a parpadear.

—Bella, tú eres mi mejor amiga —me dijo.

Meneé la cola al oír mi nombre.

Axel cayó al suelo y se quedó quieto, respirando lenta-

283

mente. Me enrosqué a su lado, como una buena perra, para ofrecerle consuelo. En ese momento no sentía dolor y su respiración era lenta.

Al cabo de un rato, dejó de respirar.

Estuve toda la noche con la cabeza encima del pecho frío de Axel. Poco a poco, su olor fue cambiando. Al final, empezó a desaparecer. Otro olor lo sustituyó.

Axel había sido un hombre bueno. Nunca me hizo daño. Muchas veces se sentía enojado, triste, asustado y preocupado, pero a mí me trataba bien. Yo había hecho todo lo posible para ser una buena perra, para cuidar de él. Ahora lo echaba de menos, allí, tumbada junto a él; ojalá hubiera podido sentarse y ponerse a hablar conmigo por última vez. Recordé cómo nos habíamos acurrucado juntos durante las frías noches. Me acordé de cómo habíamos compartido la comida, igual que yo lo había hecho con Gatita Grande.

—Tú primero, Bella —me decía mientras me cortaba un trozo y me lo ofrecía.

Cada vez que pronunciaba mi nombre, recibía su amor. Axel me quería… y ahora se había marchado.

Axel no era Lucas, pero extrañar a Axel no me hacía sentir desleal hacia Lucas. Había cuidado de muchas personas en mi vida, no solo de Mamá, de Ty, de Mack, de Layla y de Steve, sino también de Gavin y de Taylor, e incluso de Sylvia. Eso era lo que debía hacer. Y Axel me había necesitado más que nadie.

En mi cuenco había agua, lo cual era bueno, puesto que la correa, ahora atada a la muñeca de Axel, no me permitía llegar al río. Tampoco podía alcanzar mi bolsa de comida.

Me puse en pie. Oía el ruido de los coches que pasaban por la carretera. De vez en cuando, un perro sacaba la cabeza por la ventanilla y me ladraba. Pero la mayoría de los coches no tenían perro, aunque olieran como si lo hubieran tenido.

Finalmente, empecé a tener hambre. Miré a Axel, que continuaba en el suelo, como si fuera a ponerme comida en ese momento, pero al verlo tan quieto recordé lo que había pasado y me sentí sola. Hice «siéntate», pensando que, si las personas que pasaban por la carretera veían a una perra buena, quizá se pararían y me pondrían comida en el cuenco. Pero nadie se detuvo en todo el día. Cuando llegó la noche, tiré de la correa intentando llegar a la comida. Pensé que era una perra mala por hacer eso, pero Axel no movió la mano.

Acerqué el hocico a su cara y noté que estaba frío y duro. Sus ropas todavía mantenían su olor, pero por todo lo demás era como si él nunca hubiera sido una persona.

Pasé la noche pensando en Lucas. ¿Dónde estaría en ese momento? ¿Tumbado en la cama, echando de menos a su perra tanto como yo lo añoraba a él? ¿Abriría la puerta para ver si yo había hecho «a casa» y estaba tumbada en mi sitio? ¿Tendría una golosina preparada para hacer «trocito de queso» y me estaría esperando para que yo diera un salto y lo cogiera de entre sus dedos? Gemí, lloriqueé y, al final, levanté el hocico hacia la luna y solté un largo y triste aullido. Fue un ruido extraño, desconocido para mí. Expresaba todo mi dolor.

Muy muy lejos, oí un aullido de respuesta, un aullido de soledad de algún perro desconocido. Y otros perros se pusieron a ladrar. Pero ninguno de ellos vino a ver qué era lo que me entristecía tanto.

A la mañana siguiente ya me había quedado casi sin agua. Empecé a ladrar a los coches: si no se detenían al ver a una perra buena, quizá se detendrían al ver a una perra mala que no estaba haciendo «no ladres».

No se detuvieron. Por la tarde, después de haber lamido las últimas gotas del cuenco, empecé a jadear. Del río emanaba una tentadora fragancia de frescor y de vida, justo allí, fuera de mi alcance. Ansiaba corretear por la orilla y saltar al agua. Deseaba nadar, sumergirme en ella, estar jugando en el agua durante todo el día. Gatita Grande me observaría desde la orilla mientras me sumergía y abría la boca debajo del agua como si intentara alcanzar a un gatito que se estuviera hundiendo.

Esa era una situación que solo un ser humano podía resolver. Necesitaba que una persona viniera a ayudarme. ¿Por qué no se detenía nadie?

Tenía la boca tan seca que me dolía. Las patas me temblaban de forma involuntaria y empecé a dar tirones de la correa repetidamente, en vano, sabiendo que el agua estaba justo allí, pero sin poder llegar a ella. El cuerpo de Axel casi no se movía, a pesar de mis tirones.

Empecé a sentirme mal; era una sensación abrumadora en todo el cuerpo de calor y de frío que me dejó débil y temblorosa. Lloriqueé, echando de menos a Lucas más que nunca desde la última vez que lo había visto.

El sol estaba a punto de ponerse cuando detecté el olor de unas personas que se acercaban. Eran niños: oí sus jóvenes voces llamándose entre sí. Cuando por fin los vi, en la carretera, me di cuenta de que iban en bicicleta. Ladré desesperadamente, pidiéndoles que se detuvieran y me ayudaran.

Pasaron de largo.

25

*F*rustrada, ladré y ladré y ladré a esos niños. La garganta me dolía por el esfuerzo.

Entonces oí que las bicicletas regresaban. Dejé de ladrar.

—¿Veis? —preguntó uno de los niños.

Eran cuatro. Se detuvieron en la carretera, sentados sobre sus bicis.

—¿Por qué habrán atado a un perro ahí? —preguntó uno de ellos.

—Parece hambriento —comento otro.

—Está jadeando. Quizá sea rabioso.

Hice «siéntate». Meneé la cola. Lloriqueé. Me incliné hacia ellos tanto como la correa me permitió, levantando las patas traseras en señal de súplica.

Los niños bajaron de las bicicletas y las acercaron hasta la zona de hierba, donde las dejaron. El que iba delante olía fuertemente a algún tipo de comida con especias. Era alto y delgado; tenía el pelo oscuro.

—¿Estás bien, chico?

Los otros niños se quedaron al lado de la carretera, pero este se acercó cautelosamente a mí. Empecé a menear la cola.

—¡Parece manso! —gritó a sus amigos.

Se acercó ofreciéndome una mano. En cuanto tuve sus

dedos a mi alcance, se los lamí. Noté un sabor de cebolla y de especias en su piel. El niño me acarició y yo salté hacia él poniéndole las patas delanteras encima, feliz de que una persona me hubiera encontrado porque ahora tendría comida y agua.

—¡Eh, pasadme mi botella de agua! —dijo el niño.

Los otros niños avanzaron un poco, pero uno de ellos retrocedió hasta las bicicletas y le lanzó una cosa al niño que estaba más cerca de mí, que la atrapó en el aire. Olí el agua antes de que él la pusiera en mi plato y me la bebí con desesperación, deseando poder meter toda la cabeza dentro de ella. Meneaba la cola mientras bebía y bebía y bebía.

—Es como si se le hubiera enganchado la correa en algo.

Ahora todos los chicos ya estaban a mi lado. Meneaba la cola y les olisqueaba las manos. Ninguna de ellas olía tanto a especias como la del chico alto de pelo oscuro.

288   Uno de los niños cogió mi correa y dio un pequeño tirón; la siguió en dirección al río.

—¡Aaahhh! —gritó el niño.

Los demás se apartaron rápidamente de mí y regresaron a sus bicicletas.

—¿Qué pasa?

—¿Qué sucede?

—¡Oh, Dios mío!

—¿Qué? ¿Qué hay ahí?

—Hay un cuerpo.

—¿Un qué?

—¡Hay un hombre muerto en el suelo!

Los niños estaban fuera de mi alcance. Hice «siéntate», como una buena perra que necesitaba un poco de comida, además del agua que me habían dado.

—No —dijo uno de los niños finalmente.

—No puede ser.

—¿En serio? ¿De verdad, un cuerpo?

Los niños se quedaron callados un momento. Los miré, expectante.

—¿Cómo sabes que está muerto? —preguntó por fin el niño de las manos con olor a especias.

—Es el sintecho. El veterano.

—¿Y? —dijo el niño de las especias.

—Mi padre dijo que este hombre se había mudado con su perro a un sitio al lado del río. Es ese soldado que siempre grita en la calle.

—Vale, pero ¿cómo sabes que está muerto?

Se hizo otro silencio.

—¿Eh, señor? —dijo el niño de las especias—. ¿Señor?

El niño se adelantó un poco y me puso la mano en la cabeza. Percibí su miedo y su emoción. Se acercó a lo que antes había sido Axel y dio unos tirones de la correa.

—Está muerto —afirmó el niño de las especias.

—Vaya.

—Dios.

Los niños parecían intranquilos; ninguno de ellos intentó acercarse más allá de dónde se encontraba el niño de las especias.

—Vale, se va a hacer oscuro dentro de un par de horas, así que, ¿qué hacemos? —preguntó el niño que estaba más lejos.

—Yo me quedaré aquí para asegurarme de que nadie toca nada —dijo el niño de las especias con seriedad—. Vosotros llamad al 911.

El niño de las especias se quedó conmigo mientras los otros se marchaban con las bicicletas. Caminó un poco alrededor de las mantas de Axel y encontró la bolsa de comida de perro y me puso un poco en mi cuenco. Agradecida, me zampé rápidamente la cena.

—Los siento —susurró cuando hube terminado, acariciándome la cabeza—. Siento lo de tu propietario.

Continuaba teniendo sed, pero la situación no había cambiado: todavía estaba atada a la correa que estaba enganchada a ese cuerpo rígido y pesado. Miré al niño de las especias con expectación, pero no me dio más agua.

Había un gran silencio. De hecho, se oía el sonido del agua del río. Poco a poco empecé a percibir que el niño de las especias empezaba a sentir miedo. A medida que el sol bajaba por el cielo, se sentía más y más ansioso por estar allí conmigo y con el cuerpo de Axel. Yo sabía lo que debía hacer. Olvidando la sed por un momento, me acerqué a él y me acurruqué a su lado para ofrecerle consuelo. Él me pasó una mano por el pelaje y noté que se relajaba, pero solo un poco.

—Buena perra —me dijo.

Pronto llegaron unos hombres y una mujer en unos grandes vehículos que tenían unas luces en el techo. Fueron a mirar las mantas de Axel. Uno de ellos desenganchó mi correa y se la dio al niño de las especias, que la sujetó con expresión seria. Entonces me llevó hasta el río y bebí. Tenía razón: las personas siempre sabían qué hacer.

Al poco rato llegó Tom; también llevaba unas luces en el techo de su coche. Se acercó al grupo de personas.

—Sobredosis, diría. No lo sabremos hasta que nos lo llevemos —dijo la mujer.

—Dios.

Se quedaron callados. Tom se arrodilló.

—Oh, Axel —murmuró con abatimiento.

Notaba que una gran tristeza lo embargaba. Se llevó una mano a la cara y sollozó. Uno de los hombres le puso una mano sobre el hombro.

—Dios —repetía Tom. Levantó la cara hacia el cielo—. Qué pena. Qué tragedia.

—Era un gran hombre —murmuró el otro tipo.

—Era. —Tom negó con la cabeza con incredulidad—. Sí. Y mira cómo ha terminado.

Llegaron más coches. Se detuvieron y muchas personas bajaron de ellos y se colocaron a lo largo de la carretera. Casi todas estaban calladas. Muchas de ellas parecían tristes. Vi que algunos hombres y algunas mujeres se secaban las lágrimas de los ojos.

—Bueno, llevémonoslo de aquí —dijo la mujer.

Levantaron el cuerpo de Axel con las mantas, lo transportaron hasta la carretera y lo pusieron en una de las grandes camionetas que tenía luces en el techo.

Entonces oí unas voces y no entendí qué estaban haciendo, pero luego me di cuenta de que estaban cantando, igual que hacía Mamá cuando estaba en el fregadero y ponía los platos bajo el agua. Primero fueron unas cuantas personas, pero poco a poco se fueron añadiendo más hasta que me pareció que toda esa gente cantaba en coro. No comprendía las palabras, por supuesto, pero percibía la tristeza, la pena y la aflicción en sus voces.

> Luchamos las batallas de nuestro país
> en el aire, en tierra y en el mar;
> somos los primeros en luchar por el derecho y la libertad
> y para mantener el honor limpio;
> estamos orgullosos de portar el título
> de la Marina de Estados Unidos.

Cantaban con las cabezas gachas y cogiéndose de los brazos. La camioneta de Axel se puso en marcha despacio y, a su paso, algunas personas la tocaron con la mano.

Luego todo el mundo empezó a regresar a sus coches murmurando entre sí. Los vehículos, uno a uno, se alejaron lentamente.

—¡Rick! —llamó uno de los hombres, y el niño de las especias levantó la cabeza—. Tengo tu bicicleta. Vámonos.

El niño me miró y dudó un momento.

—Rick. ¡Ahora!

—Vas a estar bien —me susurró—. Solo debo encontrar a alguien que cuide de ti.

—¡Maldita sea, Rick, mueve el culo! —gritó el hombre, y algunas de las personas que estaban al lado de la carretera lo miraron con gesto de desaprobación.

—Que alguien cuide del perro —dijo el niño de las especias mientras dejaba mi correa y se alejaba a toda prisa.

Algunas personas me miraron, pero ninguna se acercó para coger la correa.

Al cabo de un momento, me acerqué al lugar en que estaban las bolsas y algunas de las mantas de Axel, a la orilla del río. Las mantas todavía conservaban su olor: lo olí con avidez. Había sido una buena perra y le había ofrecido consuelo a Axel, pero ahora se había marchado. Me di cuenta de que esa era la última vez que sentiría su olor. Se había ido y nunca regresaría.

Las cosas se repetían. Así era como un perro aprendía ciertas cosas. Para hacer «a casa», debía abandonar la manta de Lucas, de la misma manera que ahora debía abandonar las mantas de Axel.

Sentí una pena que me era familiar: la sentía cada vez que pensaba que no volvería a ver a Lucas. Ahora era lo mismo. Nunca más sentiría la mano de Axel sobre la cabeza, nunca volvería a dormir a su lado, nunca recibiría una golosina de su mano mientras le veía sonreír.

Miré hacia el grupo de personas que se iba haciendo más pequeño poco a poco. Tom estaba allí: si alguien podía notar mi presencia en ese momento, era él. Me gustaba Tom: apreciaba que siempre estuviera dispuesto a darme una golosina. Pero ahora estaba hablando con otras personas. Se estaba ocupando de asuntos de seres humanos y, a pesar de que un perro podía ser muy importante para las personas, en esa situación mi presencia no merecía la atención de nadie.

Me di la vuelta y nadie pronunció mi nombre. Me alejé por la orilla del río, adentrándome en las sombras y siguiendo mi instinto.

Había llegado el momento de hacer «a casa».

Avanzaba a buen paso, arrastrando la correa detrás de mí: me hacía sentir una constante e irritante vibración en el cuello. De hecho, me obligaba a ir un poco más despacio. De repente, se enganchó en un árbol caído y me encontré inmovilizada, incapaz de continuar avanzando. Frustrada, lloriqueé, sintiendo un odio inmediato hacia la correa. Intenté tirar, pero no cedía. Di la vuelta al árbol, pero eso no resultó de ayuda. Estaba atrapada.

Cogí la correa entre los dientes y tiré con fuerza, pero no conseguí nada.

Miré a mi alrededor. Me di cuenta de dónde estaba. Había dejado la ciudad muy lejos. Me encontraba al lado de un riachuelo, en un lugar en que unos cuantos árboles y arbustos ofrecían refugio; a medida que la luna se izaba en el cielo, me iba dejando al descubierto. Noté, a lo lejos, el olor de los coyotes. ¿Y si ellos también podían notar mi olor? Pensé en lo contentos que estarían de encontrarme atada a un tronco, incapaz de defenderme. Sentí una punzada de miedo.

Empecé a retorcerme y a tirar hasta doblar mi collar. Intenté todo lo que se me ocurrió para soltarme de la correa. Empecé a alejarme del árbol y noté que el collar se desplazaba un poco por mi cuello. De repente, se hizo muy incómodo y empezó a ahogarme. Desesperada, bajé la cabeza y me agaché, tirando con todas mis fuerzas y, de repente, el collar cedió.

Al momento me sentí como una perra mala. La única vez que había estado sin collar había sido en ese sitio de las jaulas y de los perros que ladraban. Las personas les dan collares a los perros para saber que pertenecen a una persona. Y ahora esa sensación de ligereza en el cuello me resultaba desconsoladora.

Sin embargo, fuera o no fuera una perra mala, debía continuar avanzando. Sabía que estaba más cerca de Lucas, lo notaba, a pesar de que todavía quedaba un largo camino por recorrer.

Aunque hacía tiempo que me encontraba de viaje, todo lo que había en ese camino me resultaba familiar: las colinas, el buscar agua, la falta de comida. Olí la presencia de animales y perseguí a un conejo, pero no era fácil atraparlo. En el camino, el olor de las personas era fuerte, pero yo evitaba las zonas en que los oía hablar o moverse, aunque cada vez estaba más hambrienta. Ahora que no llevaba collar, no sabía cómo reaccionarían al verme.

Bajé hasta una carretera y encontré unos trozos de salchicha en un cubo metálico que tumbé en el suelo. Pero, aparte de eso, no conseguía alimentarme bien.

El desagradable olor de los coyotes había estado presente en el aire todo el rato. Me encontraba en una zona en que esos perros pequeños y malévolos cazaban. Tenía que ir con cuidado; cada vez que notaba que me encontraba en un lugar en que podía encontrármelos, cambiaba de dirección.

Sin embargo, el día en que me comí los trozos de salchicha, noté que su olor era muy fuerte en el aire. Había por lo menos tres: estaban cerca. Cambié de dirección de inmediato, puesto que, por importante que fuera avanzar en dirección a Lucas, debía evitar a esos depredadores caninos por todos los medios.

Resultó extraño, pero el olor de los tres coyotes desapareció y luego volvió a aparecer. Lo hizo con tanta fuerza que me di la vuelta para mirar cuesta abajo. Casi esperaba verlos salir de detrás de alguna roca. Pero no, no estaban ahí. Aunque se encontraban cerca.

Me estaban dando caza.

El camino salió de entre unos árboles y penetró en un extenso prado. Allí me sentí totalmente expuesta. Estaban detrás

294

de mí, así que regresar a los árboles sería peligroso. Sin embargo, más adelante, el prado subía por una ladera donde unas rocas se levantaban hacia el cielo. El viento transportaba mi olor hacia delante; en esa ladera, no había coyotes.

Recordé la última vez en que me había enfrentado a un peligro similar. Una buena perra aprende cuando las cosas se repiten. Tener algo a mis espaldas había frustrado su ataque. Si conseguía llegar hasta esas grandes rocas, no me encontraría a cielo descubierto y tendría la oportunidad de luchar por mi vida.

A pesar de que sentía las patas débiles después de tantos días sin comer, corrí cuesta arriba sintiendo la manada de depredadores avanzar de forma constante hacia mí.

Llegué al pie de las rocas jadeando y me tumbé en una pequeña sombra para recuperar el aliento. Desde donde me encontraba podía ver el prado y distinguí a los tres pequeños y malvados perros que salían de entre los árboles. Habían detectado mi olor y se dirigían en línea recta hacia mí.

Solté un gruñido involuntario.

En ese momento no me acordé de Lucas, no pensé en Axel ni en ninguna persona. Era yo, en mi esencia de perro: una furia primitiva me invadía. Deseaba hincar los dientes en la carne de coyote. Me puse en pie y esperé su llegada. Esperé a que empezara la lucha.

295

26

*L*os tres coyotes subieron por la cuesta en silencio, con la lengua fuera y los ojos entrecerrados. A medida que se acercaban, se fueron separando entre ellos, sabiendo que, al estar con la espalda contra la pared, yo no podría retroceder más. Percibía el hambre en el olor de su aliento. Eran tres machos jóvenes de la misma camada y estaban hambrientos. Yo era más grande, pero ellos estaban desesperados.

Sentí un abrumador impulso de lanzarme contra ellos, un impulso que no comprendía, pero permanecí delante de las rocas y resistí el deseo de atacar. Ladré y lancé dentelladas al aire; ellos se apartaron un poco. Se tocaron los hocicos entre sí, inseguros al ver que yo no huía. Uno de ellos, que parecía ser más grande y más atrevido, dio unos cuantos pasos rápidos hacia mí, pero retrocedió de inmediato al ver que me lanzaba hacia él. Sus dos hermanos se apartaron hacia un lado. Me giré para enfrentarme a esa nueva amenaza; en ese momento, noté que el más grande saltaba hacia mí. Gruñendo, me lancé contra él y los otros dos aprovecharon para atacar. Lancé dentelladas a ciegas y tumbé al coyote más pequeño, pero el grande me clavó los dientes en el cuello. Aullé y me retorcí soltando otra dentellada y levantando las patas delanteras para empujarlo. Conseguí tumbarlo en el suelo. Sus dos hermanos se lanzaron contra mí.

De repente, noté que algo saltaba por encima de mí. Otro animal se había unido a la refriega aterrizando delante de mis asaltantes. Los coyotes, sorprendidos, se pusieron a gruñir y a gimotear, alejándose del feroz ataque. Asombrada, vi a un enorme gato, mucho más grande que yo, que se lanzaba a toda velocidad contra los coyotes dando zarpazos. De repente, una de sus grandes garras cayó sobre la parte trasera del coyote más grande, que rodó por el suelo. Inmediatamente, los otros tres salieron huyendo pendiente abajo, presas del pánico. El gato los persiguió brevemente, luego se dio la vuelta y me miró.

Meneé la cola. Conocía a ese felino gigante. Su olor había cambiado, pero, en esencia, era Gatita Grande.

Gatita Grande se acercó a mí ronroneando y me frotó la cabeza contra el cuello, casi tirándome al suelo con su enorme fuerza. Bajé la cabeza con actitud de juego y ella, con actitud traviesa, me dio un golpe en el hocico con la zarpa, pero sin sacar las uñas. Yo solo hubiera podido subirme a sus hombros si levantaba las patas delanteras del suelo. ¿Cómo se había hecho tan grande?

Se dio la vuelta y subió por la montaña. Fui tras ella siguiendo su rastro mientras la tarde se iba oscureciendo. Como había regresado al rastro que me conducía a Lucas, me había encontrado con Gatita Grande. Las cosas se repetían.

Gatita Grande me llevó hasta un lugar en el cual había enterrado a un alce joven y nos alimentamos de la misma manera que habíamos hecho otras veces, la una junto a la otra.

Me sentía cansada, así que me tumbé encima de una zona de hierba. Gatita Grande se acercó y me lamió la herida que tenía en el cuello. Su lengua era áspera. Al final, me aparté y solté un suspiro. Ella se alejó para ir a cazar, pero yo permanecí allí tumbada y pronto me dormí. No regresó hasta que el sol ya había desaparecido; se acurrucó junto a mí, ronroneando. Me quedé quieta, resistiéndome al impulso de ponerme en pie y continuar haciendo «a casa». Eso formaba parte de nuestra costumbre: permanecer tanto tiempo como fuera posible al lado de la comida antes de continuar viajando. Lo haríamos así hasta que estuviéramos con Lucas; entonces él le daría comida a Gatita Grande, igual que había dado comida al resto de los gatos.

Mientras viajábamos, las noches se fueron haciendo más frías. Ella no se quedaba conmigo durante el día, pero por la noche siempre me encontraba. A veces me llevaba hasta donde estaba la comida, normalmente enterrada en el suelo; entonces pasábamos un tiempo alimentándonos antes de abandonar ese lugar. Estábamos avanzando de forma constante en dirección a Lucas: lo notaba, podía olerlo.

Y un día, Gatita Grande hizo una cosa poco habitual. Por la mañana, al despertarme, le di un golpe con el hocico y me marché con total tranquilidad. Más adelante había una ciudad, donde podría encontrar comida para llevársela a Gatita Grande. Así era como viajábamos juntas.

Sin embargo, ese día, en lugar de quedarse durmiendo y de venir a buscarme más tarde, Gatita Grande me siguió. Yo no la oí, por supuesto, pues ella caminaba sin hacer el más mínimo ruido. Pero sí detecté su olor, así que me di la vuelta y observé. La vi de pie encima de una gran roca; me miraba, inmóvil.

No comprendí ese nuevo comportamiento y regresé con ella para intentar comprender. Ella saltó al suelo, a mi lado, y frotó la cabeza contra mí. Luego regresó al lugar donde había estado durmiendo y me miró, expectante.

Gatita Grande quería que la siguiera, me estaba intentando hacer regresar al sitio en que habíamos estado. Pero yo debía continuar avanzando en dirección al olor de mi casa. Al ver que no me movía, regresó a mi lado. Esta vez no frotó la cabeza contra mí, sino que se sentó y me miró. Al cabo de un rato, después de estar mirándonos, pareció que me comprendería.

Gatita Grande no viviría en el cubil que había al otro lado de la calle. No se tumbaría conmigo sobre la cama de Lucas, esperando hacer «trocito de queso». Gatita Grande no quería continuar avanzando. Por algún motivo, no quería o no podía acompañarme; tampoco me esperaría mientras iba a la ciudad para intentar encontrar algo de comida. Era como si ella quisiera hacer «a casa» a su manera, como si tuviera un lugar en el que quería estar. Y como si ahora estuviéramos muy lejos de ese lugar.

Me acerqué a ella meneando la cola y la toqué con el hocico. Quería a Gatita Grande y sabía que, si me quedaba a su lado, ella cazaría durante todo el invierno para las dos, que encontraría presas cuando la nieve me hiciera difícil avanzar. Había disfrutado de mi vida con ella, primero cuando era una cachorro indefenso y ahora también, después de que me hubiera salvado de esos pequeños y malvados perros. Pero la vida me había enseñado que solo me quedaría con algunas personas y algunos animales hasta que llegara el momento de continuar. Y había llegado ese momento. Debía hacer «a casa».

Regresé al rastro que conducía a la ciudad. Me detuve y me giré un momento. Gatita Grande estaba encima de la roca y me miraba sin parpadear. Recordé que mi madre había hecho lo mismo cuando la dejé en su nueva casa. Dutch se había mostrado confundido la vez en que me despedí de él, pero Gatita Grande se limitaba a mirarme igual que había hecho Mamá Gato. Gatita Grande seguía en el mismo sitio la siguiente vez que me detuve para mirar. Y también la siguiente.

Y luego, cuando volví a mirar, Gatita Grande se había marchado.

299

Υ

Cuando entré en la ciudad, estaba anocheciendo. El suelo estaba cubierto de hojas que una ligera brisa hacía volar a mi paso. Alegres luces brillaban en el interior de las casas, parcialmente apagadas por la presencia de personas en las ventanas.

No tenía hambre, pero sabía que pronto me sentiría hambrienta. Dormí debajo de un banco, en un parque que olía a niños y a perros. Por la mañana bebí de un río de agua fría y clara, evitando encontrarme con hombres y mujeres a los que oía hablar de lejos. Deseaba estar en su compañía, pero no podía saber quiénes de ellos me impedirían regresar con Lucas.

Detrás de unos edificios di con un contenedor que estaba tan lleno de comida que la tapa no cerraba bien. Salté, intentando meterme dentro, pero no conseguía sujetarme con las patas delanteras al borde. Recordé la vez en que había intentado trepar por el borde de la piscina de Sylvia: simplemente, había cosas que no era capaz de hacer. Así que decidí saltar e intentar agarrar lo primero que pudiera, pero solo conseguí coger un saco que no contenía nada comestible. Volví a intentarlo. Esta vez saqué una bolsa que cayó al suelo. La desgarré y dentro encontré una caja llena de los trozos y los huesos de un pájaro. No era pollo, pero era una cosa similar; además había un paquete lleno de una carne especiada y de pan.

En las calles por donde pasaban los coches había muchas personas, pero en las de detrás de los edificios no había casi nadie. Solo vi a dos seres humanos, pero ninguno de ellos me llamó.

Había un edificio que me atraía de forma irresistible: olía a huesos, a golosinas y a comida para perros. Se me hizo la boca agua. Vi que tenía la puerta trasera abierta. Me pregunté si entrar significaría que un hombre vestido de blanco me perseguiría. Delante de esa puerta trasera había un camión que, en la parte de detrás, tenía una puerta abierta como la de un garaje. Subí unos escalones que conducían a la puerta trasera de la tienda; allí me di cuenta de que me encontraba delante de un pasillo de cemento que estaba al mismo nivel que la parte trasera del camión. Atraída por los deliciosos olores que salían de él, salté el hueco que quedaba entre el cemento y el suelo de madera del interior del camión. Estaba casi vacío, pero en la zona del fondo encontré unos plásticos que no conseguían ocultar el delicioso olor que provenía de debajo. Los destrocé y descubrí sacos y sacos de comida para perro.

Rasgué uno de los sacos y me puse a comer. ¡Pero no me sentía como una perra mala, puesto que se suponía que debía comer comida para perro!

Entonces un hombre salió de la parte trasera de la tienda. Me quedé inmóvil, sintiéndome culpable, pero él ni siquiera me miró. Levantó un brazo y dio un tirón a una cuerda; con un estruendo, el camión se cerró. Me acerqué a la puerta y me puse a olisquear, pero solo capté el olor del hombre y de la comida para perro.

El vehículo se puso en marcha con un fuerte rugido del motor y empezó a bambolearse al avanzar. Tuve que clavar las uñas para no caerme.

Estaba atrapada.

El camión estuvo dando tumbos, rugiendo y bamboleándose durante mucho rato, tanto rato que me quedé dormida, a pesar de la extraña sensación que me producían sus movimientos. Los olores procedentes del exterior cambiaban sutilmente todo el rato, pero en general eran los mismos: de árboles, de agua, de algún animal, de personas, de perros, de humo y de comida.

Finalmente, el continuo zumbido del camión cambió y se hizo más fuerte. Las fuerzas que me empujaban fueron más insistentes y resbalé de lado. Me puse en pie de repente y noté un giro a un lado, luego otro giro; luego caí hacia delante. Al final, el vehículo se detuvo y se hizo un repentino silencio que me resultó extraño después de tanto rato de oír esas vibraciones. Oí que se cerraba una puerta y que un hombre caminaba. Me sacudí y me acerqué a la parte por donde antes había entrado en el camión.

De repente, con un fuerte estruendo, la pared que tenía delante se levantó.

—¡Eh! —gritó un hombre al ver que yo saltaba al suelo.

No parecía muy amigable, así que decidí no acercarme a él. Me puse a correr subiendo por una calle y giré por unos arbustos. Allí, me agaché. El hombre no me persiguió.

Miré a mi alrededor para ver dónde estaba. Aquel lugar se parecía mucho al lugar en que había pasado la noche, pero por el olor sabía que era una ciudad distinta. Había edificios, algunos coches y muchas personas caminando. El sol se estaba poniendo, pero el aire era bastante cálido. Detecté el olor de una gran cantidad de agua, de nieve limpia en la montaña, de ardillas y de perros y de gatos.

Y de casa. De alguna manera, mientras me encontraba en la parte trasera de ese camión, me había acercado tanto a casa que ahora podía distinguir los distintos aromas que conformaban su olor. Era lo contrario de lo que había sucedido cuando Audrey se me había llevado lejos de Lucas en el coche. Ahora, al otro lado de las montañas en las que brillaba el sol, se encontraba mi persona.

Aunque tenía la barriga llena de comida de perro, tenía muchísima sed, así que me dirigí hacia el lugar en que el olfato me decía que encontraría agua. Bebí de un arroyo y oí el atractivo alboroto de unos niños. Estaba en un parque lleno de toboganes y columpios; había dos pequeños perros que vinieron corriendo hacia mí ladrando agresivamente; de repente, se mostraron sumisos para poder olisquearme educadamente debajo de la cola. Eran dos hembras. Una de ellas quería jugar y empezó a dar saltos y a bajar la cabeza; la otra me ignoró y regresó con sus personas, que estaban sentadas encima de una manta, en el suelo.

Aunque estaba ansiosa por continuar siguiendo mi rastro, se acercaba la noche y debía encontrar un lugar donde dormir. Y ese parque sería un lugar seguro para pasar la noche.

Y luego haría «a casa».

A la mañana siguiente el cielo justo empezaba a clarear cuando desperté. Era la hora del día en que Gatita Grande regresaba de sus merodeos, a veces con comida para las dos. Sentí un pequeño aguijonazo de nostalgia, pero estaba ansiosa por continuar mi camino. Reseguí el lago y luego subí por una alta colina que me llevó hasta una carretera grande con muchos vehículos que pasaban en uno y otro sentido. Al otro lado de la colina había un río que fluía exactamente en la misma dirección en que yo debía ir: hacia Lucas. Una carretera serpenteaba, acercándose y alejándose del río, pero casi todo el rato se oía el sonido de los coches.

Avanzando al lado del rápido curso del agua, me encontré con un gran pájaro que se estaba comiendo un pez encima de una roca. Perseguí al pájaro, que salió volando con el pez en el pico. Pero luego se le cayó y el pájaro voló lejos. Salté sobre el pez y me lo comí rápidamente.

La corriente del río bajaba hasta una ciudad en la que encontré unos panecillos dulces en una papelera y un trozo de carne en una caja. Dormí detrás de un coche, en esa ciudad; volví a ponerme en marcha en cuanto salió el sol. Estaba tan emocionada por la expectativa de ver a Lucas, de hacer «a

303

casa» por fin, que me ponía a correr cada vez que me encontraba en terreno llano.

Esa noche me tumbé en un parque de una ciudad distinta. No tenía nada para comer, pero había estado mucho más hambrienta en otros momentos de mi vida, así que dormí profundamente.

Tuve unos sueños muy vívidos y extraños. Sentía la mano de Axel sobre mi pelaje, así como la lengua de Gatita Grande en el cuello, justo donde el coyote me había mordido. Notaba el calor de Gavin y de Taylor, apretados contra mí encima de su cama. Noté el olor del aliento de Sylvia, y oí a Chloe llamar a sus gatitos. Dutch me gimió al oído con el tono de alegría que emitía siempre que se acurrucaba junto a Gavin. Saboreé las saladas golosinas de José y noté que Loretta ponía bien la manta de Lucas alrededor de mi cuerpo.

Fue como si todos ellos hubieran venido a decirme adiós.

304

Por la mañana, subí por una colina más alta y todo fue diferente. Bajé hasta un lugar lleno de carreteras y de coches: ya no pude seguir el rastro en línea recta. Si antes mis obstáculos habían sido colinas y rocas, ahora me encontraba delante de vallas y de edificios. Pero sabía que, en general, avanzaba en el sentido correcto; con paciencia, recorrí las calles y dejé atrás las casas mientras oía el ladrido de los perros y veía pasar a la gente. Era consciente de que hombres y mujeres me miraban. Unos niños me llamaron, pero no les hice caso.

La luz del cielo se hizo más tenue, pero las calles estaban iluminadas; en realidad, me sentía más cómoda entre las sombras. Con la llegada de la noche, el sonido de los coches disminuyó. Los perros se marcharon de los patios y los ladridos se fueron haciendo más y más escasos.

No dormí, sino que continué avanzando en la oscuridad. Los sonidos se hicieron más fuertes al salir el sol. Volví a sentirme expuesta. Pero ahora ya estaba muy cerca. Reconocía el parque al que había ido con Lucas y Olivia. ¡Ya casi estaba en casa! Me lancé a correr a toda velocidad.

Al girar por mi calle, aminoré el paso, insegura. Todo era diferente. Las casas bajas y sucias que había delante de la mía ya no estaban, incluida la casa del cubil de los gatos. En su lugar había unos edificios altos y percibía el olor de muchas personas, procedente del otro lado de las ventanas abiertas.

¡Por fin había llegado! Hice «a casa», pero no me tumbé contra la pared tal como me habían enseñado a hacer, sino que me puse a rascar la puerta, meneando la cola y ladrando. ¡Lucas!

Una mujer abrió la puerta y los olores del interior de la casa salieron al exterior.

—Hola, cariño —me saludó.

Meneé la cola, pero no notaba el olor de Lucas. No notaba el olor de Mamá. Algunos de los olores eran familiares, pero sabía que Lucas no estaba dentro. El olor de Lucas ya no llenaba la casa, sino que aquel lugar tenía el olor de esa mujer que ahora estaba delante de mí.

—¿Cómo te llamas? ¿Por qué no llevas collar? ¿Te has perdido? —me preguntó.

Era una señora amable, pero yo debía encontrar a mi persona. Entré en la casa pasando por su lado y ella exclamó:

—¡Oh, vaya!

Pero no parecía enfadada.

Me detuve en el salón. Había un sofá, pero no era el mismo sofá, y la mesa también era distinta. Corrí por el pasillo. En la habitación de Lucas no había una cama, sino unos muebles diferentes. La habitación de Mamá tenía una cama en el mismo sitio, pero no era la cama de Mamá.

—¿Qué estás haciendo, cariño? —me preguntó la mujer cuando salí de la habitación y fui a la cocina con ella.

Ella alargó una mano hacia mí y yo me acerqué, meneando la cola y esperando una explicación. Las personas son capaces de hacer cosas maravillosas. Ojalá ella lo arreglara todo. Aquello era algo que un perro no podía comprender.

La mujer me dio un poco de agua y unas cuantas golosinas. Las acepté, agradecida, pero por dentro me sentía desfallecer. Me daba cuenta de que no podría ayudarme.

Lucas se había marchado.

27

*E*nseguida me entraron unas ganas enormes de marcharme, de volver a seguir el rastro. Si Lucas no estaba ahí, es que no había hecho «a casa». Fuera lo que fuera lo que estuviera sucediendo, eso era lo único que podía pensar en hacer.

Fui hasta la puerta y me senté, expectante. La amable mujer se acercó y me miró.

—¿Te vas, tan pronto? Si acabas de llegar.

La miré y miré la puerta, esperando a que la abriera. Ella se agachó y me puso la mano debajo de la barbilla.

—Tengo la sensación de que tienes un motivo muy importante por haber venido, pero yo no tengo nada que ver con él, ¿verdad?

Al oír el tono amable de su voz, meneé la cola.

—Sea lo que sea —susurró—, espero que encuentres lo que estás buscando.

Abrió la puerta y salí.

—¡Adiós, chica! —oí que decía, pero no miré hacia atrás. Me pareció saber hacia dónde debía ir.

Su olor llegó a mí con fuerza, en el suelo, mientras me acercaba a la guarida de debajo de los tablones, en la colina, hasta donde una vez, hacía mucho mucho tiempo, la había seguido. Mamá Gato todavía estaba viva. Apreté la cabeza en el agujero y supe que estaba ahí dentro, así que saqué la cabeza y esperé meneando la cola.

Al cabo de un momento, Mamá Gato salió, ronroneando, y se frotó contra mí. ¡Era tan pequeña! No sabía cómo era posible que se hubiera vuelto tan pequeña.

Me sentía muy feliz de haber regresado con mi madre. Recordé la época en que ella había cuidado de mí, cuando mis hermanos gatos y yo estábamos juntos en el cubil. Ahora que había perdido a Lucas, me reconfortaba sentir el contacto de su cabeza contra mí. Ella había sido mi primera familia, y justo ahora era la única familia que había podido encontrar.

Mamá Gato se movía con rigidez; le faltaba pelo en algunos lugares del cuerpo. La olisqueé con atención y noté el olor de comida para gato en su aliento. Pero no había ni rastro del olor de pájaros y de ratones salvajes. Tampoco encontré ningún signo de que hubiera estado cerca de Lucas últimamente. Mis esperanzas de que ella pudiera llevarme con mi persona desaparecieron.

Mamá Gato subió a los tablones; encontré unos escalones y pude seguirla. Esos tablones salían de una casa y subían hasta unas altas ventanas. Allí vi un cuenco con comida y un poco de agua, además de detectar el olor de unas personas.

Me di cuenta de que alguien había estado cuidando de mi madre en los tablones, igual que Lucas le había dado de comer antes, igual que algunas personas me habían dado de comer durante mi largo viaje.

Mamá Gato me miró mientras me comía la húmeda comida con sabor a pescado del cuenco. No había mucha, pero estaba deliciosa. Luego le di unos suaves golpecitos con el hocico. Me di cuenta de que hacía tiempo que no había tenido gatitos, pues no noté el aroma de la leche en su cuerpo.

De repente, una mujer apareció por una enorme puerta de cristal. Esperaba que mi madre huyera corriendo, pero no lo hizo, ni siquiera lo hizo al ver que la puerta se abría. Mamá Gato se dio la vuelta y miró tranquilamente a la mujer, que olía a harina y a azúcar.

—¿Daisy? ¿Este perro quién es? —preguntó la mujer.

Meneé la cola al oír la palabra «perro».

Mamá Gato se puso debajo de mí y frotó su espalda contra mi barriga.

—Oh, Daisy, es un perro abandonado. No lleva collar. ¿Se ha comido tu comida?

La mujer se agachó y alargó la mano, pero la gata mantuvo la distancia. Ese era el motivo por el que Mamá Gato no tenía el olor de los seres humanos en el pelaje: aceptaba la comida, pero no quería que la tocaran. Continué meneando la cola, preguntándome si esa mujer querría acariciarme a mí.

—Vete, perro, tú no vives aquí.

La mujer señaló algo; luego hizo un movimiento como si fuera a lanzar una pelota. Miré hacia dónde había hecho el gesto, pero no vi nada.

—Vete a casa —ordenó.

La miré, confundida. Lucas y Mamá ya no estaban allí. ¿Qué significaba ahora «a casa»?

—¡Fuera! —gritó.

Comprendí que pensaba que era una perra mala, quizá porque no estaba haciendo «a casa». Bajé por los tablones y salté al suelo. Mamá Gato me siguió.

—¿Daisy? ¿Gatita? —llamó.

Meneé la cola. Mi madre frotó la cabeza contra mi cuello y yo le lamí la cara, pero no le gustó y se apartó de mí.

Recordé a Gatita Grande, cuando me observaba desde la roca. A veces los gatos deben quedarse donde están, mientras los perros se marchan. Y esa era una de esas ocasiones. Mientras bajaba por la colina, supe que mi madre estaba detrás de mí, inmóvil, mirándome mientras me alejaba.

Así era como los gatos decían adiós.

309

No podía pensar en otra cosa que no fuera hacer «a casa» otra vez y ver si Lucas estaba allí esta vez. Crucé el pequeño arroyo, subí por la orilla y crucé el parque, dejando atrás el tobogán por el que había trepado tantas veces, en aquellos juegos. Ahora, por algún motivo, era mucho más pequeño.

Recorrí el camino hacia nuestra casa, pero antes de llegar un camión giró por una esquina. Tenía olor de perros y unas jaulas en la parte trasera. Me detuve, y el camión hizo lo mismo. Un hombre gordo con sombrero bajó del asiento delantero.

Lo conocía.

—Vaya, no me puedo creer lo que estoy viendo —dijo.

No meneé la cola. Lo miré con desconfianza.

—¡Ven aquí, chica!

Fue hasta un lateral del camión y sacó un palo con un lazo de cuerda en uno de los extremos.

—¡Golosina!

De repente, tuve mucho miedo. No creía que el hombre del sombrero me diera una golosina, aunque sabía que lo había hecho en ocasiones anteriores. Él era una de esas personas que me impedirían encontrar a Lucas. Y lo haría muy enfadado. Era un hombre malo.

Me di la vuelta y hui.

Corrí por patios oyendo al camión detrás de mí. Llegué a nuestra calle y giré, pasé corriendo por delante de nuestra casa y bajé por la acera que iba al lado de la carretera llena de coches. Corrí por en medio del tráfico. Oí los cláxones de los coches y un chirrido agudo. Oí que el camión se acercaba. Crucé corriendo el aparcamiento. Llegué a la puerta de «ir a trabajar».

Allí no había nadie que pudiera dejarme entrar. Frustrada, corrí resiguiendo la pared del edificio, pasé de largo por unos arbustos y subí por una acera. Había unas personas fuera, fumando como Sylvia, mientras el sol se ponía.

Oí que el camión llegaba al aparcamiento, a mis espaldas.

Vi una gran puerta de cristal. Al acercarme, se abrió de la misma manera que las puertas se habían abierto en ese lugar donde estaban los estantes llenos de pollos. Pero esta vez no me dio la bienvenida el olor de la comida: solo noté los olores y los sonidos de muchas muchas personas.

La puerta abierta era una invitación, así que entré.

Había gente por todas partes: caminando, sentadas en sillas o hablando. Detrás de un gran escritorio que estaba delante de la puerta había una mujer que se puso en pie al verme.

—¡Oh! ¡Un perro! —dijo, alarmada.

El aire estaba tan cargado con el olor de tantas personas que no podía detectar el de nadie conocido. Pero, de repente, oí una voz conocida.

—¿Bella? ¡Bella!

¡Era Olivia! Estaba al fondo de una habitación llena de sillones y de personas que hablaban. Se puso una mano en la boca y unos papeles se le cayeron al suelo. Corrimos la una hacia la otra. Olivia se arrodilló. Me puse a dar saltos y a lamerle la cara. No podía parar de lloriquear. Me sentía embargada por el amor, la alegría y el alivio. Me tiré en el suelo para dejarme acariciar la barriga y luego me puse en pie y apoyé las patas delanteras en su pecho. Ella se rio y cayó al suelo.

—Oh, Bella, Bella —no paraba de decir. Le lamí las lágrimas de las mejillas—. No me lo puedo creer. ¿Cómo ha ocurrido esto? ¿Dónde has estado? Oh, Bella, te habíamos buscado por todas partes.

Una mujer vino a reunirse con nosotras.

—¿Es tu perro? —preguntó.

—No. Bueno, en cierta manera sí. Es el perro de mi prometido. Hace más de, Dios mío, hace más de dos años. Tuvimos que dejar a Bella en un sitio a causa de las leyes de Denver; cuando Lucas encontró un lugar para vivir y fuimos a buscarla, Bella se había escapado. Recorrimos todo Durango, colgamos carteles; luego pensamos que lo más probable era que le hubiera sucedido algo. ¡Pero aquí estás, Bella! ¡Eres una perra milagrosa! —Me frotó detrás de las orejas y yo me apoyé contra su mano gimiendo de placer—. Oh, Bella, lo siento mucho. No tengo ni idea de lo que te habrá sucedido. ¿Dónde está tu collar?

Olivia tenía el olor de Lucas en la piel, y yo no me cansaba de olisquearla. Ella me llevaría a su lado. Mi largo viaje había terminado. ¡Me sentía feliz de volver a estar con mi familia humana! No podía parar de correr en círculos alrededor de las piernas de Olivia incluso cuando ella se incorporó. Le apoyé las patas en la cadera, intentando alcanzarle la cara para lamérsela.

—¿Olivia? ¿Este perro es tuyo? —preguntó otra mujer.

Era la misma persona que había visto detrás del escritorio. Meneé la cola, sabiendo que ahora que estaba con Olivia, esa mujer no se enfadaría conmigo.

—Sí. Es una larga historia. Cuando era un cachorro siempre venía aquí. Supongo que ha encontrado el camino de vuelta.

—Oh. Pues allí hay un agente de Control de Animales —dijo la mujer del escritorio.

—¿Cómo?

—Ha dicho que estaba persiguiendo al perro y que lo ha visto entrar aquí.

—Ah —dijo Olivia—. ¿Y?

—Dice que debes entregarla. Debes sacar el perro a la calle —apuntó la mujer del escritorio en tono de disculpa.

—Comprendo.

—¿Quieres que lo acompañe hasta aquí?

Era raro que Olivia se enojara, pero esa era la emoción que capté en ella en ese momento.

—No. Dile que he dicho que… Solo dile que no, que no voy a sacar el perro a la calle.

—Bueno…, es un agente de la ley, Olivia —dijo la mujer del escritorio, prudente.

—Lo sé.

—Creo que debes hacer lo que dice, ¿no?

—No, la verdad es que no.

—¿Qué vas a hacer?

Olivia me llevó por un largo pasillo hasta una parte del edificio que me era familiar. En cuanto giramos una esquina, empecé a menear la cola a toda velocidad. Empujamos unas cuantas puertas muy pesadas y nos encontramos con unas personas sentadas en unas sillas metálicas y formando un círculo en el centro de una gran sala de suelo limpio y resbaladizo.

—Siéntate, Bella —ordenó Olivia.

Hice «siéntate», muy emocionada por estar ahí con ella.

—Eh… ¿Hola? —dijo ella—. Siento mucho interrumpir la reunión, pero tengo una especie de emergencia.

Todos se irguieron en sus sillas al oír lo que Olivia acababa de decir.

—¿De qué se trata? —preguntó un hombre que se puso en pie.

Meneé la cola, feliz. ¡Era Ty!

—Bella, ven aquí —dijo Olivia.

Meneé la cola con más fuerza si cabe al oír mi nombre, dejé de hacer «siéntate» y corrí hasta Ty saltando sobre él.

—¡Bella! —exclamó él riendo—. ¿Cómo es posible?

—¿Bella?

¡Mamá! Corrí hasta ella por el suelo resbaladizo, jadeando y lloriqueando; salté para lamerle la cara. Ella se inclinó hacia mí. También desprendía el olor de Lucas: ¡Mamá y Olivia me ayudarían a encontrarlo! Por fin iba a hacer «a casa».

313

En cuanto estuve a su lado me di cuenta de que todas esas personas sentadas en sillas eran amigas mías. Layla se puso en pie.

—¿Bella?

Corrí hacia ella, y luego fui hacia Steve. Marty y Jordan me acariciaron. Todos mis amigos me llamaban riendo y aplaudiendo.

—¿Cómo ha llegado aquí? —preguntó Mamá.

Me tiré en el suelo para que me acariciaran la barriga. Ty se arrodilló a mi lado.

—¡Buena perra, Bella! —dijo Marty.

—No os lo vais a creer, pero simplemente ha entrado por la puerta —dijo Olivia—. Entró como si fuera algo totalmente normal.

—No, me refiero a cómo ha llegado aquí. Desde Durango —dijo Mamá.

Ty, con suavidad, me hizo tumbar de lado.

—Tiene una cicatriz en la parte posterior del cuello, aquí. ¡Y mira lo delgada que está! Estos dos años han sido duros, eso es evidente.

—¿No pensarás que ha venido caminando? —exclamó Mamá—. ¿Cruzando las montañas?

Jordan se rio, encantado.

—Eso sería increíble.

—Oh, Bella, eres una chica muy especial —me dijo Ty—. Eres capaz de hacer cualquier cosa.

—Bueno, el problema es el siguiente —continuó Olivia—: hay un agente de Control de Animales. Creo que es el mismo hombre que persiguió a Bella al principio de todo. Dice que debo sacar a la perra a la calle.

Ty se puso en pie y se irguió.

—Eso dice, ¿eh?

Layla se cruzó de brazos.

—¿Qué?

314

—Si lo hacemos, acabarán con Bella. No podemos dejar que eso suceda. ¿Podéis hacer algo? —preguntó Olivia con tono de urgencia.

Percibí que Mamá se ponía tensa.

—Yo me encargo de esto.

Ty levantó una mano.

—No, tú sola no, Terri. Creo que todos nosotros deberíamos encargarnos de esto.

—Bien dicho —dijo Jordan.

Marty se había sentado, pero ahora se puso en pie.

—Diablos, sí. No tiene ni idea de a quiénes se enfrenta.

Mamá se dirigió a Olivia.

—¿Has llamado a Lucas?

Levanté la cabeza al oír su nombre.

—No, todavía no. Todo ha pasado muy deprisa. Bella acababa de entrar por la puerta cuando me han dicho que ese hombre estaba ahí. Además...

—¿Además? —Mamá arqueó una ceja.

—Esta mañana hemos... discutido. Está muy estresado. Suele llamar al cabo de un rato para disculparse. Es una de las mejores cosas que tiene.

Mamá sonrió.

—¿Quizás esta vez puedas cambiar el patrón? Creo que le gustaría enterarse de esto lo antes posible. Date un minuto.

Olivia asintió con al cabeza.

—Ven, Bella.

Se alejó del círculo de personas, que se cerró alrededor de Ty. Quería ir con ellos: jugar, recibir caricias y que me dijeran que era una buena perra. Pero Olivia me había dicho «ven» y sabía que Lucas hubiera querido que hiciera lo que ella me dijera, así que la seguí hasta una esquina de la sala.

Olivia se llevó el teléfono a la cara.

—Hola, soy yo. Sí. Vale, sí, pero... Lucas, ¿puedes parar

315

un momento? Sí quiero que me digas que te equivocaste y cuánto lo sientes. Quiero que lo digas mucho. Pero te llamo por otra cosa.

Olivia me miró y sonrió. Meneé la cola.

—¡Nunca adivinarías quién acaba de aparecer!

Todos mis amigos se me llevaron a pasear por el pasillo, hasta más allá de la mujer del escritorio, hasta la puerta y la calle. Ya era de noche, pero había muchas luces, así que no solo pude ver, sino que también pude oler al hombre del sombrero del camión con las jaulas de perro. Al lado del camión había dos coches con luces en el techo.

Una mujer y dos hombres se bajaron de los automóviles. Todos vestían ropas oscuras y llevaban unos objetos metálicos en la cintura. Policía. Se acercaron con el hombre del sombrero hasta mis amigos, para saludarlos. Mis amigos permanecieron a mi lado. Mamá me puso una mano en el cuello y yo hice «siéntate».

—Estoy aquí por el perro —declaró el hombre del sombrero en voz alta.

Ty sonrió con actitud alegre.

—¿De verdad?

—Llevo a cabo una confiscación legal amparada por la sección ocho guion cincuenta y cinco.

—Parece muy legal, eso seguro —dijo Ty.

El hombre del sombrero miró a los policías que estaban a su lado.

—No queremos que haya ningún problema aquí, señor —dijo uno de ellos—. Pero deberá entregar al animal.

Ty no dijo nada.

—¿Comprendido? —dijo el hombre del sombrero con una sonrisa burlona—. Nos llevamos al perro.

—De acuerdo —asintió Ty, irguiéndose y haciendo un

gesto hacia un hombre que estaba a su lado—. Pero para hacer eso, deberá pasar por encima de la Cuarta División de Infantería del Ejército de Estados Unidos.

Se hizo un largo silencio.

—División ochenta y dos de Aviación, Ejército de Estados Unidos —declaró Mamá con firmeza.

Lo dijo manteniendo la espalda muy recta, con una postura erecta que me pareció bastante curiosa. Meneé la cola, pero no comprendí nada.

Drew se acercó con la silla de ruedas.

—División Segunda de los Marines.

Él también se había puesto erguido.

Kayla se puso a su lado.

—Sexta Flota, Marina de Estados Unidos.

—Primera Brigada. Ejército —anunció Jordan.

—Guardia Nacional Aérea.

Algunos otros de mis amigos también hablaron. Se hizo un largo y tenso silencio cuando acabaron Se oyó un perro que ladraba muy muy lejos.

Los policías parecían asustados.

28

—*El sheriff* está aquí —dijo uno de los policías.

Todo el mundo se giró y miró hacia un coche que entraba en el aparcamiento. El auto se detuvo y de él bajó un hombre que se movía como si le dolieran los huesos. Se quedó quieto un momento, mirándonos; luego, meneando la cabeza, se acercó a nosotros seguido por una mujer que era la que conducía el coche. Se detuvo cuando dos policías se acercaron para hablar con él. El hombre nuevo me miró y yo meneé la cola.

—Tranquila, Bella —murmuró Mamá.

Levanté la mirada hacia ella, captando su ansiedad y sin comprender el motivo.

—Bueno —saludó el hombre nuevo acercándose a nosotros—. ¿Qué tal está todo el mundo esta noche?

—Estamos aquí para llevar a cabo la confiscación de un animal peligroso. Y estas personas están convirtiéndolo en un problema —dijo el hombre del sombrero, enfadado—. Es una obstrucción, están interfiriendo con el trabajo de la policía, están protegiendo a un animal peligroso y desobedeciendo a un agente de la policía.

El hombre nuevo sorbió por la nariz mirando a mis amigos, que continuaban de pie a mi lado.

—Muy interesante —comentó—. ¿Este perro es suyo, señora?

—Es el perro de mi hijo —respondió Mamá.

Me gustó que el tema fuera un perro.

—¿Es un pitbull? —preguntó el hombre nuevo.

El hombre del sombrero asintió vigorosamente con la cabeza.

—Ha recibido la certificación de tres agentes separados según...

—Chuck —lo interrumpió el hombre nuevo—, ¿crees que hablaba contigo?

El hombre del sombrero se puso rígido.

—La verdad es que no lo sabemos —dijo Mamá, encogiéndose de hombros—. La encontramos debajo de una casa con un montón de gatos.

—Gatos. No me diga —dijo el hombre nuevo—. Nunca había oído algo así.

—Nada de eso importa —intervino el hombre del sombrero con actitud sombría.

—Quizá lo importante es que no se va a llevar usted a Bella a ninguna parte —dijo Mamá con frialdad.

Noté una fuerte emoción de enojo en ella.

—Vamos a hacer lo que haga falta para impedirle que toque a este perro —añadió Ty, haciendo un gesto hacia los hombres y las mujeres que estaban a su lado.

Todo el mundo se puso en tensión. Uno de los policías dio un paso hacia atrás y se llevó la mano a uno de los objetos que tenía en la cintura. Durante unos segundos, nadie dijo nada.

Bostecé, ansiosa.

—Chuck, por Dios, ¿dónde me has metido? —preguntó al fin el hombre nuevo.

—Señor, hace unos años recibimos muchas quejas sobre este perro —dijo el hombre del sombrero.

319

—¿Por qué motivo? —preguntó Mamá, que seguía enfadada.

—Vale, mire. Vamos a calmarnos todos —dijo el hombre nuevo con serenidad—. ¿De acuerdo? —Miró a Mamá y sonrió—. Ahora las emociones están a flor de piel, pero vamos a considerar la situación. —Se giró y miró hacia el aparcamiento, donde había dos coches más con luces en el techo, de los cuales bajaron otros policías que también se acercaron a nosotros. Meneé la cola—. Miren, así es como las cosas se salen de madre —añadió—. Bueno, por desagradable que esto sea, aquí hay un trabajo que hacer. Vamos a tener que llevarnos al perro y ponerlo bajo custodia, pero les prometo...

—Eso no va a suceder —lo cortó Mamá.

—Señora, por favor, permítame acabar. Le prometo que la cuidaremos bien. Tiene mi palabra.

—Su palabra no significa nada para mí —dijo Ty.

El hombre nuevo lo miró achicando los ojos. Los policías que estaban de pie detrás de él se miraron.

—Ahí viene el doctor Gann —dijo Olivia en voz baja.

Otro coche se había detenido; no conocía a la persona que bajó de él. Otros dos policías habían salido del edificio por la misma puerta que habíamos cruzado nosotros, pero, por desgracia, no detecté que alguno de ellos llevara una golosina.

—Soy Markus Gann —dijo el recién llegado dirigiéndose al hombre nuevo.

—*Sheriff* Mica —repuso el hombre nuevo.

Ambos se tiraron de la mano mutuamente y luego desistieron de continuar.

—Hola, doctor Gann —dijo Mamá.

—Hola, Terri.

—Eh, hola, doctor Gann —añadió Ty.

El desconocido se llamaba «doctor Gann».

—Hola, Ty. Jordan. Drew. Olivia. —El doctor Gann se dirigió hacia el hombre nuevo—. ¿Qué puedo hacer por ustedes esta noche, caballeros?

El hombre del sombrero empezó a hablar; el hombre nuevo lo hizo callar con una mirada.

—Hay un problema con un perro —empezó a decir el hombre nuevo.

—Es un animal de apoyo emocional —lo interrumpió Mamá.

Me di cuenta de que el miedo volvía a embargarla y que le empezaban a temblar las manos. Le di un golpe con el hocico en los dedos, preocupada.

—¿En mi hospital? —preguntó el doctor Gann con un tono que me recordó al de Lucas cuando me sujetaba antes de hacer «ir a trabajar»: amable, tranquilo y cariñoso.

Mamá me miró y meneé la cola.

—Hace mucho tiempo que viene aquí —dijo Ty—. Y ahora el Departamento del *Sheriff* está aquí para llevársela.

—Por encima de mi cadáver —dijo Mamá.

—Y del mío —soltó Steve.

El doctor Gann levantó una mano con la palma hacia arriba.

—De acuerdo.

—No vamos a permitirles que se lleven al perro, doctor Gann —dijo Ty, acalorado—. Punto.

—Lo último que necesitamos es que esto se desmadre —dijo el hombre nuevo.

—Ah —asintió el doctor Gann, frotándose la barbilla—. Pero usted debe cumplir con su obligación, ¿no es así? Usted no eligió esta pelea, pero aquí está.

El hombre nuevo miró al doctor Gann y se encogió de hombros.

—La norma ocho guion cincuenta y cinco de la ordenanza de Denver me otorga la potestad de llevarme a este animal —dijo el hombre del sombrero, tenso.

321

—Chuck —dijo el hombre nuevo, suspirando—. No estás ayudando.

—Denver —repitió el doctor Gann con aire pensativo.

—Sí, señor. Estoy ejerciendo mi responsabilidad legal como agente de Control de Animales.

—Denver. Condado de Denver —repitió el doctor Gann.

—Correcto.

El doctor Gann me miró un momento; luego observó a los dos policías nuevos que habían salido del edificio.

—Bueno —dijo finalmente—, esto no pertenece a la ciudad de Denver. Es una propiedad federal.

—Esto nunca ha sido un problema. Nos han llamado a estas instalaciones muchas veces —replicó el hombre del sombrero con tono suave.

—¿Llamado? ¿Quiere decir que los hemos llamado esta noche? —preguntó el doctor Gann.

—Bueno, no. Yo estaba persiguiendo a este animal, que es de una raza ilegal, y él vino al hospital.

—Pues resuelto —dijo el doctor Gann al hombre nuevo con el mismo tono de amabilidad—. Esto es territorio federal. Control de Animales está fuera de su jurisdicción. No hace falta que continuemos discutiendo.

El hombre nuevo se rascó la cabeza, moviéndose la gorra con el gesto. Luego asintió con la cabeza.

—Comprendo lo que quiere decir.

—Perro. Aquí. —El hombre del sombrero chasqueó los dedos y yo noté que Mamá se sobresaltaba, alarmada. No me moví.

—¡Un momento! —dijo el hombre nuevo de mal humor—. Maldita sea, Chuck, ¿que estás intentando hacer?

Noté que su enojo iba en aumento.

—Espero...

—No, soy yo quien espera. ¡Espero que cierres el pico y que obedezcas órdenes!

El hombre del sombrero pareció descontento.

El hombre nuevo se dirigió al doctor Gann:

—Siento el malentendido. Ahora nos vamos.

—Será bienvenido cuando quiera, *sheriff*. Llámeme y le mostraré las instalaciones —repuso el doctor Gann.

—Eso estaría bien. —El hombre nuevo se giró hacia los policías, que parecían más relajados—. Vale, vámonos a casa.

—De acuerdo, pero le diré algo —dijo en tono de burla el hombre del sombrero, señalando a Mamá con el dedo—: estaré vigilando. Y si veo que este perro se marcha de aquí en coche, voy a pedir refuerzos y me lo llevaré.

—No harás tal cosa —repuso el hombre nuevo, escupiendo en el suelo.

—*Sheriff*...

—Maldita sea, Chuck, ya has perdido demasiado tiempo con este perro. Recibo más quejas de ti que de todos los funcionarios de Control de Animales juntos. Voy a sacarte de la ruta y a mandarte a formación. Empiezas mañana por la mañana. Además, ahora estás fuera de horario laboral. Y nadie va a detener un coche por un perro —dijo con determinación y clavando la mirada en la policía—. Nadie. ¿Comprendido?

Algunos de los policías se miraron y sonrieron.

—Sí, señor —respondieron unos pocos.

—Usted..., usted... —tartamudeó el hombre del sombrero.

—Devuelve el vehículo al departamento y firma tu salida, Chuck —lo interrumpió el hombre nuevo, que parecía harto—. Vámonos, todos.

Los policías agradables se dirigieron a sus coches. Ty y Mamá me acariciaron. Meneé la cola. Estaban contentos.

—Bueno..., ya sabéis que la normativa no permite tener animales, ni siquiera animales de apoyo emocional, en las instalaciones del hospital —dijo el doctor Gann.

—Sí, acerca de eso —apuntó Ty, encogiéndose de hom-

323

bros—: parece que han estado trayendo perros de apoyo últimamente. Bella solo fue la primera.

El doctor Gann asintió con la cabeza.

—Tengo muchísimas cosas más importantes que hacer que intentar que se cumpla todo lo que pone el reglamento. Especialmente teniendo en cuenta que, tal como dice, tantas personas han empezando a ignorar esa norma. —Ty le sonrió y él le devolvió la sonrisa—. Pero no permita que muerda a nadie.

—Oh, ella nunca lo haría —repuso Mamá.

—¡Bella!

Giré la cabeza. Otro coche acababa de detenerse en el aparcamiento: conocía al hombre que bajaba de él.

Lucas.

En ese momento fue como si todas las otras personas que estaban ahí de pie desaparecieran. Yo solo veía a mi persona, que había abierto los brazos y sonreía. Corrimos el uno hacia el otro. No podía dejar de sollozar, meneando la cola, mientras le daba lametones. Ambos caímos al suelo y trepé encima de él, buscando su contacto y sus besos.

—¡Bella! Bella, ¿dónde has estado todo este tiempo? ¿Cómo has encontrado el camino a casa?

No puede evitarlo: me puse a gimotear, dejé de hacer «no ladres» y estuve corriendo en círculo. Por fin había hecho «a casa», había hecho «a casa» con mi persona, con Lucas. Mamá se acercó y se arrodilló a su lado.

—Ha aparecido aquí esta noche.

—Es increíble. No me lo puedo creer. Bella, ¡te he echado tanto de menos! —Lucas me cogió la cabeza con las dos manos—. Dios, mira lo delgada que está. ¡Bella, estás flacucha!

Me encantaba oírle pronunciar mi nombre. Lucas se tumbó en el suelo. Yo me tiré sobre él y empecé a lamerle la cara mientras Lucas se reía sin parar.

—¡Vale! ¡Es suficiente! —dijo, incorporándose para sentarse.

—¿Crees que de verdad es posible que haya llegado hasta aquí cruzando las montañas? ¿Qué distancia debe de haber? —preguntó Mamá.

Lucas meneó la cabeza.

—Son casi seiscientos cincuenta kilómetros por carretera, pero no tengo ni idea de cuánto sería yendo a pie. Desde luego, no se puede caminar en línea recta hasta aquí.

Me tumbé de lado, dejando que Lucas me acariciara la barriga. Eso era lo que siempre había querido, sentir el amor de mi persona.

Mamá me acarició.

—Ha estado aquí ese hombre de Control de Animales. Pero el *sheriff* le dijo que dejara en paz a Bella.

Mamá ya no estaba tensa ni tenía miedo. Ahora sonreía.

—¿En serio? ¡Eso es increíble!

—Pero yo no la soltaría de la correa.

—Está bien.

—Hola.

Era Olivia. Meneé la cola al verla. Al cabo de un momento noté sus manos en mi pelaje. Nunca me había sentido tan querida.

Mamá se puso en pie.

—Debo regresar a la reunión.

Mamá me dedicó una última caricia y se fue al edificio. Todos mis otros amigos la siguieron.

—¿Te lo puedes creer? —preguntó Olivia.

—La verdad es que no. —Lucas me dio un beso en el hocico—. Dios, me sentía tan culpable, estaba seguro de que había muerto sin comprender por qué no fui a buscarla.

—No importa. ¿No ves que te ha perdonado? Los perros son así de increíbles.

—Sí. El perdón. Hablando de eso... —dijo Lucas, poniéndose en pie.

—No hay nada que perdonar, Lucas.

—No, quiero decir que yo te perdono a ti.

—Oh. —Olivia se rio—. Claro, está bien.

—Estuve un poco fuera de tono esta mañana.

—Lo pillo. Estudiar Medicina no es fácil.

—Oh, no, no estaba así por los estudios, fue por tus huevos revueltos.

Se besaron con amor. Salté para unirme a ellos y puse las patas delanteras en la espalda de Lucas. Ambos se rieron y yo meneé la cola.

—Seguramente debes regresar —dijo Olivia.

—No. ¿Sabes qué? Vámonos a casa. Para estar con Bella.

Al oír «a casa» meneé la cola.

—Espera, ¿qué ha pasado con el Lucas auténtico? Nunca has hecho nada tan irresponsable en tu vida.

—Bella ha hecho «a casa». Si no somos capaces de celebrarlo, no seremos capaces de celebrar nunca nada. ¡Es un milagro! Mira lo feliz que está. No puedo ponerme serio ahora, necesito tumbarme en la cama con mi perra y darle un trocito de queso.

Levanté la cabeza. ¿Trocito de queso? ¿De verdad?

Todos regresamos al edificio. Ty se acercó para saludarme.

—¿Podéis traer a Bella un momento? Se trata de Mack —le pidió a Lucas.

—¿Mack?

—Está encerrado, en observación. Ya sabes que ha pasado un año difícil.

—Claro —dijo Lucas. Miró a Olivia.

—Ve tú. De todas formas, yo termino el turno pronto —le dijo.

Olivia le dio un beso a Lucas y yo meneé la cola. Luego, Ty, Lucas y yo nos fuimos por el pasillo hasta el lugar de las puertas metálicas que se abrían con un chasquido. Entramos en la pequeña habitación que se movía; después de que las puertas se hubieran cerrado y abierto de nuevo, nos encontramos en un lugar del edificio en el que no había estado nunca, a pesar de que olía de forma muy parecida. Ty se acercó a una ventana, cogió un teléfono y se lo acercó a la oreja.

—Aquí hay alguien que quiere ver a Mack —dijo. Luego esperó—. Hola, doctor. Sí, conozco el protocolo, pero esto es importante. No. No, sé lo que Mack necesita. —Ty dio un golpe con la palma de la mano contra el vidrio. Lucas y yo nos sobresaltamos—. ¡Maldita sea, Teresa, abre la puerta! —Parecía enfadado.

Se oyó un zumbido. La puerta se abrió con un chasquido. Ty, Lucas y yo la cruzamos. Al otro lado, una mujer nos recibió en una sala. Se me quedó mirando.

—¿Qué sucede, Ty? El doctor Gann…

—El doctor Gann ha dado su consentimiento a este perro —la interrumpió Ty—. ¿En cuál está Mack?

La mujer no parecía muy contenta.

—La última de la izquierda.

Lucas miraba a su alrededor.

—No había estado nunca aquí.

—Sí, bueno, yo sí —murmuró Ty.

Recorrimos el pasillo. En cuanto olí quién estaba al otro lado, empecé a menear la cola: ¡era mi amigo Mack! La puerta se abrió también con un zumbido y corrí dentro. Mack estaba sentado en una silla y le salté directamente al regazo.

—¡Bella! ¡Eh! —me saludó. Le lamí la cara. Parecía muy tenso y asustado—. Creí que te habíamos perdido para siempre, chica.

—Todos lo creíamos. Pero logró regresar. Atravesando las montañas, cientos de kilómetros. Increíble, ¿verdad? —dijo Ty.

327

—Desde luego que sí.

Mack me rascó las orejas y yo gemí.

—Imagínate lo duro que habrá sido para ella —continuó Ty—. Pero no desistió en ningún momento. Bella sabía que contábamos con ella, que era importante para nosotros.

—Sí. Lo pillo, Ty. No soy idiota.

Ty se acercó para acariciarme.

—Eres uno de nosotros, Mack. Te necesitamos.

Estuvimos en esa pequeña habitación durante mucho rato. Mientras apoyaba el cuerpo contra Mack y sentía sus manos sobre mi pelaje, noté que su tristeza disminuía un poco y que tenía menos miedo. Le estaba ofreciendo consuelo. Estaba haciendo mi trabajo. Me sentía feliz.

Al salir de hacer «ir a trabajar», ambos olíamos a Olivia. ¡Y Lucas tenía coche propio! Me senté en el asiento delantero. Fuimos de paseo hasta un lugar completamente nuevo, salimos y subimos unas escaleras. Percibía el olor de Lucas en el aire y supe que él ya había estado antes allí. Abrió la puerta y vi que Olivia estaba sentada en una silla. ¡Por supuesto! Corrí hasta ella.

—Es tan tan agradable llegar a casa y encontrarte aquí —le dijo Lucas.

—De camino compré comida para perro y un collar para la señorita Bella. ¡Y mira lo que he encontrado en el armario! —Olivia cogió una ropa doblada y su olor llegó hasta mí al momento: ¡era mi manta de Lucas!—. La pondré en la cama.

Lucas se acercó y tocó la manta.

—Me había olvidado por completo de ella. —La besó. Yo meneé la cola—. Es agradable vivir en un edificio que admite perros, incluso perros gigantes.

Olivia asintió con la cabeza.

—Un edificio amigo de los perros en un Golden, Colorado, amigo de los pitbulls.

Los tres nos tumbamos juntos en una cama pequeña. Yo llevaba puesto un rígido collar nuevo. Mi manta de Lucas estaba a los pies de la cama, pero la ignoré y me tumbé entre los dos. Miré a Lucas, que empezó a reír.

—Casi me había olvidado —dijo.

Se fue a la cocina y me quedé con Olivia, gimiendo de placer mientras sentía el contacto de su mano. Cuando regresó, olí de inmediato lo que traía y me puse en estado de máxima atención, expectante.

—Esto es lo que le gusta. —Lucas se rio.

—¿Es un diminuto trocito de queso!

¡Sí! ¡Trocito de queso!

—Exacto, la cuestión es el ritual, creo. Fíjate en cómo lo mira.

Ambos estaban tan contentos de hacer «trocito de queso» que se pusieron a reír. Lucas me lo acercó lentamente y yo lo cogí con cuidado de entre sus dedos. El estallido de sabor en la lengua me duró solo un momento, pero eso era todo lo que deseaba: una golosina de la mano de mi persona.

Recordé mis días de pasar hambre en el camino, cuando lo único en lo que podía pensar era en «trocito de queso». Era tan maravilloso como lo había recordado.

La verdad es que no era muy cómodo estar en esa cama pequeña. Era un poco como dormir con Gavin y Taylor y Dutch. Aun así, no bajé. Me quedé ahí tumbada y recordé lo hambrienta que me había sentido, lo mucho que ese vacío en el estómago me había provocado que echara de menos a Lucas. Recordé a Gatita Grande, cómo se había quedado sentada, mirándome desde las rocas, la última vez. Yo había cuidado de ella cuando me necesitaba. Y me había encargado del pobre y triste Axel, le había ofrecido consuelo, igual que se lo había dado a Mack. Sin el amor y los cuidados de ellos y de otros, nunca hubiera podido seguir mi camino.

Todo había ocurrido para que yo pudiera hacer «a casa». Y ahora, tumbada en la cama entre Lucas y Olivia, volvía a estar con mis personas. Nunca me volvería a marchar.

Yo era una perra buena.

Y, por fin, había hecho «a casa».

Agradecimientos

Quiero decir una cosa sobre mí: no me gusta fallar en mis tareas de escritura. Para mí siempre ha sido un motivo de orgullo ser capaz de entregar un escrito sobre, digamos, *Guerra y paz*, y obtener un aprobado. En especial debido a que no había leído *Guerra y paz*. Tal como mis profesores reconocieron al final, me abrí paso en los estudios gracias a que distraía su atención con mi buena escritura. (Eso no me funcionó tan bien en clase de matemáticas.)

Sin embargo, la tarea que ahora tengo entre manos, la de mostrar mi agradecimiento a todas las personas que me han ayudado en la creación de esta novela, me parece casi imposible. No estoy seguro de por dónde empezar y no sé cuándo debo terminar. Nada me parece trivial si pienso en el hecho de que si, en realidad, mi madre no me hubiera dado a luz, probablemente no me hubiera convertido en escritor. ¿Y si nadie hubiera inventado el papel? ¿Y los huevos que comí para desayunar? Sin ellos, hubiera estado demasiado hambriento para poder escribir estas palabras. ¿Es que no debería darle las gracias a la gallina?

Sí, supongo que es tarea mía intentar dejar constancia en estas páginas de las personas que han sido más importantes en *El regreso a casa*. Estoy seguro de que no lo haré bien y de que me olvidaré de alguien. Si tu nombre no aparece aquí, no es porque no crea que no hiciste nada por ayudar, sino porque me ha fallado la memoria. De hecho, muchas veces sucede que empiezo a escribir una frase y, de repente…, bueno, no puedo recordar qué era lo que quería decir, pero creo que era algo que estaba bien.

En primer lugar, quiero dar las gracias a Kristin Sevick, a Linda, Tom, Karen, Kathleen y a todas las personas de Tom Doherty/Tor/Forge que ayudaron a que este libro naciera. Al principio, yo proponía una novela totalmente diferente, y todo el mundo estuvo dispuesto a escucharme cuando les dije que mi idea no era tan buena. No entraré en detalles, pero solo diré que se demostró totalmente imposible una vez que hube investigado un poco. Por tal razón siempre intento evitar hacer una investigación o algo que se le parezca. Así que, con gran amabilidad, se mostraron dispuestos a hablar de otras ideas hasta que finalmente esta, la historia de Bella intentando regresar con sus personas, se demostró la mejor de todas.

Gracias Scott Miller de Trident Media, por explicarle a todo el mundo que me sentiría herido si dejaban de publicar mis novelas. Scott, eres un auténtico amigo y alguien imprescindible en mi trabajo.

También quiero darle las gracias a Sheri Kelto, mi nueva directora, por hacerme ver que, en lugar de ser distraído, soy perezoso. Gracias, Steve Younger, por defenderme de las fuerzas del mal.

Gracias, Gavin Polone, por creer en mi trabajo y por querer que tuviera éxito en este arriesgado negocio, y por prometerme no abandonar. Siempre has mantenido tu palabra, lo cual hace que muchas personas de esta ciudad se pongan nerviosas.

Gracias, Lauren Potter, por aparecer en mi vida y en mi oficina, así como por organizar ambas. Gracias a ti ahora tengo tiempo de escribir todo lo que Scott Miller promete a los demás que escribiré y de concentrarme en todo lo que Sheri Kelton me dice que debo concentrarme.

Gracias, Elliot Crowe, por permitirme mantener el título de

«productor de cine independiente» mientras tú haces todo el trabajo. La película *Muffin Top: A Love Story*, dirigida por Cathryn Michon, fue nuestra primera aventura con éxito, pero tenemos otra preparada (*Cook Off!*) que debería estrenarse en 2017. Eso, simplemente, no sería así sin Elliott.

Gracias a Connection House Incorporated, por todo el *marketing* y su trabajo de investigación, que continúa haciendo que mi vida sea más fácil. Siempre me impresiona comprobar la sintonía que existe entre todas las personas que trabajan allí.

Gracias, Fly HC y Hillary Carlip, por mantener y crear mis nuevas páginas de Internet: wbrucecameron.com y adogspurpose.com.

Gracias, Carolina y Annie, por permitirme formar parte de vuestras vidas.

Gracias, Andy y Jody Sherwood. Continuáis siendo de las personas que más me apoyan en la vida, de todas las maneras posibles.

Gracias, Diane y Tom Runstrom. Sois, simplemente, personas maravillosas.

Gracias a mi hermana, Amy Cameron, que estuvo a punto de convertirse en Miss America y que luego se convirtió en una de las mejores profesoras de este país. Emily estaría orgullosa.

Gracias, Julie Cameron, por ser la persona a quien puedo llamar y decir: «Necesito una enfermedad en la que todo el mundo se despierte por la mañana con el pelo rojo y sin recordar ninguna palabra que rime con "destino"». Entonces ella me dice cuál es el nombre de la enfermedad, me describe el tratamiento y me recomienda que vaya a ver a un psiquiatra.

Gracias, Georgia y Chelsea, por reproducir tanto en 2016, y a James y a Chris por llevar a cabo su parte durante el proceso. Gracias, Chase, por convertirte en el hombre en que te has convertido; y gracias, Alyssa, por influir en él para que continuara así.

Gordon, Eloise, Ewan, Garrett y Sadie: bienvenidos a casa.

No dispongo de ningún departamento de *marketing*. No lo necesito. Tengo a mi madre. Gracias, mamá, por vender mis libros a todas las personas de Michigan y, cuando no quieren comprarlos, regalárselos.

Gracias, Mindy y Lindy, por mantenerme activo en las redes y por aseguraros de que todo el mundo que se conecta conozca que *La razón de estar contigo* existe.

Tengo una gran deuda con Jim Lambert por haberme llevado al hospital para veteranos de Denver y por explicarme la cultura militar del lugar. Jim, has sido muy generoso con tu tiempo; estás haciendo un trabajo muy importante.

Rather Hosch hizo de espía para mí y estuvo viviendo en Gunnison, Colorado, durante varios años solo para poder ofrecerme una detallada explicación de cuánto frío hace ahí. Gracias, Rather.

Finalmente, la persona que es mi mayor apoyo, la persona que no ha dejado de prometerme que valía la pena escribir esta novela, que ha leído todos los borradores y que me ha hecho fantásticos comentarios, la persona que es mi compañera de trabajo y de vida. La persona que es mi mejor amiga. Cathryn, lo eres todo para mí: esta historia nunca habría encontrado su camino sin ti.

Este libro utiliza el tipo Aldus, que toma su nombre
del vanguardista impresor del Renacimiento
italiano Aldus Manutius. Hermann Zapf
diseñó el tipo Aldus para la imprenta
Stempel en 1954, como una réplica
más ligera y elegante del
popular tipo
Palatino

***

**

*

La razón de estar contigo. El regreso a casa
se acabó de imprimir
un día de primavera de 2018,
en los talleres gráficos de Liberdúplex, s.l.u.
Crta. BV-2249, km 7,4, Pol. Ind. Torrentfondo
Sant Llorenç d'Hortons (Barcelona)

***

**

*